HEYNE BÜCHER

SCIENCE FICTION

Herausgegeben
von Wolfgang Jeschke

Von derselben Autorin erschienen in der Reihe
HEYNE SCIENCE FICTION & FANTASY:

Die Welt der Drachen (06/3291)
Planet der Entscheidung (06/3314)
Ein Raumschiff namens Helva (06/3354)
Die Wiedergeborene (06/3362)
Drachengesang (06/3791)
Drachensinger (06/3849)

ANNE McCAFFREY

DIE SUCHE DER DRACHEN

Science Fiction-Roman

Illustrierte Neuausgabe

WILHELM HEYNE VERLAG
MÜNCHEN

HEYNE-BUCH Nr. 06/3330
im Wilhelm Heyne Verlag, München

Titel der amerikanischen Originalausgabe
DRAGONQUEST
Deutsche Übersetzung von Birgit Reß-Bohusch
Das Umschlagbild schuf Vicente Segrelles, Norma
Die Illustrationen im Text zeichnete Johann Peterka
Die Karte auf Seite 6/7 zeichneten Erhard Ringer und
Johann Peterka

Redaktion: Wolfgang Jeschke

Printed in Germany 1981
Umschlaggestaltung: Atelier Heinrichs & Schütz, München
Gesamtherstellung: Mohndruck Graphische Betriebe GmbH, Gütersloh

ISBN 3-453-30784-4

Zeichnung: Peterka · Ringer · 1980
High Reaches
Weyr
Cron Hold
high
reaches
Ruatha Hold
Nabol Hold
fort
Tillek Hold
tillek
Fort Weyr
Ista
boll
Südl. Boll Hold

bitra
Bitra Hold
Benden Weyr
lemos
Lemos Hold
benden
Igen Weyr
Keroon Hold
igen
keroon
Seehold
nerat
Nerat Hold
ista
Südweyr

1

Wie beginnen? sinnierte Robinton, der Meisterharfner von Pern.

Mit gerunzelter Stirn starrte er den glattgestrichenen, feuchten Sand an, der in flachen Kästen auf seinem Arbeitstisch stand. Tiefe Sorgenfalten hatten sich in sein längliches Gesicht gegraben, und die blauen Augen, in denen gewöhnlich der Schalk blitzte, wirkten grau und ernst.

Ihm wollten ganz einfach nicht die richtigen Worte einfallen. Und doch brauchte er eine Ballade für die bevorstehende Hochzeit Baron Asgenars von Lemos, der die Halbschwester von Baron Larad, dem Herrn über Telgar, freite. Von seinen Trommlern und wandernden Harfnern hatte er erfahren, daß seit einiger Zeit Unruhe unter den Baronen herrschte, und so wollte Robinton die günstige Gelegenheit nutzen — denn es stand fest, daß sämtliche Barone und Gildemeister eine Einladung erhalten würden —, die Gäste wieder einmal daran zu erinnern, was sie den Drachenreitern schuldig waren. Als Thema schwebte ihm der kühne Ritt ins *Dazwischen* vor, den Lessa, die Weyrherrin von Benden, auf ihrer goldenen Drachenkönigin Ramoth gewagt hatte. Damals waren die Barone und Gildemeister nur zu erleichtert über die Ankunft von Drachenreitern aus fünf Weyrn der Vergangenheit gewesen.

Aber wie ließen sich jene Tage des Schreckens und des Triumphs in einen Reim fassen? Selbst die mächtigsten Saitenklänge schafften es nicht, das Pochen des Blutes wiederzugeben, die eisige Furcht und die Verzweiflung jenes Morgens, als über Nerat die ersten Fäden fielen.

Nicht das plötzliche Wiederaufleben von Loyalität hatte die Barone damals bewogen, sich um F'lar, den Drachenreiter von Benden, zu scharen, sondern nackte Furcht vor den ätzenden Fäden, die sie als Ammenmärchen abgetan hatten und die nun ihre fruchtbaren Ländereien zu zerstören drohten. Damals wären sie bereit gewesen, F'lar ihre Seelen zu verkaufen, wenn er sie nur vor den Fäden beschützte. Und sie hatten Lessa, die ihnen unter Einsatz ihres eigenen Lebens die Rettung brachte, als Heldin gefeiert.

Ein bitterer Ausdruck lag auf Robintons Zügen, als er von den Kästen aufsah.

»Der Sand der Erinnerung trocknet rasch«, sagte er leise und warf einen Blick über das befriedete Tal, hinauf zu dem steilen Berghang, auf dessen Plateau sich Burg Fort ausbreitete. Ein Wachtposten stand auf den Feuerhängen. Eigentlich hätten es sechs sein sollen, aber es war Saatzeit; Baron Groghe hatte alle verfügbaren Leute auf die Felder hinausgeschickt, auch die Kinder, deren Aufgabe es war, das junge Gras aus den Felsspalten zu jäten und das Moos von den Steinen zu schaben. Ein Jahr zuvor hätte Baron Groghe diese Pflicht nicht vernachlässigt, ganz gleich, wie viele Drachenlängen Land unbebaut geblieben wären.

Ohne Zweifel beaufsichtigte Baron Groghe persönlich die Arbeiten, ritt von einem Stück Land zum anderen. Groghe von Fort war unermüdlich; seinen leicht vorquellenden blauen Augen entging kein unbeschnittener Baum und keine krumme Ackerfurche. Er war ein stämmiger Mann, der vor Gesundheit strotzte und ein leidenschaftliches Temperament besaß. Doch wenn er seine Pächter antrieb, so gönnte er sich ebenfalls keine Rast. Er verlangte von den anderen nicht mehr, als er selbst leistete. Und wenn er konservativ dachte, so rührte das daher, daß er wußte, wo seine Grenzen lagen, und er sich in diesem Wissen sicher fühlte.

Robinton nagte an seiner Unterlippe. War Baron Groghes Mißachtung der traditionellen Pflichten eine Antwort auf die wachsende Erbitterung über die Drachenreiter des Fort-Weyrs? T'ron, der Weyrherr, und seine Gefährtin Mardra hielten ihre Geschwader kaum noch dazu an, über den üppigen Wäldern zu patrouillieren und nach Fäden auszuschauen. Dabei hatte Baron Groghe pflichtbewußt Boden-Suchtrupps mit Flammenwerfern ausgeschickt, als die Silbersporen über seinem Land fielen. Er besaß tüchtige Läufer, die er auf seinem gesamten Besitz verteilt hatte, und wenn die Drachenreiter die Fäden in der Luft wirksam bekämpften, so bestand kaum Gefahr, daß die wenigen Sporen, die dem Flammenatem ihrer Tiere entkamen, sich in das Land eingruben und unentdeckt blieben.

Aber Robinton waren in jüngster Zeit schlimme Dinge zu Ohren gekommen. Er hatte im Laufe der Jahre gelernt, bloße Gerüchte und Verleumdungen von Tatsachen zu unterscheiden. Und obwohl er zu der Ansicht neigte, daß sich die meisten

Schwierigkeiten von selbst lösten, überkam ihn doch allmählich eine gewisse Unruhe.

Der Meisterharfner saß mit hängenden Schultern da und starrte in den Sonnentag hinaus, auf das frische, junge Grün der Felder, die gelben Blüten der Obstbäume, die schmucken Steinhäuser der Pächter, die den Weg bis zur Burg säumten, und die Hütten der Handwerker, die sich um den Außenhof drängten.

Und wenn nun sein Verdacht begründet war, was konnte er tun? Eine Mahnballade schreiben? Eine Satire? Robinton zog verächtlich die Nase kraus. Baron Groghe war zu derb, um die feinen Nadelstiche einer Satire zu spüren, und zu selbstgerecht, um einen Tadel hinzunehmen. Außerdem — wenn Baron Groghe seinen Pflichten nicht nachkam, so geschah das aus Protest gegen die viel schwerer wiegende Nachlässigkeit des Weyrs. Robinton schauderte, als er daran dachte, welchen Schaden ein einziger Fädennistplatz in den ausgedehnten Weichholzwäldern des Südens anrichten konnte.

Er sollte sich mit seinem Tadel an Madra und T'ron wenden, aber auch das würde wenig fruchten. Mardra war in letzter Zeit verbittert. Warum ließ sie sich nicht von anderen Männern umwerben, wenn T'ron sie nicht mehr reizte? Falls man den Gerüchten Glauben schenken durfte, war T'ron noch sehr vital. Die Mädchen von Fort wußten ein Lied davon zu singen.

Ein bitteres Lächeln huschte über Robintons Lippen. Ob er einmal mit F'lar von Benden sprach? Aber das war zwecklos. Der Bronzereiter konnte einfach nichts tun. Die Weyr waren völlig unabhängig. Robinton bedauerte nicht zum erstenmal, daß F'lar von Benden seine Vormachtstellung so bereitwillig aufgegeben hatte, nachdem es Lessa gelungen war, Drachenreiter für die fünf leerstehenden Weyr aus der Vergangenheit zu holen. Sieben Planetendrehungen lag das nun zurück. Damals hatte sich für kurze Zeit ganz Pern unter F'lar und Lessa gegen die Gefahr des Roten Sterns vereint. Diese Einheit war zerfallen, als die Weyrführer der Vergangenheit wieder Anspruch auf ihre angestammten Weyr erhoben. Keiner der dankbaren Barone hatte ihnen die traditionellen Rechte streitig gemacht. Aber in vierhundert Planetendrehungen änderte sich manches, und es gab verschiedene Auffassungen über die Hegemonie der Alten.

Vielleicht war jetzt der rechte Augenblick, um die Barone an jene Tage vor sieben Planetendrehungen zu erinnern, als alles von den Drachenschwingen und dem Kampfgeist der knapp zweihundert Reiter abhing.

Nun, beim Ei, auch ein Harfner hatte seine Pflichten, dachte Robinton. Er strich über den ohnehin glatten Sand und nahm den Stift zur Hand.

Er brauchte ein zärtliches, aber vielschichtiges Leitmotiv für Lessa, die Weyrherrin von Benden, die bereits jetzt eine legendäre Gestalt war. Ohne es zu merken, lächelte er, als er an die zierliche, kindhafte Ruatha-Erbin mit ihrer hellen Haut, der widerspenstigen Haarmähne und den blitzenden grauen Augen dachte. Alle fürchteten ihren klugen, scharfen Spott, alle bis auf F'lar.

Getragene, martialische Klänge vielleicht für den Weyrführer von Benden, mit seinen klugen Bernsteinaugen und der hageren Kämpferstatur. Der Mann hatte etwas Hoheitsvolles, Unnahbares an sich. Würde es ihm gelingen, F'lar aufzurütteln? Robinton seufzte.

Hmm — die größte Pauke für Fandarel, den Gildemeister der Schmiede, mit seinem unstillbaren Wissensdurst und den klobigen Händen, die so geschickt neue Geräte und Instrumente zu formen wußten.

Und eine traurige, verhaltene Melodie für Lytol, der einst — war es vierzehn oder fünfzehn Planetendrehungen her? — als Drachenreiter auf Benden gelebt und seinen Larth bei den Frühlings-Kampfspielen verloren hatte. Lytol war nicht auf dem Weyr geblieben — das Leben inmitten des Drachenvolkes machte seinen Schmerz unerträglich —, sondern hatte auf dem Hochland als Webmeister gearbeitet, bis ihn F'lar zum Verwalter von Ruatha bestimmte. Dort erzog er nun den jungen Jaxom, zu dessen Gunsten Lessa auf ihre Stammburg verzichtet hatte.

Und wie sollte ein Mensch die Drachen von Pern kennzeichnen? Kein Thema war gewaltig genug für diese großen geflügelten Geschöpfe, die gleich nach dem Ausschlüpfen ihre späteren Reiter wählten und ein Leben lang so unzertrennbar mit ihm verbunden blieben, daß nicht einmal Worte zur gegenseitigen Verständigung nötig waren. Die Drachen von Pern, die im Nu den Raum und sogar die Zeit überbrücken konnten, wenn sie in das geheimnisvolle *Dazwischen* tauchten . . .

Der Harfner stieß einen tiefen Seufzer aus, aber seine Finger drückten die erste Note in den Sand, schrieben das erste Wort.

Kaum hatte er die fertigen Zeilen mit Lehm bedeckt, um den Text zu bewahren, als er draußen den Trommelwirbel hörte. Er trat rasch in den kleinen Vorhof der Gildehalle und lauschte angespannt; die Botschaft galt ihm. Er konzentrierte sich so sehr auf das rasche, drängende Trommeln, daß er nicht mehr auf seine Umgebung achtete. Jeder andere Laut in der Harfnerhalle war verstummt.

»Fäden?« Er hatte ein trockenes Gefühl im Hals. Robinton brauchte die Tabelle nicht, um zu wissen, daß die Fäden an den Gestaden von Tillek zu früh fielen.

Der einsame Wächter auf den Feuerhängen von Fort ging seine monotone Runde, ohne etwas Böses zu ahnen.

Die sanfte Wärme des Frühlings lag in der Nachmittagsluft, als F'nor mit Canth die Schlafhöhle des Drachen im Benden-Weyr verließ. F'nor gähnte und streckte sich, bis seine Gelenke knackten. Den ganzen Vortag hatte er an der Westküste zugebracht, auf der Suche nach geeigneten jungen Burschen — und Mädchen, da auch ein goldenes Ei in der Brutstätte von Benden heranreifte — für die nächste Gegenüberstellung. Benden allein zieht mehr Drachen und mehr Königinnen auf als die fünf Weyr der Alten, dachte F'nor.

»Hungrig?« erkundigte er sich höflich, als er sah, daß Canth zur Futterstelle hinunteräugte. Im Moment waren keine Drachen in der Nähe, und die Herdentiere dösten in der Sonne.

Müde, entgegnete Canth, obwohl er ebenso lang und tief geschlafen hatte wie sein Reiter. Der braune Drache streckte sich gemächlich auf dem sonnenwarmen Felsvorsprung aus, und F'nor täschelte ihn liebevoll.

Die Sonnenstrahlen fielen auf die gegenüberliegende Wand des weiten Bergkessels, der die Drachenreiter an der Ostküste Perns beherbergte. Düstere Eingänge führten in die einzelnen Schlafhöhlen. Im Badesee, der von einer eigenen Quelle gespeist wurde, tollten zwei grüne Drachen umher. Ihre Reiter sahen ihnen vom Ufer aus zu. Ein Stück dahinter befanden sich die Kasernen der Jungreiter. Eine Gruppe scharte sich gerade in einem Halbkreis um ihren Ausbilder.

F'nor grinste breit. Er streckte sich und dachte zurück an die Zeit vor zwanzig Planetendrehungen, als er selbst da unten gestanden hatte. Damals waren noch keine Silberfäden gefallen.

Von den Drachenreitern auf Perns einzigem Weyr hatte nur F'lar, F'nors Halbbruder, an die alten Legenden geglaubt.

Die Jungreiter sind vielversprechend, stellte Canth fest, als er die Flügel faltete und den Schwanz einrollte. Er legte den großen Kopf auf die Vorderpfoten und sah F'nor mit einem seiner riesigen Facettenaugen ermunternd an. Der braune Reiter begann seine Augenwülste zu streicheln, und Canth summte vor Behagen.

»Faulpelz!«

Ich habe gestern genug gearbeitet, entgegnete Canth. *Wer sagt dir denn, welche Jungen sich am besten als Drachenreiter eignen? Und wer findet die tüchtigsten Mädchen für die Königinnen?*

F'nor lachte nachsichtig. Canth war tatsächlich in ganz Benden berühmt dafür, daß er bei einer Suche oft ausgezeichnete Kandidaten aufspürte und das nicht nur im Weyr, sondern auch auf den Burgen und in den Handwerkersiedlungen. F'nor runzelte die Stirn, als ihm die merkwürdige Feindseligkeit einfiel, mit der ihm die Pächter und Gilden-Angehörigen im Südlichen Boll begegnet waren. Das Gebiet gehörte zum Fort-Weyr. Traditionsgemäß — und F'nor grinste bei dem Wort, da T'ron, der Weyrherr von Fort, so sehr auf Tradition und Brauchtum pochte —, traditionsgemäß hatte der Weyr, der das Territorium beschützte, die erste Wahl unter den möglichen Drachenreitern. Aber die fünf Alten suchten ihre Kandidaten nie außerhalb des Weyrs. Natürlich, ihre Drachenköniginnen hatten auch nicht so große Gelege wie Ramoth und nur selten goldene Eier.

Nun, sollten sie ihrer Art treu bleiben, wenn ihnen das ein Gefühl der Überlegenheit verschuf! Aber F'nor vertrat wie F'lar die Meinung, daß man den jungen Drachen eine möglichst große Zahl von Bewerbern bieten sollte. Und in den unteren Höhlen des Benden-Weyrs gab es einfach nicht genug Nachwuchs für die Gegenüberstellung.

Eine Brise kam auf, und F'nor stöhnte. Er hatte vergessen, daß die Frauen Salbe einkochten, das Universalmittel gegen die Ätzwunden der Fäden und andere schmerzhafte Verletzungen. Das war mit der Grund für seinen Ausflug vom Vortag gewesen. Der Gestank des Gebräus durchdrang alles. Selbst sein Frühstück hatte nach Medizin geschmeckt. Die meisten Drachenreiter machten sich rar, wenn sie das Zeug rochen. F'nor warf einen Blick hinüber zur Schlafhöhle der Drachenkönigin. Ramoth befand sich natürlich an der Brutstätte und wachte eifersüchtig über ihr Gelege, aber auch Mnementh, F'lars Bronzedrache, saß nicht wie sonst auf dem Felsensims. F'lar und er hatten zweifellos die Flucht vor dem Salbengestank und Lessas schlechter Laune ergriffen. Die Weyrherrin erfüllte zwar gewissenhaft auch die unangenehmsten Pflichten, aber das hieß nicht, daß sie es mit Begeisterung tat.

Salbe hin oder her, F'nor war hungrig. Er hatte seit dem Spätnachmittag des Vortags nichts mehr gegessen. Da sich zwischen dem Südlichen Boll an der Westküste und dem Benden-Weyr im Osten eine Zeitverschiebung von gut sechs Stunden befand, war er zu spät zum Mittagessen gekommen.

Er verabschiedete sich mit einem Klaps von Canth und machte sich auf den Weg zu den unteren Höhlen. Je näher er der Küche kam, desto penetranter wurde der Duft. Seine Augen begannen zu tränen. Er wollte sich nur einen Becher *Klah,* dazu etwas Brot und Obst besorgen und dann wieder verschwinden.

F'nor holte tief Atem und tastete sich in das große Küchengewölbe. Das weibliche Gesinde wimmelte umher. Auf sämtlichen Herdplatten dampften Riesenbottiche. Frauen saßen an den breiten Tischen und zerkleinerten das Wurzelwerk, aus dem die Salbe gewonnen wurde. Andere schöpften die heiße Flüssigkeit in Tongefäße. Diejenigen, die in den Bottichen rührten, hatten sich Masken umgebunden, aber sie wechselten einander ständig ab. Die älteren Kinder liefen mit Brennmaterial und neuen Töpfen hin und her. Alle hatten zu tun.

Zum Glück entdeckte er auf einem Herd nahe am Eingang einen Kessel mit *Klah.* Er hatte sich eben einen Becher vollgeschenkt, als jemand nach ihm rief. F'nor drehte sich um. Manora, die Aufseherin der unteren Höhlen und zugleich seine leibliche Mutter, winkte ihn zu sich. Ihre sonst so heitere Miene verriet Besorgnis.

F'nor trat zu ihr an den Herd, wo sie sich mit Lessa und einer anderen jungen Frau über einen kleinen Kessel beugte.

»Guten Tag, Lessa, Manora und . . .« Er sah das Mädchen fragend an.

»Willst du etwa sagen, daß du Brekke nicht mehr kennst?« meinte Lessa mit hochgezogenen Augenbrauen.

»Bei dem Qualm ist das kein Wunder«, entgegnete F'nor und wischte sich mit dem Ärmel umständlich über die Augen. »Wir haben uns kaum gesehen, Brekke, seit Wirenth sich bei der Gegenüberstellung für dich entschied.«

»F'nor, du bist keinen Deut besser als F'lar«, tadelte Lessa ihn. »Den Namen eines Drachen vergißt du nie!«

»Was macht Wirenth, Brekke?« erkundigte sich F'nor, ohne auf Lessas Einwurf zu achten.

Das Mädchen sah verwirrt aus, aber ein Lächeln stahl sich über ihre Züge. Dann deutete sie, wie um von sich abzulenken, auf Manora. Für F'nors Geschmack war sie ein wenig zu dünn, kaum größer als Lessa, die sich jedoch trotz ihrer Zierlichkeit gut zu behaupten wußte. Brekke hatte etwas Scheues, Zurückhaltendes an sich, aber etwas in ihrem ernsten, von dunklen Locken umrahmten Gesichtchen rührte F'nor. Er machte sich Gedanken darüber, wie sie mit Kylara, der aufbrausenden Weyrherrin vom Südkontinent zurechtkam, doch in diesem Augenblick deutete Lessa auf den leeren Kessel.

»Sieh dir das an, F'nor! Der Innenbelag ist gesprungen, und die Heilsalbe hat sich verfärbt.«

F'nor stieß einen Pfiff aus.

»Weißt du, womit der Schmied sein Metall überzieht?« erkundigte sich Manora. »Ich möchte natürlich keine verdorbene Salbe benutzen, aber es wäre schade, den Inhalt eines ganzen Kessels wegzuschütten, wenn es nicht unbedingt nötig ist.«

F'nor hielt das Gefäß ans Licht. Auf einer Seite liefen feine Risse durch den dunkelbraunen Überzug.

»Da — und so sieht die Salbe aus!« Lessa schob ihm eine kleine Schale hin. Das Mittel, normalerweise kremiggelb, zeigte nun eine rotbraune Farbe. F'nor roch dran, tauchte einen Finger hinein und spürte, wie die Haut gefühllos wurde.

»Sie wirkt«, meinte er mit einem Achselzucken.

»Ja, aber was geschieht, wenn man die Salbe mit dieser Fremdsubstanz auf eine offene Wunde streicht?« erkundigte sich Manora.

»Ein wichtiger Gesichtspunkt. Was meint F'lar dazu?«

»Ach der!« Lessa schnitt eine Grimasse. »Er hat sich nach Lemos verzogen, angeblich um den Holz-Gildemeister von Baron Asgenar nach einem neuen Zellstoff zu fragen, den der Mann herstellen wollte.«

F'nor grinste. »Nie in der Gegend, wenn man ihn braucht, was?«

Ihre grauen Augen blitzten, und sie wollte schon eine scharfe Antwort geben, als sie erkannte, daß F'nor sie nur neckte.

»Du bist nicht besser als er«, meinte sie lachend. Sie mochte den braunen Reiter. Er hatte äußerlich starke Ähnlichkeit mit F'lar und war doch ganz anders als sein Halbbruder, weniger in sich gekehrt und verschlossen. Lessa kam im allgemeinen gut mit ihm aus.

F'nor stimmte in ihr Lachen ein. »Gut, wenn ihr wollt, bringe ich das Ding zum Schmied. Ich habe ohnehin den Auftrag, mich nach Kandidaten für die Gegenüberstellung umzusehen, und das kann ich in Telgar ebenso tun wie anderswo.« Er nahm den Kessel vom Haken, warf noch einen Blick auf die Sprünge und deutete dann auf das geschäftige Treiben in der Küche. »Findet ihr nicht, daß wir bereits Heilsalbe genug haben, um sämtliche Drachen der sechs — Verzeihung, sieben — Weyr von Kopf bis Fuß damit einzuschmieren?« Er lächelte Brekke zu, denn das Mädchen schien sich hier nicht sonderlich wohl zu fühlen. Kein Wunder. Lessa konnte eklig sein, wenn sie viel Arbeit hatte. Er fand es überhaupt merkwürdig, daß die Jung-Weyrherrin vom Südkontinent hier in Benden beim Salbenkochen mitmachte.

»Ein Weyr kann nie genug Heilsalbe haben«, erklärte Manora ruhig.

»Das ist außerdem nicht der einzige Kessel, der Sprünge aufweist«, warf Lessa scharf ein. »Und wenn wir noch einmal Wurzeln sammeln müssen, um das verdorbene Zeug zu ersetzen . . .«

»Da ist noch die zweite Ernte vom Südkontinent«, schlug Brekke vor. Sie senkte schüchtern den Blick.

Aber Lessas Stimme verriet Dankbarkeit. »Ich möchte euch nicht berauben, Brekke. Ihr seid ohnehin voll damit ausgelastet, jeden Idioten gesund zu pflegen, der den Fäden nicht ausweichen kann.«

»Gut, gut, ich tue alles, was ihr wollt«, rief F'nor mit gespielter Zerknirschung. »Aber zuerst brauche ich etwas mehr für meinen Magen als nur einen Becher *Klah.*«

Lessa warf einen Blick zum Eingang. Die Strahlen der Spätnachmittagssonne fielen schräg ein. »In Telgar ist es jetzt kurz nach Mittag«, erklärte er geduldig. »Und gestern befand ich mich im Südlichen Boll auf der Suche. Dort versäumte ich das Essen ebenfalls.«

»Das hatte ich ganz vergessen. Glück gehabt?«

»Canth zuckte nicht einmal mit einem Ohr. Ich flehe euch an, gebt mir etwas zu essen, damit ich diesem Gestank entfliehen kann. Ich begreife nicht, wie ihr das aushaltet.«

»Euer Gestöhne, wenn ihr keine Heilsalbe habt, ist noch schwerer auszuhalten«, fauchte Lessa.

F'nor grinste die Weyrherrin an. Er mochte sie gern, und er freute sich ehrlich, daß sie eine feste Verbindung mit F'lar, seinem Halbbruder, eingegangen war. Die beiden paßten großartig zusammen, und der Benden-Weyr profitierte davon, ebenso wie die drei Burgen, die unter seinem Schutz standen. Dann fiel F'nor wieder ein, mit welcher Feindseligkeit man ihm am Vortag im Südlichen Boll begegnet war. Er wollte Lessa schon davon erzählen, als Manora seine Gedankengänge unterbrach.

»Diese Verfärbung bereitet mir wirklich große Sorgen, F'nor«, sagte sie. »Hier — zeig Fandarel das da!« Und sie stellte zwei kleinere Töpfe in den Kessel. »Da kann er den Unterschied genau erkennen. Brekke, könntest du F'nor etwas zu essen richten?«

»Nicht nötig«, wehrte F'nor hastig ab. Seine Mutter schien immer noch in dem Wahn zu leben, daß er sich nicht allein versorgen konnte. Ihren Pflegekindern hatte sie von frühester Jugend an beigebracht, auf eigenen Füßen zu stehen, aber ihm traute sie das wohl nicht zu.

F'nor lachte vor sich hin. Diese Mütter waren alle gleich. Auch Lessa wachte wie eine Gluckhenne über Felessan, das einzige Kind, das sie geboren hatte. Ein Glück, daß der Junge nicht von ihr großgezogen wurde. Mit seiner ruhigen, gemütlichen Pflegemutter kam er prächtig aus.

Das *Klah* schmeckte so stark nach Medizin, daß er keinen Schluck herunterbrachte. Er löffelte den Eintopf, den ihm Brekke gebracht hatte, rasch in sich hinein. Vielleicht konnte er in der Gildehalle der Schmiede etwas Anständiges bekommen.

Kurz danach verließ er die unteren Höhlen und berichtete Canth von dem Auftrag, den er erhalten hatte. Der braune Drache knurrte erleichtert, denn auch ihn hinderten die penetranten Dämpfe am Einschlafen.

Die Burg von Telgar lag in der hellen Vormittagssonne unter ihnen. F'nor steuerte Canth durch ein langgezogenes Tal. Ein dreifach geteilter Wasserfall tauchte auf, und links davon drängten sich die Schuppen und Werkstätten der Schmiede-Gilde zusammen.

Licht glitzerte auf den Wasserrädern, die ohne Unterlaß von den mächtigen Fällen angetrieben wurden. Eine dicke schwarze Rauchsäule über der Gildehalle verriet, daß die Arbeit in vollem Gange war.

Canth stieß einen Schrei aus, als sie in die Tiefe kreisten, und er erhielt Antwort von einem Grünen und einem Braunen, die sich auf einem schmalen Felsensims über der Gildehalle sonnten.

Beth und Seventh vom Fort-Weyr, berichtete Canth, aber die Namen sagten F'nor nichts.

»Willst du bei ihnen landen?« fragte er den großen Braunen.

Ich würde stören, entgegnete Canth so trocken, daß F'nor lachen mußte.

Aber seine Miene verdüsterte sich, als er die glänzenden Schuppen des grünen Drachen bemerkte. Der Reiter von Beth hätte sein Tier besser in der Nähe des Stamm-Weyrs gelassen. Es konnte jeden Moment zum Paarungsflug aufsteigen.

Canth landete, und F'nor sprang rasch ab. Die Schwingen des Drachen wirbelten kleine Staubfahnen auf. Der braune Reiter schlenderte an den offenen Werkstätten vorüber und sah hier und da einer Gruppe bei der Arbeit zu, bis ihm auffiel, daß die Gesichter der Männer merkwürdig hart und verschlossen waren.

Allmählich bereute er, daß er Manora versprochen hatte, Fandarel aufzusuchen. Aber der Gildemeister der Schmiede war der einzige, der sich gründlich mit Metallen auskannte und ihm sagen konnte, weshalb sich die lebenswichtige Salbe plötzlich verfärbt hatte.

Ein mächtiges Portal führte in die Gildehalle selbst. Die Flügel standen weit offen, und der Eingang bot Platz für ein doppeltes Gespann von Landtieren. Was früher die eigentliche Schmiede gewesen war, beherbergte heute die Graveure und Schleifer, die Goldschmiede und Juweliere, die letzte Hand an die bereits fertiggestellten Geräte und Waffen legten.

Anfangs dachte F'nor, daß sein Eintreten die Männer in ihrer Arbeit einhalten ließ, aber dann fiel sein Blick auf die beiden Drachenreiter, die in drohender Haltung vor Terry standen. Der braune Reiter schüttelte verwirrt den Kopf. Was wollten sie ausgerechnet von Terry? Der Mann war Fandarels Stellvertreter, ein kluger Kopf, der schon eine Menge Erfindungen gemacht hatte.

F'nors Schritte hallten auf den Fliesen wieder, als er auf die Gruppe zuging.

»Ich wünsche einen guten Tag, Terry.« F'nor verbeugte sich lässig vor den beiden Drachenreitern. »F'nor, Canths Reiter von Benden.«

»B'naj, Sevenths Reiter von Fort«, stellte sich der größere der beiden Männer vor. Er ärgerte sich sichtlich über die Unterbrechung. Seine Finger spielten nervös mit einem kostbar verzierten Gürtelmesser.

»T'reb, Beths Reiter, ebenfalls von Fort. Und wenn Canth ein Bronzedrache ist, lassen Sie ihn nicht in Beths Nähe.«

»Canth weiß, was sich gehört«, entgegnete F'nor. T'reb zählte offenbar zu den Reitern, die bei den Amouren ihrer Tiere selbst unruhig wurden.

»Man weiß nie, was auf Benden gelehrt wird«, erklärte T'reb mit kaum verhehlter Verachtung.

»Unter anderem, wie man sich benimmt, wenn man dem Stellvertreter eines Geschwaderführers gegenübersteht«, sagte F'nor, immer noch liebenswürdig. Aber T'reb warf ihm einen scharfen Blick zu; er spürte den feinen Unterton, der in den Worten des braunen Reiters mitschwang. »Meister Terry, kann ich bitte Fandarel sprechen?«

»Er ist in seinem Arbeitszimmer . . .«

»Und uns hast du gesagt, er sei nicht hier«, warf T'reb ein und packte Terry an der schweren Schürze aus Wherleder.

F'nor reagierte sofort. Seine Finger legten sich um T'rebs Handgelenk und bohrten sich so hart in die Sehnen, daß die Hand des grünen Reiters schlaff wurde.

Terry trat ein paar Schritte zurück. Seine Augen funkelten vor Zorn, und er preßte die Lippen zusammen.

»Mit Manieren scheint man es auf Fort nicht genau zu nehmen«, sagte F'nor mit einem harten Lächeln. Aber nun mischte sich der andere Reiter ein.

»T'reb! F'nor!« B'naj trennte die beiden. »Sein Grüner ist in Hitze, F'nor. Er leidet darunter.«

»Dann sollte er im Weyr bleiben!«

»Was erdreistet sich Benden, Fort Ratschläge zu erteilen?« fuhr T'reb auf. Er versuchte sich an seinem Gefährten vorbeizuschieben. Seine Hand ruhte auf dem Messergriff.

F'nor trat zurück. Er zwang sich zur Ruhe. Der ganze Vorfall war lächerlich. Drachenreiter stritten nicht in der Öffentlichkeit. Ohne auf T'reb zu achten, sagte F'nor zu B'naj: »Geht jetzt besser! Der Grüne steht dicht vor dem Paarungsflug.«

Aber T'reb ließ sich nicht zur Vernunft bringen.

»Ich weiß, wie ich meinen Drachen zu behandeln habe, Sie . . .«

Die Kränkung ging im Gebrüll der Drachen unter.

»Sei kein Narr, T'reb«, sagte B'naj. »Komm jetzt!«

»Vergiß nicht, daß ich nur hier bin, weil du es auf dieses Messer abgesehen hast! Hol es dir — dann verschwinden wir!«

Das Messer, das B'naj zuvor in der Hand gehalten hatte, lag nun auf dem Boden zu Terrys Füßen. Der Schmiedemeister nahm es so rasch an sich, daß F'nor verstand, weshalb bei seinem Eintreten eine so angespannte Stille geherrscht hatte. Die Drachenreiter waren im Begriff gewesen, sich das Messer anzueignen. Leider häuften sich in letzter Zeit solche Übergriffe.

»Ihr geht jetzt auf der Stelle!« erklärte er und stellte sich vor Terry.

»Das Messer lassen wir nicht hier«, rief T'reb. Mit einer unerwarteten Bewegung schob er sich an F'nor vorbei und riß Terry die Klinge aus der Hand. Ein Schnitt klaffte in der Handfläche des Schmiedemeisters.

Wieder packte F'nor den grünen Reiter am Handgelenk und zwang ihn, das Messer fallen zu lassen.

T'reb stieß einen erstickten Wutschrei aus, und bevor F'nor ausweichen oder B'naj eingreifen konnte, hatte er sein eigenes Messer aus dem Gürtel gerissen und stieß es dem braunen Reiter in die Schulter.

Plötzlich erfaßte F'nor ein Schwindel. Er begann zu schwanken.

Draußen trompetete Canth los. Der Grüne kreischte, und der fremde Braune stimmte in den Höllenlärm ein.

»Bringen Sie ihn hinaus!« keuchte F'nor. Er sah B'naj an. Terry war neben ihn getreten und stützte ihn.

»Hinaus!« wiederholte der Schmied mit harter Stimme. Er winkte seinen Leuten zu, die nun entschlossen auf die Drachenreiter zukamen. Aber B'naj zerrte T'reb wütend aus der Halle.

F'nor wehrte ab, als Terry ihn zur nächsten Bank bringen wollte. Es war schlimm genug, daß Drachenreiter einander angriffen, aber es entsetzte ihn, daß ein Reiter sein Tier über einem armseligen Messer vergaß. In dem schrillen Toben des Grünen klang jetzt echte Not auf. F'nor zwang die beiden Fort-Reiter, ihre Drachen zu besteigen und aufzubrechen. Ein Schatten fiel über das große Portal. Es war Canth, der ängstlich summte.

»Sind sie weg?« fragte er seinen Drachen.

Zum Glück, entgegnete Canth und reckte den Hals nach seinem Reiter. *Du bist verletzt.*

»Nur ein Kratzer«, log F'nor, doch dann wurde ihm schwarz vor den Augen. Er spürte, daß er hochgehoben und auf eine Bank gebettet wurde. Sein letzter Gedanke war, daß Manora ärgerlich sein würde, weil er Fandarel nicht aufgesucht hatte.

2

Als Mnementh das *Dazwischen* verließ, schwebte er hoch über den Klippen des Fort-Weyrs, ein schwacher dunkler Fleck gegen den Abendhimmel. Die dünne kalte Luft brannte in F'lars Lungen.

Du mußt ruhig und kühl bleiben, ermahnte der Bronzedrache seinen Reiter. *Übernimm bei diesem Treffen von Anfang an die Hauptrolle!* Und Mnement glitt in einer weiten Spirale auf den Weyr zu.

F'lar wußte, daß nichts half, wenn Mnementh einmal diesen strengen Ton anschlug. Außerdem — der Bronzedrache hatte recht.

F'lar konnte kaum etwas erreichen, wenn er mit zornerfüllten Anklagen über T'ron und die übrigen Weyrführer der Vergangenheit herfiel und Rache für seinen verletzten Reiter forderte. Oder wenn er sich über den Termin des Treffens beschwerte. T'ron hatte die Zusammenkunft absichtlich auf die erste Abendwache festgelegt, denn das bedeutete für Benden tiefste Nacht. Auch die übrigen östlichen Weyr — Igen, Ista und auch Telgar — hatten unter dieser ungünstigen Stunde zu leiden.

T'ron setzte also alles daran, um F'lar aus der Fassung zu bringen. Deshalb nahm sich der Drachenreiter fest vor, die Freundlichkeit selbst zu bleiben. Er wollte sich bei D'ram von Ista, R'mart von Telgar und G'narish von Igen dafür entschuldigen, daß er ihnen solche Ungelegenheiten bereitete, aber gleichzeitig durchblicken lassen, daß T'ron die Verantwortung trug.

Es ging nicht in erster Linie um F'nor. Weit wichtiger war die Tatsache, daß einer von T'rons Reitern gegen die Weyr-Gesetze verstoßen hatte.

Grundsätzlich durfte sich kein Drachenreiter aus dem Weyr entfernen, wenn sein Tier dem Paarungsflug nahe war. Dabei spielte es nicht die mindeste Rolle, daß die grünen Drachen unfruchtbar waren, weil sie Feuerstein fraßen. Aber sie übertrugen ihre Hitze auf die gesamte Umgebung. Herdentiere in der Nähe gerieten in Stampede, das Wild reagierte mit Hysterie. Selbst Menschen waren anfällig, und unter den jungen Bewohnern der Burgen oder Handwerkersiedlungen konnte es zu den peinlichsten Zwischenfällen kommen. Nur das Weyrvolk blieb unberührt von diesem besonderen Aspekt des Paarungsfluges, eine Folge davon, daß es auf den Weyrn in sexuellen Dingen weit mehr Freiheit gab, als anderswo. Nein, wenn ein Drache in der Hitze war, durfte er den Weyr nicht verlassen.

F'lar fand es unwichtig, daß der zweite Verstoß von T'reb mit dem ersten in Zusammenhang stand. Von dem Augenblick an, da ein Reiter sein Tier ins *Dazwischen* steuern konnte, bleute man ihm ein, unbedingt Situationen zu vermeiden, die zu einem Duell führten, besonders da das Duell auf den Burgen durchaus erlaubt war. Jede Meinungsverschiedenheit zwischen Drachenreitern wurde innerhalb des Weyrs ausgetragen, ohne Waffen und in Gegenwart eines Schiedsrichters. Drachen begingen Selbstmord, wenn ihre Reiter starben. Und gelegentlich geriet ein Tier schon in Panik, wenn sein Reiter für längere Zeit das Bewußtsein verlor. Ein in Zorn geratener Drache war nicht zu halten, und der Tod eines Drachens brachte den gesamten Weyr in Aufruhr. So war das bewaffnete Duell, bei dem ein Reiter verletzt oder getötet werden konnte, streng verboten.

Und nun hatte ein Reiter aus dem Fort-Weyr diese beiden Grundsätze in voller Absicht verletzt. Für F'lar bedeutete es keine persönliche Befriedigung, daß T'reb von Fort stammte, obwohl es T'ron in eine sehr peinliche Lage brachte. Der Weyrführer aus der Vergangenheit war nämlich stets der erste, der sich gegen irgendwelche Neuerungen von Benden sträubte und F'lars Vorschläge kategorisch ablehnte. Und er beschwerte sich am lautesten über die laxen — sprich: weniger servilen — Manieren, welche die Barone und Gildeangehörigen den Drachenreitern gegenüber an den Tag legten.

F'lar war gespannt, wie der traditionsbewußte T'ron das Verhalten seiner Drachenreiter rechtfertigen würde.

Mnementh glitt auf den Rand des Weyrkessels zu. Ein Wachtposten hob sich dunkel gegen die sinkende Sonne ab. Auf den Felsvorsprüngen kauerten drei Bronzedrachen, einer davon eine halbe Schwanzlänge größer als die beiden anderen. Das war sicher Orth; also hatte sich T'bor aus dem Südkontinent bereits eingefunden. Aber nur drei Bronzedrachen? Wer fehlte noch?

Slath vom Hochland und Branth mit R'mart von Telgar, informierte Mnementh seinen Reiter.

Keine Vertretung vom Hochland und von Telgar? Nun, T'kul kam vielleicht absichtlich zu spät. Merkwürdig allerdings, denn dieser Abend war sicher ganz nach dem Geschmack des sarkastischen Alten. Er würde Gelegenheit bekommen, Hiebe an T'bor und F'lar zu verteilen, und sich gleichzeitig an T'rons Niederlage weiden. F'lar hatte noch nie ein freundliches Wort von dem dunklen, mürrischen Weyrführer des Hochlandes gehört. Er überlegte, ob Mnementh T'kuls Namen deshalb nicht erwähnt hatte. Drachen ignorierten Menschen, die sie nicht mochten. Aber daß sie einen Weyrführer übergingen, war höchst ungewöhnlich.

F'lar hoffte, daß R'mart noch kam. R'mart von Telgar und G'narish von Igen waren die jüngsten unter den Weyrführern der Vergangenheit. Obwohl sie sich in den meisten Dingen gegen F'lar und T'bor auf die Seite ihrer Gefährten stellten, war F'lar doch aufgefallen, daß sie einige seiner Vorschläge guthießen. Würde es ihm gelingen, diesen Vorteil heute auszubauen? Schade, daß Lessa ihn nicht begleiten konnte, denn sie besaß die Gabe, einen leichten Druck auf seine Gegner auszuüben. Allerdings mußte sie vorsichtig sein; Drachenreiter merkten rasch, wenn man sie zu manipulieren versuchte.

Mnementh hatte den Weyrkessel erreicht und steuerte den Felsensims an, der zur Schlafhöhle der Drachenkönigin gehörte. T'rons Fidranth war nirgends zu sehen; vermutlich bewachte er seine Gefährtin. Oder Mardra, die Weyrherrin, war ausgeritten. Die Frau mäkelte und tadelte an allen Dingen herum wie T'ron. Anfangs war das anders gewesen. Es hatte sogar eine Zeit gegeben, da sie sich sehr eng an Lessa anschloß. Aber diese Zuneigung war bald in Haß umgeschlagen. Mardra war eine hübsche Frau mit einer üppigen, noch straffen Figur, und sie ließ sich von den Bronzereitern gern den Hof machen. Nicht sonderlich intelligent, aber sehr egozentrisch, störte es sie, daß Lessa durch ihren Ritt ins *Dazwischen* zu einer Art Legende geworden war. Und obwohl Lessa niemals den Versuch machte, einen von Mardras Günstlingen für sich zu gewinnen, begann Mardra doch eine Nebenbuhlerin in ihr zu sehen. Dazu kam, daß sie beide dem Ruatha-Geschlecht entstammten und Mardra es der Jüngeren nicht verzeihen konnte, daß sie ihr Erbe an Jaxom, den Sohn des getöteten Baron Fax, abgetreten hatte.

So war es nur gut, daß keine Frauen an dem Treffen teilnahmen. Mardra und Lessa in einem Raum, das hätte zu Schwierigkeiten geführt. Dazu dann noch Kylara vom Südkontinent, die oft genug nur einen Wirbel veranstaltete, um die Aufmerksamkeit auf sich zu lenken, und das Chaos war vollkommen. Nadira von Igen mochte Lessa, aber auf ihre passive, zurückhaltende Art. Bedella von Telgar war einfältig und Fanna von Ista sehr verschlossen. Merika vom Hochland unterschied sich in ihrer Verdrießlichkeit kaum von ihrem Gefährten T'kul.

Nun, diese Angelegenheit ging ohnehin nur die Männer etwas an.

F'lar schwang sich von Mnemenths warmer Schulter und betrat den Felsenpfad, der ins Innere des Weyrs führte. Er stolperte, als sich sein Stiefelabsatz in den tiefen Rillen verfing, welche die Drachen mit ihren Krallen in den Fels schürften. T'ron hätte ruhig für besseres Licht sorgen können, dachte er verärgert.

Die Drachenkönigin Loranth warf ihm einen ernsten Blick aus ihren riesigen Augen zu, als er ihre Schlafhöhle betrat. Er begrüßte sie. Ein Glück, daß Mardra nicht in der Nähe war. Wenn Loranth schon ernst war, hatte Mardra garantiert eine gräßliche Laune. Vermutlich trotzte die Weyrherrin irgendwo jenseits des Vorhangs, der ihr Gemach von den anderen Kammern trennte. Vielleicht stammte die Idee mit dem ungünstigen Zeitpunkt sogar von ihr. Sie entzog sich damit ihrer Aufgabe als Gastgeberin.

Lessa würde niemals solche hinterhältigen Tricks anwenden. F'lar wußte, wie oft seine impulsive Gefährtin sich eine heftige Bemerkung verbiß, wenn Mardra sie wieder einmal von oben herab behandelte. Lessa zeigte eine kaum verständliche Geduld mit der hochmütigen Weyrherrin. F'lar nahm an, daß sie gewisse Schuldgefühle hegte, weil sie die Alten aus der Vergangenheit geholt und entwurzelt hatte. Dabei hatten die Drachenreiter letzten Endes ihre Entscheidung selbst getroffen.

Nun, wenn Lessa Mardras Herablassung aus Dankbarkeit ertragen konnte, dann mußte er zumindest versuchen, mit T'ron auszukommen. Der Mann war wirklich tüchtig, wenn es darum ging, die Fäden zu bekämpfen, und F'lar hatte in der ersten Zeit eine Menge von ihm gelernt.

So betrat er den Beratungsraum mit dem festen Vorsatz, freundlich und gelassen zu bleiben.

T'ron, der am oberen Ende der großen Tafel Platz genommen hatte, begrüßte ihn mit einem steifen Nicken. Das Licht in den Wandschalen warf ungünstige Schatten auf das grobe, faltige Gesicht des Alten. Mit einemmal kam F'lar zu Bewußtsein, daß der Mann nie etwas anderes gekannt hatte als den Kampf gegen die Silberfäden. Als er geboren wurde, begann der Rote Stern gerade seine Bahn um Pern. T'ron hatte fünfzig Jahre lang Fäden ausgerottet, bis der Stern endlich wieder in den Raum hinauswanderte. Dann war er Lessa in die Zukunft gefolgt. Schon nach sieben Planetendrehungen konnte ein Mann den Kampf gegen die Fäden satt bekommen. F'lar verdrängte diese Gedankengänge.

D'ram vom Ista-Weyr und G'narish von Igen begnügten sich ebenfalls mit einem kurzen Nicken. T'bor hingegen schüttelte F'lar herzlich die Hand.

»Guten Abend, Freunde«, wandte sich F'lar an die Männer. »Es tut mit leid, daß ich euch von eurer Arbeit oder euren wohlverdienten Mußestunden weggerufen habe, aber es geht um ein Problem, das nicht bis zur Sonnwend-Versammlung warten kann.«

»Ich leite diese Zusammenkunft auf Fort, Benden«, wies ihn T'ron kühl zurecht. »Wir warten auf T'kul und R'mart, bevor wir uns näher mit Ihrer Beschwerde befassen.«

»Einverstanden.«

T'ron starrte F'lar an, als habe er nicht mit dieser Antwort gerechnet. Der Weyrführer von Benden nahm neben T'bor Platz.

»Lassen Sie sich jedoch eines gesagt sein, Benden«, fuhr T'ron fort. »Falls Sie wieder einmal die Absicht haben sollten, aus heiterem Himmel sämtliche Weyrführer zusammenzutrommeln, dann wenden Sie sich zuerst an mich. Fort ist der älteste Weyr auf Pern. Schicken Sie nicht einfach auf eigene Faust Boten los!«

G'narish sah überrascht auf. Er war ein untersetzter junger Mann, einige Planetendrehungen jünger als F'lar. »Jeder Weyrführer hat das Recht, eine Versammlung einzuberufen, wenn es die Umstände rechtfertigen. Und das ist hier unbedingt der Fall.« Der Fort-Weyrführer sah ihn mit gerunzelter Stirn an, und er zuckte die Achseln.

»Ihr Drachenreiter trägt die Schuld an allem, T'ron«, warf D'ram mit harter Stimme ein. Er war ein drahtiger Bursche, der jetzt im Alter fast ein wenig hager und knochig wirkte, aber seine erstaunlich dichte rote Haarmähne zeigte erst an den Schläfen einen leichten Grauschimmer. »F'lar befindet sich durchaus im Recht.«

»Die Wahl von Zeit und Treffpunkt lag bei Ihnen, T'ron«, betonte F'lar.

T'rons Miene verdüsterte sich zusehends.

»Wann kommt Telgar endlich?« murrte er verärgert.

»Einen Becher Wein, F'lar?« fragte T'bor mit einem boshaften Lächeln, denn eigentlich hätte T'ron dem Drachenreiter etwas anbieten müssen. »Natürlich, er stammt nicht von Benden, aber er ist wirklich nicht schlecht.«

F'lar warf T'bor einen langen, warnenden Blick zu, als er den Becher entgegennahm. Aber der Weyrführer vom Südkontinent beobachtete T'rons Reaktion. Es war allgemein bekannt, daß die Burg Benden bei ihren Tributabgaben den eigenen Weyrs reichlicher mit ihrem berühmten Wein versorgte als die anderen.

»Wann bekommen wird endlich die Weine aus dem Süden zu kosten, mit denen Sie so prahlen, T'bor?« fragte G'narish, der instinktiv versuchte, die aufkommende Feindseligkeit abzumildern.

»Wir fangen bald mit dem Keltern an«, erklärte T'bor. »Wenn uns etwas übrigbleibt, verteilen wir es an euch Nordländer.«

»Wie ist das gemeint — wenn euch etwas übrigbleibt?« fragte T'ron und warf T'bor einen prüfenden Blick zu.

»Nun, wir vom Südkontinent pflegen sämtliche verwundeten Drachenreiter. Wir brauchen genügend Vorräte, damit sie ihren Kummer ertränken können. Wie Sie wissen, erhält sich der Südkontinent-Weyr selbst.«

F'lar trat T'bor hart auf die Zehen, als er sich D'ram zuwandte und fragte, wie es auf Ista ging.

»Ich kann nicht klagen«, erwiderte D'ram freundlich. F'lar

wußte, daß auch dem alten Mann die Entwicklung des Gesprächs nicht gefiel. »Fannas Mirath hat fünfundzwanzig Eier gelegt, und ich garantiere, daß ein halbes Dutzend Bronzedrachen darunter sind.«

»Istas Bronzedrachen sind die schnellsten auf Pern«, sagte F'lar ernst. Er spürte, daß T'bor neben ihm unruhig wurde, und gab rasch eine Botschaft an Mnementh weiter: *»Orth soll T'bor ausrichten, daß jedes Wort genau überlegt werden muß. Wir dürfen uns D'ram und G'narish nicht zu Feinden machen.«* Laut sagte er: »Ein Weyr kann nie genug gute Bronzedrachen haben, und sei es nur, um die Königin bei guter Laune zu halten.« Er lehnte sich zurück und beobachtete T'bor aus dem Augenwinkel. Der Weyrführer aus dem Süden zuckte leicht zusammen und warf dann F'lar einen rebellischen Blick zu. F'lar wandte sich wieder an D'ram: »Wenn Sie Kandidaten für grüne Drachen brauchen . . .«

»D'ram hält sich an die Tradition, Benden«, warf T'ron ein. »Die Weyrbewohner sind die besten Partner für die Drachen. Besonders für die Grünen.«

»Oh?« T'bor zog die Augenbrauen hoch.

D'ram räusperte sich hastig und sagte ein wenig zu laut: »Zum Glück haben wir in den unteren Höhlen ein paar vielversprechende Jungen. G'narish half uns aus, als bei der letzten Gegenüberstellung in seinem Weyr einige übrigblieben. Aber vielen Dank für Ihr Angebot, F'lar. Es ist um so großzügiger, da in Benden auch Eier heranreifen. Und eine Königin, nicht wahr?«

D'ram verriet keine Spur von Neid. Dabei hatte Fannas Mirath seit dem Sprung in die Zukunft kein goldenes Ei mehr gelegt.

»Wir alle kennen Bendens Großzügigkeit.« T'rons Stimme verriet Spott. Seine Blicke schweiften durch den Raum, aber er vermied es, F'lar anzusehen. »Er bietet überall seine Hilfe an. Und mischt sich dabei oft in Dinge, die ihn nichts angehen.«

»Das, was in der Gildehalle der Schmiede geschah, kann man wohl kaum als Einmischung bezeichnen«, widersprach D'ram mit ernster Miene.

»Ich dachte, wir wollten auf T'kul und R'mart warten.« G'narish warf einen nervösen Blick zum Eingang.

Mit Befriedigung stellte F'lar fest, daß die Ereignisse des Tages D'ram und G'narish aufgewühlt hatten.

»T'kul glänzt bei den meisten Treffen durch Abwesenheit«, bemerkte T'bor.

»Aber R'mart hat noch nie gefehlt«, sagte G'narish.

»Nun, ich sehe keinen von ihnen. Und ich habe keine Lust, noch länger auf sie zu warten.« T'ron erhob sich. D'ram seufzte. »Also schön, dann rufen Sie B'naj und T'reb her.«

»Die beiden sind kaum in der Lage, einem Treffen beizuwohnen.« T'ron schien sich über D'rams Aufforderung zu wundern. »Ihre Drachen kehrten erst bei Sonnenuntergang vom Paarungsflug zurück.«

D'ram starrte T'ron an. »Weshalb haben Sie uns dann für heute abend herbestellt?«

»Es geschah auf F'lars Drängen.«

T'bor sprang auf, bevor F'lar ihn daran hindern konnte, aber D'ram gab ihm durch eine Geste zu verstehen, daß er wieder Platz nehmen sollte. Er erinnerte T'ron in scharfen Worten, daß er und nicht der Weyrführer von Benden die Zeit festgesetzt habe.

»Warum fangen wir nicht endlich an?« T'bor schlug zornig mit der Hand auf den Tisch. »Auf dem Südkontinent herrscht jetzt tiefste Nacht. Ich würde gern . . .«

»Ich führe die Verhandlungen hier auf Fort, T'bor«, unterbrach ihn T'ron mit fester Stimme. An seinen blitzenden Augen und dem geröteten Gesicht konnte man erkennen, daß er sich nur mühsam beherrschte.

»Dann tun Sie es doch!« fauchte T'bor. »Erklären Sie uns, wie es dazu kam, daß sich ein grüner Reiter mit seinem Drachen aus Ihrem Weyr entfernte, obwohl das Tier bereits in der Hitze war!«

»T'reb wußte nicht, daß der Paarungsflug so dicht bevorstand . . .«

»Unsinn«, unterbrach ihn T'bor mit einem zornfunkelnden Blick. »Sie reiben uns ständig unter die Nase, wie sehr Sie die Traditionen achten und wie gut ausgebildet Ihre Reiter sind. Machen Sie mir also nicht weiß, daß ein Reiter in T'rebs Alter den Zustand seines Tieres nicht richtig einschätzen kann!«

F'lar kam allmählich zu der Ansicht, daß dieser Verbündete ihm mehr schadete als nutzte.

»Ein Grüner wechselt die Farbe recht auffällig«, meinte G'narish nach einem Zögern, das F'lar nicht entging. »Gewöhnlich bereits einen Tag vor dem Flug.«

»Nicht im Frühling«, widersprach T'ron rasch. »Und nicht, wenn er vom Kampf gegen die Fäden erschöpft ist. Es kann ganz plötzlich kommen — wie in diesem Fall.« T'ron hob seine Stimme, als könnte er damit seiner Behauptung noch wesentlich mehr Gewicht verleihen.

»Möglich.« D'ram nickte langsam und sah dann F'lar fragend an.

»Ich akzeptiere das«, erwiderte F'lar mit ruhiger Stimme. Er sah, daß T'bor schon wieder aufspringen wollte, und versetzte ihm unter dem Tisch einen Tritt. »Aber wie Schmiedemeister Terry bezeugen kann, forderte mein Reiter T'reb mehrmals auf, den Drachen wegzubringen. T'reb ließ sich dadurch nicht in seinem Vorhaben stören, das Gürtelmesser zu beschlagnahmen.«

»Und Sie geben mehr auf das Wort des gemeinen Volkes als auf das eines Drachenreiters?« rief T'ron mit Entrüstung.

»Was hätte der Schmiedemeister« — und F'lar betonte den Titel — »von einer falschen Aussage?«

»Diese Gilde ist auf ganz Pern für ihren Geiz bekannt«, fuhr T'ron auf. »Sie sträuben sich dagegen, ihren Tribut zu entrichten.«

»Ein edelsteinbesetztes Gürtelmesser fällt nicht unter die Tributpflicht.«

»Welchen Unterschied macht das, Benden?« fragte T'ron.

F'lar sah den Weyrführer von Fort ruhig an. T'ron versuchte also, Terry die Schuld an dem Vorfall in die Schuhe zu schieben! Dann wußte er, daß sich sein Reiter im Unrecht befand. Weshalb konnte er das nicht einfach zugeben und den Mann bestrafen? F'lar wollte ja nur, daß sich solche Dinge in Zukunft nicht wiederholten.

»Einen ganz gewaltigen, T'ron. Baron Larad von Telgar hatte das Messer in Auftrag gegeben, als Hochzeitsgeschenk für Baron Asgenar von Lemos. Es hatte also bereits einen Besitzer. Deshalb war der Reiter . . .«

»Ich verstehe, daß Sie Ihren Mann verteidigen, Benden«, warf T'ron mit einem boshaften Lächeln ein. »Aber schickt es sich, daß ein Reiter, obendrein ein Weyrführer, sich gegen das Drachenvolk wendet und Partei für einen Burgherrn ergreift . . .?« Und T'ron sah kopfschüttelnd zu D'ram und G'narish hinüber.

»Wenn R'mart hier wäre . . .«, begann T'bor.

D'ram brachte ihn durch eine Handbewegung zum Schweigen. »Es geht hier nicht um die Besitzverhältnisse des Messers, sondern um einen, wie es scheint, schwerwiegenden Verstoß gegen die Weyrdisziplin«, sagte er mit einer Stimme, die T'bors Protest untergehen ließ. »F'lar, Sie geben jedoch zu, daß ein geschwächter Grüner ganz plötzlich in Hitze geraten kann?«

F'lar spürte, daß ihn T'bor gern dazu veranlaßt hätte, diese Möglichkeit zu leugnen. Er hatte einen Fehler begangen, als er für einen Baron Partei ergriff, der nicht zu seinem Weyr gehörte. Wenn nur R'mart gekommen wäre, um Baron Larad zu verteidigen! So hatte F'lar seiner Sache nur geschadet. Der Vorfall hatte D'ram so aus dem Gleichgewicht gebracht, daß der Mann seine Augen absichtlich vor den Tatsachen verschloß und sich an mildernde Umstände zu klammern versuchte. Würde es etwas nützen, wenn F'lar ihn zwang, die Ereignisse so zu sehen, wie sie waren, oder hielt der Weyrführer daran fest, daß Drachenreiter unfehlbar waren?

F'lar holte tief Atem. »Ich gebe zu, daß unter diesen Umständen ein Grüner auch ohne Vorzeichen in Hitze geraten kann.« T'bor neben ihm stieß einen leisen Fluch aus. »Aber aus genau diesem Grund hätte T'reb seinen Drachen im Weyr halten müssen.«

»Aber T'reb ist ein Fort-Reiter«, rief T'bor und sprang auf. »Und ich habe oft genug gehört . . .«

»Ruhe, T'bor vom Südkontinent!« donnerte T'ron. Er wandte sich wutentbrannt an F'lar: »Können *Sie* Ihre Reiter nicht im Zaum halten, Benden?«

»Nun reicht es aber, T'ron«, rief D'ram und erhob sich.

Während die beiden Alten einander mit Blicken maßen, flüsterte F'lar seinem Nachbarn zu: »Begreifen Sie denn nicht, daß er uns aus der Ruhe zu bringen versucht? Sie dürfen die Beherrschung nicht verlieren!«

»Wir versuchen die Angelegenheit zu regeln, T'ron«, fuhr D'ram eindringlich fort. »Es hat keinen Sinn, sie durch lächerliche Streitereien zu komplizieren. Mit Ihrer Erlaubnis übernehme ich den Vorsitz, da Sie befangen sind, Fort.«

In F'lars Augen war das ein stillschweigendes Eingeständnis, daß D'ram den Ernst der Lage erkannt hatte. Der Weyrführer wandte sich F'lar zu, und seine braunen Augen waren dunkel vor Besorgnis. F'lar begann schon zu hoffen, daß D'ram T'rons Ausweichmanöver durchschaut hatte, aber die nächsten Worte des Alten belehrten ihn eines Besseren. »Ich kann Ihre Meinung nicht teilen, F'lar, daß der Gildeangehörige klug gehandelt hat.

Nein, lassen Sie mich fortfahren. Wir kamen euch in der Bedrängnis zu Hilfe, erhofften aber auch, daß man uns dafür entsprechend belohnen und unterstützen würde. Die Abgaben jedoch, die uns die Burgen und Gilden liefern, lassen viel zu wünschen übrig. Pern hat eine blühendere Wirtschaft als vor vierhundert Planetendrehungen, und doch spiegelt sich sein Reichtum nicht im Tribut wieder. Die Bevölkerung ist um das Vierfache angestiegen, und es gibt weit mehr bebautes Land als früher. Eine große Verantwortung für die Weyr . . .« Er unterbrach sich mit einem wehmütigen Lachen. »Ich schweife ab. Aber soviel sei gesagt: Sobald Terry merkte, daß ein Drachenreiter Gefallen an dem Messer gefunden hatte, wäre es seine Pflicht gewesen, es ihm anzubieten. So wie es die Gildeangehörigen früher taten, ohne zu zögern oder Fragen zu stellen.« Er sah die Männer der Reihe nach an. T'bor erwiderte seinen Blick nicht, sondern scharrte mit der Stiefelspitze geräuschvoll über den Steinboden.

D'ram holte erneut tief Atem. »Es darf sich natürlich nicht wiederholen, daß ein Drache in Paarungshitze seinen Weyr verläßt. Ebensowenig, daß sich Drachenreiter zu einem bewaffneten Duell gegenübertreten . . .«

»Es war kein Duell!« fuhr T'bor auf. »T'reb griff F'nor ohne Warnung an und stieß ihm das Messer in die Schulter! F'nor kam gar nicht dazu, die eigene Waffe zu ziehen.«

»Ein Mann, dessen Drache in Hitze ist, kann für sein Tun nicht verantwortlich gemacht werden«, rief T'ron.

»Ein Drache, der niemals den Weyr hätte verlassen dürfen — so sehr Sie von dieser Tatsache abzulenken versuchen, T'ron«, entgegnete T'bor aufgebracht. »Das eigentliche Versagen liegt bei T'reb, nicht bei Terry.«

»Ruhe!« donnerte D'ram, und Loranth wälzte sich erschreckt in ihrer Schlafhöhle.

»Jetzt reicht es«, erklärte T'ron empört. Er stand auf. »Ich lasse nicht zu, daß meine Drachenkönigin aufgeregt wird. Sie hatten Ihr Treffen, Benden, und konnten Ihrem Kummer Luft machen. Die Sitzung ist geschlossen.«

»Geschlossen?« wiederholte G'narish überrascht. »Aber — aber es wurde doch überhaupt nichts erreicht.« Der Weyrführer von Igen sah verwirrt von T'ron zu D'ram. »Und F'lars Reiter erlitt eine Verletzung. Wenn der Angriff . . .«

»Wie schwer wurde Ihr Mann verwundet?« D'ram sah F'lar fragend an.

»Na, endlich!« warf T'bor ein.

»Zum Glück«, erwiderte F'lar und sah T'bor einen Moment lang warnend an, »ist die Wunde nicht allzu schlimm. Er wird seinen Arm wieder gebrauchen können.«

G'narish stieß einen leisen Pfiff aus. »Und ich dachte, es handelte sich nur um einen Kratzer! Wir sollten . . .«

»Wenn ein Drache in Hitze ist . . .«, begann D'ram, doch er unterbrach sich, als er den blanken Zorn in T'bors Zügen und F'lars verschlossene Miene sah. »Ein Drachenreiter darf einfach nicht seine Verantwortung gegenüber dem Weyr vergessen. Sie sprechen doch mit T'reb, T'ron?«

T'rons Augen weiteten sich ein wenig. »Sprechen? Die Leviten werde ich ihm lesen, ebenso wie B'naj!«

»Gut.« D'ram nickte den anderen zufrieden zu, als habe er eben ein schwieriges Problem zurecht gelöst. »Es wäre klug, wenn alle Weyrführer ihre Reiter vor der Wiederholung eines solchen Vorfalls warnen würden.« Wieder nickte er, wie um den anderen die Geste zu ersparen. »Es ist schwer genug, mit einigen dieser arroganten Barone und Gildemeister zusammenzuarbeiten, ohne ihnen einen Grund zur Beschwerde zu geben.« D'ram seufzte tief und kratzte sich am Kopf. »Ich begreife einfach nicht, wie das gemeine Volk vergessen kann, was es den Drachenreitern schuldet.«

»In vierhundert Planetendrehungen lernt der Mensch viel Neues«, erwiderte F'lar. »Kommen Sie, T'bor?« Sein Tonfall kam einem Befehl gleich. »Meine Empfehlungen an eure Weyrherrinnen, Reiter. Gute Nacht.«

Er verließ den Beratungsraum. T'bor stapfte hinter ihm drein und hörte erst zu fluchen auf, als sie den Pfad zum Felsensims erreicht hatten.

»Dieser alte Narr war im Unrecht, F'lar, und Sie wissen es!«

»Natürlich.«

»Weshalb haben Sie es ihm dann nicht . . .«

». . . unter die Nase gerieben?« beendete F'lar den Satz und blieb stehen. Er wandte sich T'bor zu.

»Drachenreiter kämpfen nicht. Das gilt ganz besonders für Weyrführer.«

T'bor schüttelte angewidert den Kopf. »Weshalb haben Sie

nichts aus der Sache gemacht? Wenn ich daran denke, wie oft er Kritik an Ihnen — an uns — übte ...« T'bor machte eine Pause. »Wie kann das gemeine Volk vergessen, was es den Drachenreitern schuldet?« äffte er D'rams schwülstigen Tonfall nach. »Wenn es ihn wirklich interessiert ...«

F'lar legte T'bor die Hand auf die Schulter. Er verstand die Gefühle des Jüngeren nur zu gut.

»Wie können Sie einem Menschen etwas erklären, das er nicht hören will? Sie gestanden sich nicht einmal ein, daß T'reb der Schuldige war. T'reb, nicht Terry und nicht F'nor. Aber ich glaube nicht, daß sich der Vorfall wiederholen wird, und das war meine größte Sorge.«

»Was?« T'bor sah F'lar verständnislos an.

»Daß es überhaupt dazu kommen konnte, bedrückt mich weit mehr als die Schuldfrage.«

»Ich begreife Ihre Logik ebensowenig wie die von T'ron.«

»Es ist ganz einfach. Drachenreiter kämpfen nicht. Weyrführer erst recht nicht. T'ron erwartete, daß ich die Beherrschung verlieren würde. Ich glaube, er rechnete sogar damit, daß ich ihn angreifen würde.«

»Das meinen Sie doch nicht im Ernst?« T'bor war sichtlich erschüttert.

»Vergessen Sie nicht, T'ron hält sich für den ältesten Weyrführer von Pern und daher für unfehlbar.«

T'bor schnitt nur eine Grimasse.

»Nun ja«, fuhr F'lar fort, »ich hatte bis jetzt keinen Grund, ihm das streitig zu machen. Und wir dürfen nicht außer acht lassen, daß die Alten uns beim Kampf gegen die Fäden viele Dinge beibrachten, von denen wir keine Ahnung hatten.«

»Hah, unsere Drachen nehmen es mit den ihren längst auf!«

»Darum geht es nicht, T'bor. Gewiß, die beiden modernen Weyr haben einige ganz deutliche Vorteile — größere Drachen, mehr Königinnen — die ich gar nicht erwähnen will, weil das nur böses Blut machen würde. Aber ohne die Alten könnten wir die Fäden nicht bekämpfen. Wir brauchen sie ebenso, wie sie uns.« F'lar lächelte.

Sie hatten den Felsensims erreicht. Über dem Fort-Weyr lag nun tiefe Dunkelheit. F'lar spürte, wie ihn die Müdigkeit überkam.

»Wenn sich die Alten abkapseln, so dürfen wir es nicht tun.

Wir verstehen unsere Zeit, unser Volk. Und irgendwie müssen wir den Alten helfen, es auch zu verstehen.«

»Dennoch, T'ron befand sich im Unrecht.«

»Hätten wir etwas dadurch gewonnen, daß wir es ihm sagten?«

T'bor verschluckte die Antwort, die ihm auf der Zunge lag. F'lar hoffte, daß die Auflehnung des Mannes allmählich nachlassen würde. Der Weyrführer vom Südkontinent war einer der besten Drachenreiter und ein überragender Kämpfer. Seine Geschwader folgten ihm ohne Zögern. Er hatte, unauffällig geführt von F'lar, den Südkontinent zu einer blühenden, eigenständigen Provinz gemacht. Und das, obwohl die launenhafte, streitsüchtige Kylara ihm seine Aufgabe alles andere als erleichterte.

Manchmal bedauerte F'lar, daß T'bor an diese Frau gefesselt war. Denn der Bronzereiter mochte jähzornig und ein schlechter Diplomat sein, aber er hielt F'lar eisern die Treue, und dafür war ihm der Weyrführer von Benden dankbar.

Mnementh landete auf dem Felsensims. »Bestellen Sie F'nor Grüße und meine besten Wünsche. Ich weiß, daß er bei euch in guten Händen ist«, sagte F'lar, als er sich auf Mnemenths Rücken schwang.

»Wir werden ihn so rasch wie möglich gesund machen«, entgegnete T'bor. »Sie brauchen ihn.«

Ja, dachte F'lar, als Mnementh aus dem Kessel des Fort-Weyrs aufstieg, ich brauche ihn.

Der Bronzedrache tauchte ins *Dazwischen,* und die Eiseskälte dieses furchtbaren Nichts verbiß sich in F'lars Haut. Dann schwebten sie über den Sternstein des Benden-Weyr und gaben dem Wachreiter die Parole.

3

Ramoth, Bendens goldene Königin, befand sich bei ihrem Gelege, als der angsterfüllte Ruf des Grünen von Lemos sie erreichte.

Fäden gehen über Lemos nieder! Fäden! Ramoth gab die Botschaft an alle Drachen und Reiter durch; ihr lautes Trompeten hallte von den Wänden des Weyrkessels wider.

Männer sprangen hastig von ihren Ruhebetten auf, stürzten aus den Badeteichen, warfen zur Seite, was sie gerade in der

Hand hielten, noch bevor das erste Echo verklungen war. F'lar, der gerade die Jungreiter bei ihren Übungen beobachtete, hatte bereits seinen Wherlederanzug übergestreift, da nach dem Zeitplan am Spätnachmittag dieses Tages Fäden in Lemos erwartet wurden. Mnementh landete neben ihm, noch bevor Ramoth aus ihrer Brutstätte auftauchte, und sie umkreisten das Felsenöhr über dem Weyr.

Fäden im Nordosten von Lemos, berichtete Mnementh. Ramoth glitt jetzt auf ihren Felsensims, um auf Lessa zu warten. Aus sämtlichen Höhlen strömten nun Drachen. Ihre Reiter zwängten sich im Laufen in ihre Kampfanzüge und schleppten keuchend Säcke mit Feuerstein an.

F'lar hatte jetzt keine Zeit, darüber nachzudenken, weshalb die Fäden um Stunden zu früh fielen. Er sammelte sein Geschwader. Zugleich verbreitete Mnementh die Botschaft, daß sich sämtliche Jungreiter nach Lemos begeben sollten, um die Boden-Suchtruppe zu unterstützen.

Dann ging das Geschwader ins *Dazwischen.*

Fäden fielen, daran bestand kein Zweifel. Eine silbergraue Wand hing über den Jungholzpflanzungen der Hartfaserbäume, von denen sich Baron Asgenar soviel versprach. Feuerspeiend tauchten die Drachen aus dem *Dazwischen* und flogen dicht über dem Wald dahin. Sie hatten es tatsächlich geschafft, das gefährdete Gebiet noch vor den Fäden zu erreichen. F'lar beschloß, sich später persönlich bei dem grünen Reiter zu bedanken, der so rasch gehandelt hatte. Der Gedanke, daß Fäden diesen Baumbestand vernichteten, jagte F'lar einen Schauer über den Rükken.

Dicht über Mnementh stieß ein Drache einen schmerzerfüllten Schrei aus. Noch bevor F'lar erkannte, wer es war, hatten sich Reiter und Tier ins *Dazwischen* zurückgezogen, wo die Kälte die ätzenden Fäden zerstörte, bevor sie tiefer in die Haut eindringen konnten. Minuten nach dem Angriff bereits ein Verwundeter? F'lar sah sich besorgt um.

Virianth, R'nors Brauner, informierte Mnementh seinen Reiter, während er auf einen Klumpen Silberfäden zustieß. *Er hat sich nur die Flügelspitze verletzt und wird wiederkommen. Wir brauchen ihn. Diese Fäden fallen falsch.*

»Falsch und zu früh«, entgegnete F'lar. Eisiger Wind fegte ihm entgegen, als sein Drache sich im vollen Flug auf die Sporen

stürzte. Er fütterte ihn mit Feuersteinen. Der Schwefelatem des Tieres umwehte ihn. Es gab keine Zeit zu langen Überlegungen. Tauchen. Feuerspeien. Einen Jungreiter um Steine-Nachschub schicken. Ein Stück aufsteigen, um die Formation des Geschwaders zu überprüfen. Weit unten das goldene Dreieck der Königinnen.

Als der Einfall der Fäden schließlich nachließ und die Drachen landeten, um den Suchtrupps von Lemos zu helfen, erstattete Mnementh Bericht.

Neun kleinere Verletzungen, vier davon nur angesengte Flügelspitzen; zwei Schwerverwundete, Sorenth und Relth, und zwei Reiter mit Gesichtsverbrennungen.

Versengte Flügelspitzen — das war einfach falsche Berechnung. Die Reiter hielten den Sicherheitsabstand nicht ein. Beim Ei, es ging doch nicht um Wettspiele, sondern um einen echten Kampf! F'lar knirschte mit den Zähnen.

Sorenth erklärt, daß er auf einen Klumpen stieß, als er aus dem Dazwischen *kam. Das gleiche behaupten Relth und T'gor. Diese Fäden fallen nicht richtig.*

T'gor und Relth waren gute Reiter, das wußte F'lar. Wie konnte es geschehen, daß morgens im Nordosten Fäden fielen, wenn man sie erst gegen Abend im Südwesten erwartet hatte? F'lar wollte schon Canth durch Mnementh holen lassen, als ihm einfiel, daß F'nor verwundet war und sich einen halben Planeten entfernt auf dem Südkontinent befand. Er fluchte lange und ausgiebig und wünschte T'reb mitsamt seinem Weyrführer T'ron ins *Dazwischen.*

Lamanth fliegt gut, unterbrach Mnementh seine Gedankengänge.

F'lar zuckte zusammen und warf einen Blick auf die junge Königin.

»Ein Glück, daß es uns nicht an Nachwuchs fehlt«, stellte F'lar fest. Trotz seiner Sorgen mußte er über Mnemenths Stolz lächeln. Lamanth war die Königin aus Mnemenths zweiter Paarung mit Ramoth.

Ramoth fliegt auch nicht schlecht, dafür, daß sie eben erst von der Brutstätte kommt. Achtunddreißig Eier und ein goldenes darunter, fuhr Mnementh fort.

»Wir werden etwas wegen dieser dritten Königin unternehmen müssen.«

Mnementh knurrte ungehalten. Viele Königinnen waren ein Zeichen für die Virilität eines Bronzedrachens, und Mnementh stellte natürlich seine Tüchtigkeit gern zur Schau. Andererseits hatte Ramoth etwas dagegen, die Bronzedrachen ihres Weyrs mit zu vielen Königinnen zu teilen, trotz der Tatsache, daß sie nur Mnementh als ihren Partner gelten ließ. Benden mußte mehr als eine Königin halten, um die übrigen Bronzedrachen zu versöhnen und die Zucht zu verbessern. Aber gleich drei?

Nach dem Treffen vom Vorabend im Fort-Weyr zögerte F'lar, einem der anderen Weyrführer anzudeuten, daß er froh um ein Heim für die neue Königin wäre. Er konnte sich die Reaktion vorstellen.

»Benden ist bekannt für seine Großzügigkeit, aber was steckt hinter einem solchen Manöver?« würde T'ron sagen. »Es entspricht nicht der Tradition.«

Aber das stimmte nicht. Es hatte schon ähnliche Fälle gegeben. Und F'lar nahm lieber T'rons bissige Bemerkungen auf sich als Ramoths schlechte Laune. Er warf einen Blick auf das schillernde Königinnen-Geschwader, Ramoth mit kraftvollen Flügelschlägen an der Spitze, die jüngeren Drachen bemüht, ihr zu folgen.

Fäden außerhalb des Zeitplans! F'lar biß die Zähne zusammen. Dabei hatte er sich vor sieben Planetendrehungen, als Pern völlig unvorbereitet auf die Katastrophe war, so viel Mühe gegeben, die alten, halb vermoderten Schriften zu entziffern! Und es war ihm gelungen, ein Schema aufzustellen, das die Alten begeistert begrüßten und *benutzten* — obwohl es der Tradition nicht entsprach.

Wie war es nur möglich, daß die Sporen, die keine Intelligenz und keinen eigenen Willen besaßen, plötzlich von einem Schema abwichen, das sie sieben Planetendrehungen lang auf die Sekunde genau eingehalten hatten? Weshalb wechselten sie über Nacht den Rhythmus?

Oder hatte er den Plan falsch gelesen? F'lar dachte zurück, aber er hatte die sorgfältig gezeichneten Karten genau im Kopf, und selbst wenn ihm ein Fehler unterlaufen wäre — Lessa hätte es gemerkt.

Er nahm sich vor, alles nachzuprüfen, sobald er heimkam. Zuerst allerdings mußte er sich vergewissern, ob wirklich alle Fädenklumpen vernichtet worden waren. Er befahl Mnementh, nach Baron Asgenar von Lemos zu suchen.

Mnementh kreiste gehorsam tiefer. F'lar konnte von Glück reden, daß er die Angelegenheit Baron Asgenar und nicht etwa Sifer von Bitra oder Raid von Benden erklären mußte. Manchmal stellten die beiden F'lars Geduld auf eine harte Probe. Gewiß, die drei Burgen hatten gewissenhaft ihre Abgaben entrichtet, als Benden noch der einzige Weyr auf Pern war und die anderen Burgen keinen Tribut leisten wollten. Aber Baron Raid und Baron Sifer hatten die unangenehme Eigenschaft, die Drachenreiter bei jeder Gelegenheit an ihre Treue zu erinnern.

Baron Asgenar von Lemos dagegen war jung; die Barone hatten ihn erst vor fünf Planetendrehungen in Amt und Würden eingesetzt. Seine Haltung dem Weyr gegenüber war erfrischend sachlich und neutral.

Mnementh glitt auf den Großen See zu, der Lemos vom oberen Teil des Telgar-Territoriums trennte. Die Front der Silberfäden war knapp vor den Weichholzwäldern am Nordufer zum Stillstand gekommen.

Auf einer Anhöhe in der Nähe der großen Wiese, die sich zum See hin erstreckte, sah F'lar den grünen Drachen. Asgenar befand sich vermutlich nicht weit weg. Um F'lars Lippen spielte ein grimmiges Lächeln. Sollten die Alten mißmutig dreinsehen und die Köpfe schütteln, wenn er Drachen als Boten zwischen dem Weyr und den Burgen einsetzte. Heute hatte sich erwiesen, wie richtig diese Maßnahme war. Wenn er nicht rechtzeitig Nachricht erhalten hätte, wäre es um die Wälder geschehen gewesen.

Die Wälder! Wieder ein Dorn im Auge der Alten. Vor vierhundert Planetendrehungen hatte es solche riesigen Waldgebiete noch nicht gegeben. Zu viel Grün zu beschützen! Nun, gegen die Holzprodukte zumindest hatten die Alten nichts einzuwenden, und sie überhäuften Bendarek, Fandarels Untergebenen, mit ihren Aufträgen. Andererseits wollten sie es nicht zulassen, daß Bendarek eine eigene Gilde gründete. Vermutlich, weil Bendarek in der Nähe der Hartfaserwälder von Lemos bleiben wollte und damit unter den Schutz des Benden-Weyrs fiel. F'lar schüttelte müde den Kopf.

Mnementh landete mit kräftigen Flügelschlägen, die das Gras flachdrückten. F'lar stieg ab, um Baron Asgenar zu begrüßen, während Mnementh sich dem grünen Drachen und seinem Reiter F'rad zuwandte.

F'rad läßt dir ausrichten, daß Asgenar . . .

»Den Geschwadern von Benden entkommt nichts«, sagte Asgenar anstelle einer Begrüßung, so daß Mnementh seinen Gedanken nicht zu Ende führte. Der junge Mann wischte sich Ruß und Schweiß von der Stirn, denn er gehörte zu den wenigen, die ihre Suchmannschaften persönlich begleiteten. »Selbst wenn in letzter Zeit die Fäden vom gewohnten Schema abweichen. Wie erklären Sie sich diese Verschiebungen?«

»Verschiebungen?« F'lar wiederholte das Wort, ein wenig verwirrt, denn er spürte, daß Asgenar sich nicht nur auf den Vorfall dieses Tages bezog.

»Ja! Und wir hielten Ihre Zeitpläne für unfehlbar — besonders da sie von den Alten überprüft und anerkannt wurden.« Asgenar warf F'lar einen verschmitzten Blick zu. »Oh, ich will Sie keineswegs tadeln, F'lar. Sie haben immer ein offenes Ohr für unsere Vorschläge, und ich schätze mich glücklich, daß ich Ihrem Weyr unterstehe. Man weiß, wie man mit Benden dran ist. Mein zukünftiger Schwager, Baron Larad, hatte nämlich in jüngster Zeit Schwierigkeiten mit T'kul vom Hochland. Und seit in Tillek und Crom verfrüht Fäden fielen, hat er ein gründliches Wachsystem eingeführt.« Asgenar machte eine Pause. Ihm war F'lars angespanntes Schweigen aufgefallen. »Ich möchte keineswegs das Weyrvolk kritisieren, F'lar«, fügte er formell hinzu, »aber Gerüchte sind oft schneller als Drachen, und sie erreichten natürlich auch mich. Ich verstehe ja, daß die Weyr das gemeine Volk nicht beunruhigen wollen, aber eine — nun — kleine Vorwarnung wäre doch angebracht gewesen.«

»Der Fädeneinfall von heute war nicht vorherzusehen«, erwiderte F'lar langsam, während sich seine Gedanken überstürzten. Warum hatte man kein Wort zu ihm gesagt? R'mart von Telgar war nicht zu dem Treffen der Weyrführer erschienen. Hatte er zu dieser Zeit damit zu tun gehabt, die Fäden zu bekämpfen? Daß T'kul vom Hochland irgendwelche Informationen weitergab, die ihn vielleicht in einem schlechten Licht erscheinen ließen, war ohnehin undenkbar. Der Mann würde nicht einmal den Mund aufmachen, um einem Reiter das Leben zu retten.

Nein, sie hatten gute Gründe gehabt, an jenem Abend F'lar gegenüber nichts von den verfrühten Fädeneinfällen zu sagen. Wenn T'kul die anderen überhaupt verständigt hatte. Aber weshalb war von R'mart keine Nachricht gekommen?

»Aber der Benden-Weyr schläft nicht, was? Ein Nistplatz in

diesen Wäldern würde uns reichen!« Asgenars Blicke schweiften über die Schwammgehölze.

»Ja, einer würde reichen. Was berichten die Suchtrupps? Sind Ihre Läufer bereits zurückgekehrt?«

»Ihr Königinnengeschwader meldete schon vor zwei Stunden, daß die Gefahr gebannt sei.« Asgenar lachte. Er wippte auf den Zehen hin und her, nicht im geringsten beunruhigt durch das unvorhergesehene Ereignis. F'lar beneidete ihn. Und er hoffte, daß er das Vertrauen des jungen Barons nicht enttäuschen würde.

Weyrführer und Baron erstarrten, als sie einen blauen Drachen aufmerksam über einer Baumgruppe kreisen sahen. Erst als sich das Tier nach Nordosten wandte, sah Asgenar F'lar ein wenig besorgt an.

»Glauben Sie, daß ich meine Wälder abholzen muß, wenn die Fäden weiterhin so unregelmäßig fallen?«

»Sie kennen meine Ansicht über Holz, Asgenar. Es ist ein viel zu wertvolles Material, als daß man es opfern darf.«

»Aber man braucht jeden Drachen, um . . .«

»Sind Sie nun für oder gegen die Wälder?« grinste F'lar. »Weisen Sie Ihre Forstleute an, ständig die Augen offen zu halten. Auf ihre Wachsamkeit kommt es an.«

»Dann wissen Sie nicht, wie sich die Einfälle verschieben?«

F'lar schüttelte langsam den Kopf. »Ich lasse F'rad bei Ihnen. Er hat einen scharfen Blick.«

Ein Lächeln erhellte die Züge des Mannes. »Ich wollte nicht darum bitten, aber es ist eine große Erleichterung für mich. Ich werde Ihre Großzügigkeit nicht mißbrauchen.«

F'lar sah ihn scharf an. »Weshalb sollten Sie?«

Asgenars Mundwinkel zuckten spöttisch. »Davor warnen die Alten doch, oder? Und der Sprung ins *Dazwischen,* der einen ohne Zeitverlust von einem Ort zum anderen bringt, stellt eine große Versuchung dar.«

F'lar lachte. Ihm fiel ein, daß Baron Asgenar sich mit Famira, der jüngsten Schwester von Baron Larad, vermählen wollte. Und obwohl die Ländereien von Telgar an Lemos grenzten, trennten ausgedehnte Wälder und mehrere Gebirgszüge die beiden Burgen.

Drei Geschwaderreiter tauchten mit ihren Tieren auf, um F'lar Bericht zu erstatten. Man hatte im Zentrum des Fädeneinfalls neun Niststellen entdeckt und ohne größere Verluste zerstört.

F'lar entließ die Männer. Kurz danach kam ein Läufer, völlig erschöpft. Es gelang ihm noch, seine Botschaft hervorzukeuchen, bevor ihn die Kräfte verließen und er zu Boden sank. Asgenar zog seinen Mantel aus und hüllte den Mann damit ein. Dann hielt er ihm die eigene Flasche an die Lippen.

»Die beiden befallenen Stellen am Südhang sind unter Kontrolle!« sagte Asgenar erleichtert, als er zu F'lar zurückkehrte. »Das bedeutet, daß den Hartfaserwäldern keine Gefahr mehr droht.« Der Baron nahm selbst einen Zug aus der Flasche und fuhr fort: »Wenn ein kalter Winter kommt, brauchen meine Leute das Holz. Die Kohle von Crom ist teuer.«

F'lar nickte. Brennholzvorräte bedeuteten eine große Ersparnis, obwohl manche Barone das nicht so sahen. Meron von Nabol beispielsweise verbot es seinen Untertanen, Holz zu schlagen, so daß sie gezwungen waren, die teure Kohle von Crom zu erstehen. Er selbst machte noch einen guten Gewinn dabei.

»Der Läufer kam bis vom Südhang? Ein schneller Mann!«

»Meine Forstleute sind die besten von ganz Pern. Meron von Nabol hat bereits zweimal versucht, diesen Läufer für sich zu gewinnen.«

»Und?«

Baron Asgenar lachte. »Wer traut schon Meron? Es spricht sich herum, wie der Baron seine Leute behandelt.« Er schien noch etwas sagen zu wollen, doch dann räusperte er sich nur und wandte nervös den Blick ab.

»Was Pern braucht, ist ein wirksames Nachrichtennetz«, meinte der Drachenreiter und sah zu dem Boten hinüber, der immer noch keuchend am Boden lag.

»Wirksam?« Asgenar lachte laut auf. »Ist denn schon ganz Pern von Fandarels Krankheit angesteckt?« Doch dann wurde er ernst. »Wissen Sie, ob man bereits zu einer Entscheidung hinsichtlich Bendarek gekommen ist?«

»Bis jetzt hat sich nichts geändert.«

»*Ich* bestehe nicht darauf, daß er sich in Lemos niederläßt . . .«, begann Asgenar.

F'lar hob die Hand. »Ich auch nicht, obwohl es mir schwerfällt, die anderen davon zu überzeugen. Lemos besitzt nun einmal die größten Wälder. Außerdem stammt Bendarek aus Lemos. Weshalb sollte er seine Heimat verlassen?«

»Jeder Einwand, der bisher vorgebracht wurde, ist lächerlich!«

Die grauen Augen des Burgherrn blitzten vor Zorn. »Sie wissen ebensogut wie ich, daß ein Gildemeister in seinen Entscheidungen unabhängig ist. Bendarek kümmert sich nicht um Politik, ihm geht es ebenso wie Fandarel nur um sein Handwerk.«

»Ich weiß, ich weiß, Asgenar. Larad von Telgar und Cormann von Keroon stehen auf Ihrer Seite. Zumindest haben sie mir das versichert.«

»Wenn sich die Barone zum nächsten Konklave in Telgar treffen, werde ich die Sache vorbringen. Raid und Sifer werden mich unterstützen, und sei es nur, weil wir dem gleichen Weyr unterstehen.«

»Die Entscheidung liegt nicht bei den Baronen oder Weyrführern«, erinnerte F'lar den resoluten jungen Mann, »sondern bei den übrigen Gildemeistern. Das ist meine Ansicht, seit Fandarel die Gründung einer neuen Gilde vorschlug.«

»Worauf warten wir dann noch? Sämtliche Gildemeister kommen zur Hochzeit nach Telgar. Dort können wir die Angelegenheit ein für allemal regeln.« Asgenar zuckte mit den Schultern. »Bendarek macht das Hin und Her so nervös, daß er sich nicht mehr auf seine Arbeit konzentrieren kann.«

»Jeder Vorschlag, der irgendwie nach Veränderung riecht, versetzt gewisse Weyrführer und Burgherren in Unruhe«, sagte F'lar. »Manchmal habe ich das Gefühl, daß sich nur die Gilden um das Neue bemühen, daß nur sie beweglich genug sind, um Verbesserungen einzuführen. Die Barone und die . . .« F'lar unterbrach sich. Zum Glück näherte sich ein zweiter Läufer vom Norden. Er blieb vor seinem Herrn stehen.

»Sir, im Norden ist alles erledigt. Drei Niststellen wurden entdeckt und ausgeräuchert. Es besteht keine Gefahr mehr.«

»Gut gemacht!«

Der Mann salutierte und kauerte dann neben seinem Gefährten nieder, um ihm die Beinmuskeln zu massieren.

Asgenar lächelte F'lar zu. »Im Grunde genommen sind wir uns einig. Wenn es uns nur gelingen würde, die anderen zur Einsicht zu bringen!«

Mnementh berichtete, daß die Geschwader sich auf dem Heimweg befanden. Er streckte so betont seine Vorderpfote aus, daß Asgenar lachen mußte.

»Ich will Sie nicht aufhalten«, sagte er. »Kann man schon sagen, wann die nächsten Fäden fallen werden?«

F'lar schüttelte den Kopf. »F'rad ist hier. Sie müßten ungefähr eine Woche Ruhe haben. Sobald ich etwas Genaues weiß, lasse ich Ihnen Bescheid geben.«

»Sie kommen doch in sechs Tagen zur Hochzeit?«

»Lessa köpft mich, wenn ich es versäume.«

Asgenar lachte. »Meine Empfehlungen an die Weyrherrin.«

Mnementh trug ihn in einer weiten Ellipse nach oben, so daß er noch einen letzten Blick auf die Waldgebiete werfen konnte. Im Norden und etwas weiter weg im Osten stiegen Rauchfahnen auf, aber das schien Mnementh nicht zu beunruhigen. F'lar befahl ihm, ins *Dazwischen* zu gehen. Die Kälte, die ihm entgegenschlug, erinnerte ihn schmerzhaft an die Ätzwunden, die er beim Kampf gegen die Fäden davongetragen hatte. Doch dann waren sie über dem Weyr, und Ramoth erwiderte Mnemenths Begrüßungsschrei. F'lar war noch nicht abgestiegen, als Lessa ihm bereits entgegenstürmte.

Erst als sie ganz nahe war, sah er, daß sie einen Salbentopf und Lappen in der Hand hatte, und er wandte sich ärgerlich Mnementh zu: »Du tust, als sei ich ein Jungreiter!«

Mnementh blieb ungerührt von dem Tadel. *Fäden tun weh.*

»Ich möchte nicht, daß du Lessa aufregst!«

Und ich möchte nicht, daß Ramoth wütend wird!

Lessa hatte ihren Reitanzug aus Wherleder noch nicht ausgezogen. Sie wirkte zu jung für eine Weyrherrin, als sie ihm mit wehenden Flechten entgegenlief. Weder die Mutterschaft noch die sieben Planetendrehungen im Weyr hatten sie altern lassen.

»Und du beschwerst dich, daß deine Reiter eine schlechte Berechnung haben!« schimpfte sie, und bevor er ihr erklären konnte, daß es sich nur um ein paar Kratzer handelte, hatte sie Salbe über die verätzten Stellen gestrichen. »Ich werden sie auswaschen müssen, sobald du nichts mehr spürst. Kannst du dem Zeug immer noch nicht ausweichen? Virianth geht es nicht schlecht, aber Sorenth und Relth haben böse Wunden davongetragen. Manora glaubt, daß sie P'ratans gutes Aussehen retten kann, aber auf einem Auge bleibt er vermutlich blind.« Sie machte eine Pause und holte tief Luft. »Vielleicht hört er nun endlich auf, den Mädchen nachzustellen. Wir haben allmählich nichts anderes mehr zu tun, als seine Babys großzuziehen. Die

Mädchen, die nicht vom Weyr stammen, lassen sich selten zu einer Abtreibung überreden.« Sie schwieg, die Lippen zu einem dünnen Strich zusammengepreßt. F'lar wußte, daß sie ein schmerzliches Thema gestreift hatte.

»Lessa! Nein, schau mich an!« Er hob ihr Kinn und sah ihr in die Augen. Ihr, die keine Kinder mehr bekommen konnte, fiel es sicher schwer, unerwünschte Schwangerschaften bei anderen zu beenden. Würde sie nie aufhören, sich nach einem zweiten Kind zu sehnen? Wie konnte sie vergessen, daß sie bei Felessans Geburt beinahe gestorben wäre? Ihn erleichterte es, daß sie seitdem nicht mehr empfangen hatte. Der Gedanke, Lessa zu verlieren, war unerträglich. »Wenn man so oft ins *Dazwischen* fliegt, kann man keine Kinder austragen.«

»Kylara scheint es nichts auszumachen«, entgegnete Lessa bitter. Sie hatte sich abgewandt und beobachtete Mnementh, der an der Futterstelle einen fetten Bock riß. Man sah ihr an, daß sie sich Kylara als Opfer vorstellte.

»Die!« entgegnete F'lar abschätzig. »Liebling, ich möchte nicht, daß du dich mit Kylara vergleichst!«

Lessa zuckte mit den Schultern. »Du hast recht. Es gibt auch wichtigere Dinge zu besprechen. Was sagte Baron Asgenar zu dem Einfall der Fäden? Ich hätte mich gern an eurem Gespräch beteiligt, aber Ramoth setzte es sich in den Kopf, zu ihrem Gelege zurückzukehren. Ach ja, bevor ich es vergesse — ich schickte Boten zu den übrigen Weyrn, damit die Leute gewarnt sind.«

F'lar lachte bitter, und sie sah ihn verwirrt an. Er berichtete, was er von Asgenar erfahren hatte.

»Und der Baron dachte, daß wir Bescheid wüßten? Daß man nur die Karten ein wenig ändern müsse, und alles sei in Ordnung?« Ihre Augen sprühten Blitze. »Hätte ich die Alten doch niemals hierhergeholt! Dir wäre sicher ein Weg eingefallen, die Probleme zu lösen.«

»Dein Vertrauen ehrt mich, aber es ist übertrieben.« Er zog sie kurz an sich. »Außerdem sind die Alten nun mal hier, und wir müssen mit ihnen fertig werden.«

»Verlaß dich darauf, das schaffen wir. Wir bringen sie auf Vordermann, bis . . .«

»Lessa!« Er schüttelte den Kopf. »Du kannst einen Wachwher nicht in einen Drachen verwandeln, Liebes.«

Wer will das schon? kam Mnemenths Kommentar von der Futterstelle. Er hatte seinen Hunger gestillt.

Lessa mußte über den Einwurf lachen, und F'lar umarmte sie.

»Nun, wir werden sehen, was sich tun läßt«, meinte sie entschlossen, als sie sich Ramoths Schlafhöhle zuwandten. »Diesem arroganten T'kul vom Hochland traue ich zwar alles zu, aber R'mart von Telgar?«

»Wie lange sind die Boten schon unterwegs?«

Lessa blinzelte in die helle Vormittagssonne. »Erst kurze Zeit. Ich wartete die letzten Berichte ab.«

»Gut. Dann besorge mir etwas zu essen, Mädchen. Ich bin ebenso hungrig wie Mnementh.«

Der Bronzedrache war auf dem Felsensims gelandet und wollte sich eben auf seinem gewohnten Ruheplatz niederlassen, als im Tunnel, dem einzigen Weyreingang vom Land her, plötzlich Bewegung entstand. Er schlug mit den Flügeln und reckte den Hals, doch dann streckte er sich gleichgültig auf dem warmen Stein aus.

»Es ist nur der Weintransport von Benden«, erklärte Lessa, als F'lar sie fragend ansah. Mit einem Lachen fügte sie hinzu: »Wehe, du erzählst das Robinton! Die Fässer müssen noch eine Weile lagern.«

»Wie kommst du gerade auf Robinton?« erkundigte er sich überrascht. Woher wußte Lessa, daß er eben an den Meisterharfner gedacht hatte?

»Du hast bisher noch bei jeder Krise den Harfner und den Schmied um Rat gefragt.« Sie seufzte tief. »Wenn wir nur ebenso stark auf die Mitarbeit der Weyrführer bauen könnten!« Im nächsten Augenblick versteifte sie sich. »Da kommt Fidranth. Er erklärt, daß T'ron sehr aufgeregt ist.«

»*T'ron* ist aufgeregt?« Sofort stieg wieder Zorn in F'lar hoch.

»Genau das sagte ich.« Lessa machte sich von ihm los und lief voraus. »Ich richte dir etwas zu essen her.« Dann blieb sie abrupt stehen und rief über die Schulter: »Verlier die Beherrschung nicht! Ich habe den Verdacht, daß T'kul keinem der anderen Bescheid sagte. Er hat nämlich T'ron nie verziehen, daß er ihn in die Zukunft lockte.«

F'lar wartete neben Mnementh, als Fidranth sich in den Weyrkessel senkte. Der Bronzedrache stupste ihn mit seinem breiten Kopf an, und F'lar tätschelte ihn liebevoll. Es war gut, daß Lessa ihn gewarnt hatte, denn schon T'rons Begrüßung fiel alles andere als diplomatisch aus.

»Ich habe es entdeckt! Ich habe entdeckt, was Sie in Ihre angeblich unfehlbaren Zeitpläne einzutragen vergaßen!«

»Was haben Sie nun genau entdeckt, T'ron?« fragte F'lar mit eiserner Ruhe. Wenn T'ron etwas gefunden hatte, das ihnen weiterhalf, dann durfte er den Mann nicht verärgern.

T'ron stolperte in die Felsenkammer und schwenkte ein Stück beschriftetes Leder vor F'lars Nase.

»Hier ist der Beweis, daß Ihre Pläne nicht alle Informationen enthalten, die in *unseren* Aufzeichnungen stehen!«

»Bisher waren Sie immer zufrieden mit den Plänen, T'ron«, erinnerte F'lar den erregten Mann.

»Weichen Sie mir nicht aus, F'lar! Eben kam Ihr Bote an und berichtete, daß Fäden außerhalb des Schemas fallen.«

»Ja — wie bereits vor Tagen in Tillek und Crom. Warum sagte mir das niemand? Es hätte meine Arbeit sehr erleichtert.«

Das Entsetzen in T'rons Blick war echt.

»Sie täten besser daran, auf das zu hören, was sich das Volk erzählt, T'ron, anstatt den Weyr hermetisch abzuriegeln«, fuhr F'lar fort. »Asgenar wußte es, und doch fanden es weder T'kul noch R'mart der Mühe wert, die anderen Weyr zu verständigen. Ein Glück, daß F'rad bei Asgenar war . . .«

»Sie bringen schon wieder Drachen auf den Burgen unter?«

»Ich schicke jeweils einen Tag vor dem Fädeneinfall einen Boten zu dem Baron, um dessen Land es geht. Das hat sich nun bewährt. Asgenars Wälder konnten gerettet werden.«

F'lar bedauerte den Ausrutscher. Es würde T'ron erneut Gelegenheit geben, sich gegen die großen Waldgebiete von Lemos zu wenden. Um ihn abzulenken, griff F'lar nach der Aufzeichnung, aber T'ron riß sie ihm aus der Hand.

»Sie werden sich schon auf mein Wort verlassen müssen . . .«

»Habe ich je an Ihrem Wort gezweifelt, T'ron?« Auch diese Worte entschlüpften ihm, bevor er sie recht bedacht hatte. Er hoffte, daß T'ron darin keine Anspielung auf das Treffen vom Vortag sah. »Ich erkenne, daß sich die Schrift in einem schlechten Zustand befindet, aber wenn es Ihnen tatsächlich gelang, sie zu entziffern, und sie sich auf den unvorhergesehenen Fädeneinfall bezieht, dann stehen wir alle in Ihrer Schuld.«

»F'lar?« Lessas Stimme hallte im Korridor wider. »Wo bleiben deine Manieren? Das *Klah* wird kalt, und in T'rons Weyr herrscht jetzt Morgengrauen.«

»Ich hätte nichts gegen einen Schluck einzuwenden«, gab T'ron zu, ebenso erleichtert wie F'lar, daß ihr Gespräch unterbrochen worden war.

»Es tut mir leid, daß mein Bote Sie aus dem Schlaf riß . . .«

»Das ist selbstverständlich bei einer solchen Nachricht.«

Unerklärlicherweise fühlte sich F'lar erleichtert, daß T'ron nichts von dem Fädeneinfall gewußt hatte. Er war in der Absicht hierhergekommen, F'lar und den Benden-Weyr bloßzustellen. Er hätte sich nicht so beeilt, wenn ihm die Wahrheit bekannt gewesen wäre.

Als die beiden Männer den Wohnraum betraten, saß Lessa bereits am Tisch. Sie trug ein fließendes Gewand, und ihr Haar wurde von einem Ziernetz locker zusammengehalten. Niemand merkte ihr an, daß sie noch ein paar Stunden zuvor das Königinnengeschwader geführt hatte.

Lessa hatte sich also vorgenommen, ihren Charme gegen T'ron auszuspielen? Innerlich amüsierte sich F'lar. Aber er wußte nicht, ob es ihr gelingen würde, T'ron weich zu stimmen. Den Gerüchten nach verstanden sich Mardra und T'ron nicht besonders gut.

»Wo ist Ramoth?« fragte T'ron, als sie an der leeren Schlafhöhle der Drachenkönigin vorüberkamen.

»In der Brutstätte, wo sie eifersüchtig über ihr Gelege wacht«, erwiderte Lessa leichthin.

T'ron runzelte die Stirn. Zweifellos kam ihm zu Bewußtsein, daß auf Bendens warmem Sand schon wieder ein Königinnenei heranreifte, während es in den Weyrn der Alten kaum Nachwuchs gab.

»Ich muß um Verzeihung bitten, daß ich Sie so früh wecken ließ«, fuhr sie fort und reichte ihm eine zerteilte Frucht und einen Becher *Klah.* »Aber wir brauchen Ihren Rat und Ihre Hilfe.«

T'ron bedankte sich brummig und legte die Schrift vorsichtig auf den Tisch.

»Die Fäden könnten so unregelmäßig fallen, wie sie nur wollen, wenn wir nicht auf diese verdammten Wälder achten müßten«, sagte T'ron und starrte F'lar vorwurfsvoll an.

»Was? Ohne Holz leben?« rief Lessa. Sie strich über die Lehne des geschnitzten Stuhls, den Bendarek für sie angefertigt hatte. »Diese Steinsitze sind vielleicht nach Ihrem und Mardras Geschmack, aber ich hole mir jedesmal ein kaltes Hinterteil dabei.«

T'ron lachte schallend. Er musterte die zierliche Weyrherrin so unverhohlen, daß Lessa sich vorbeugte und auf die Schrift deutete.

»Ich will Ihre kostbare Zeit nicht mit meinem Geschwätz vergeuden. Sie haben hier etwas entdeckt, das unserer Aufmerksamkeit entging?«

F'lar biß die Zähne zusammen. Wie konnte sie so eine Frage stellen? Sie wußte genau, daß er kein einziges lesbares Wort in diesen schimmeligen Aufzeichnungen übersehen hatte.

Aber er verzieh ihr, als T'ron die Haut umdrehte. »Das Ding ist natürlich schlecht erhalten«, sagte er, und es klang, als trage F'lar die Schuld daran. »Aber als mir Ihr Jungreiter die böse Nachricht überbrachte, entsann ich mich einer Schrift, in der von einem völlig regelwidrigen Fädeneinfall die Rede war. Mit ein Grund, weshalb wir uns nie die Mühe machten, ein Zeitschema aufzustellen.«

F'lar wollte schon fragen, weshalb niemand es der Mühe wert gefunden hatte, diese kleine Tatsache zu erwähnen, aber er schwieg, als er Lessas warnenden Blick auffing.

»Da, der Satz ist unvollständig, aber wenn sie ›unvorhergesehene Verschiebungen‹ einsetzen, bekommt er Sinn.«

Lessa sah bewundernd zu ihm auf.

»Das stimmt, F'lar. Da . . .« Und sie entwand die Aufzeichnung T'rons zögernden Fingern und schob sie F'lar zu.

»Sie haben recht, T'ron. Völlig recht. Ich erinnere mich, daß ich diese Schrift zur Seite legen mußte, weil sie zu vermodert war.«

»Natürlich, als ich sie vor vierhundert Planetendrehungen zum erstenmal las, hatte sie sich noch nicht so aufgelöst.« T'rons Seitenhiebe waren schwer zu schlucken, aber so kam man mit dem Mann noch besser aus, als wenn er sich in die Defensive gedrängt sah.

»Doch damit wissen wir noch nicht, wie die Verschiebung vor sich ging und wie lange sie dauerte«, meinte F'lar.

»Es muß noch andere Hinweise geben, T'ron«, warf Lessa unterwürfig ein. »Weshalb halten sich die Fäden plötzlich nicht mehr an das Schema, das sie sieben Planetendrehungen lang auf die Sekunde genau befolgt haben? Sie selbst geben zu, daß Sie sich in Ihrer Zeit nach einem bestimmten Rhythmus richteten. Gab es dabei grobe Abweichungen?«

T'ron starrte mit gerunzelter Stirn auf die verwischten Zeilen. »Nein«, meinte er schließlich. Er schlug mit der Faust auf den Tisch. »Weshalb besitzen wir nicht mehr das Wissen unserer Vorfahren? Weshalb lassen uns diese Aufzeichnungen gerade dann im Stich, wenn wir sie am notwendigsten brauchen?«

Mnementh begann draußen auf dem Felsensims zu trompeten, und Fidranth stimmte ein.

Lessa hielt den Kopf schräg und horchte.

»D'ram und G'narish«, sagte sie. »Ich glaube nicht, daß wir mit T'kul rechnen können, aber R'mart ist ein verläßlicher Mann.«

D'ram von Ista und G'narish von Igen traten gemeinsam ein. Die beiden Männer waren erregt und kamen sofort zur Sache.

»Was hat das zu bedeuten — ein verfrühter Fädeneinfall?« fragte D'ram. »Wo sind T'kul und R'mart? Sie haben die beiden doch verständigt? Erlitten Ihre Geschwader große Verluste?«

»Wir kamen gerade noch rechtzeitig, so daß zum Glück kein Schaden entstand. Auch meine Reiter sind bis auf zwei Verletzte wohlauf«, erwiderte F'lar. »Ich danke für die Nachfrage.«

Obgleich Mnementh niemanden angekündigt hatte, hörten sie hastige Schritte auf dem Felsenpfad, der in den Weyr führte. Alle dachten, daß R'mart doch noch gekommen sei, aber als sie zum Eingang blickten, sahen sie einen Jungreiter auftauchen.

»R'mart schickt mich«, keuchte der Bote. »Er ist verwundet. Die Drachen und Reiter von Telgar haben schwere Verluste erlitten. Es sieht verheerend im Weyr aus. Und es heißt, daß auf den Höhen von Crom die Hälfte der Ländereien verkohlt sind.«

Die Weyrführer waren aufgesprungen.

»Ich schicke sofort Hilfe . . .«, begann Lessa und unterbrach sich, als sie T'rons strengen Blick auf sich gerichtet sah. Auch D'ram musterte sie verwirrt. Sie fauchte ungeduldig: »Ihr habt doch gehört, was der Junge sagte! Der Weyr ist in Not. Beistand in einer Katastrophe kann man doch wirklich nicht als Einmischung betrachten. Das alte Sprüchlein von der Autonomie eines Weyrs wäre hier lächerlich. Wollt ihr etwa Telgar im Stich lassen?«

»Eigentlich hat sie recht«, meinte G'narish, und F'lar warf ihm einen dankbaren Blick zu. Der Mann war im Begriff, sein Verbündeter zu werden.

Lessa verließ den Raum, gefolgt von dem Jungreiter.

»T'ron fand in den Schriften eine Stelle, die sich auf unvorhergesehene Verschiebungen beim Fädeneinfall bezieht«, begann F'lar, als die anderen Platz genommen hatten. »D'ram, erinnern Sie sich an ähnliche Aussagen aus der Zeit, als Sie die Aufzeichnungen von Ista studierten?«

»Nein, das ist zu lange her.« Der Weyrführer von Ista schüttelte langsam den Kopf und wandte sich G'narish zu, der auch nur mit den Schultern zuckte. »Ich habe übrigens Patrouillenflüge in meinem Weyr befohlen und schlage vor, daß alle zu dieser Vorsichtsmaßnahme greifen.«

»Was uns fehlt, ist ein Wachdienst für ganz Pern«, begann F'lar vorsichtig.

Aber T'ron ließ sich nicht täuschen. Er hieb mit der Faust auf den Tisch. »Sie lauern schon wieder auf den Moment, da Sie Drachen auf den Burgen unterbringen können! Das Weyrvolk hält zusammen . . .«

»Wie T'kul und R'mart, die es nicht der Mühe wert finden, uns zu warnen?«fragte D'ram mit so eisiger Stimme, daß T'ron merklich stiller wurde.

»Außerdem, weshalb sollten wir uns abplagen, wenn die Burgen über so viel mehr Menschen verfügen als wir?« warf G'narish ein. Er lächelte nervös, als er die erstaunten Blicke der anderen auf sich gerichtet sah. »Ich meine, die Barone könnten ohne weiteres die Wachtposten stellen, die wir benötigen.«

»Richtig!« unterstützte ihn F'lar, ohne T'rons Einwand zu beachten. »Es ist noch gar nicht so lange her, da kündeten Rauchzeichen auf den Bergkämmen an, daß Baron Fax sich wieder einmal auf Eroberungszug befand. Es würde mich nicht überraschen, wenn die meisten dieser Signalfeuerstellen noch existieren.« Er machte eine Pause. »Sollen die Burgbewohner Feuer abbrennen, sobald Fäden am Horizont heraufziehen — ein paar strategisch gut verteilte Reiter können große Gebiete überblikken.«

»Es wäre gut gewesen, wenn T'kul uns benachrichtigt hätte wie Sie«, murmelte D'ram.

»Wir alle wissen, wie T'kul ist«, meinte F'lar tolerant.

»Er hatte kein Recht, uns diese wichtige Information vorzuenthalten.« Wieder hieb T'ron auf den Tisch. »Die Weyr müssen zusammenhalten.«

»Die Barone werden Schwierigkeiten machen«, stellte G'narish fest. Zweifellos dachte er an Cormann von Keroon, den widerspenstigsten Baron in seinem Schutzbereich.

»Oh«, entgegnete F'lar leichthin, »wenn wir ihnen weismachen, daß wir mit einer solchen Verschiebung rechneten . . .«

»Aber — aber sie besitzen doch die Zeitpläne«, stammelte T'ron. »Die Leute sind keine Schwachköpfe.«

»Es ist *unsere* Aufgabe, sie zu schützen, T'ron. Wir sind nicht verpflichtet, ihnen Erklärungen abzugeben, die sie ohnehin nicht verstehen würden.«

»Diesen Ton kenne ich gar nicht an Ihnen«, sagte D'ram erstaunt.

»Aber er hat recht«, warf G'narish ein. »Vor sieben Planetendrehungen empfingen sie uns mit offenen Armen. Sie gingen auf sämtliche Bedingungen ein, weil sie halb verrückt vor Angst waren.«

»Wenn sie ihre Wälder und Äcker erhalten wollen, müssen sie sich nach unseren Befehlen richten!«

»Dann sind wir uns einig«, sagte F'lar rasch, bevor die anderen sein Spiel durchschauten. »Wir stellen, unterstützt von den Burgherren, Wachen auf und tragen jede Verschiebung sorgfältig in unsere Karten ein. Dann werden wir bald mehr wissen.«

»Und was machen wir mit T'kul?« fragte G'narish.

D'ram sah T'ron in die Augen. »Wir werden ihm die Lage erklären.«

»Er respektiert euch beide«, pflichtete F'lar ihm bei. »Aber vielleicht wäre es besser, ihn nicht merken zu lassen . . .«

»Wir können auf Ihre Ratschläge verzichten«, unterbrach ihn T'ron, und F'lar wußte, daß der kurze Waffenstillstand beendet war. Die Alten verbanden sich gegen ihn, wie vor zwei Tagen bei jenem fehlgeschlagenen Treffen. Nun, wenigstens diesmal war es ihnen nicht gelungen, sich ihren Pflichten zu entziehen.

Die Alten befanden sich eben im Aufbruch, als Lessa in den Weyr zurückkehrte, außer Atem, aber sichtlich erleichtert. »D'ram, T'ron, bleibt noch — ich habe gute Nachricht von Telgar!« rief sie, aber die Männer verabschiedeten sich in aller Hast, und F'lar gab ihr durch einen Blick zu verstehen, daß sie die beiden nicht zurückhalten sollte.

»Wie geht es R'mart?« fragte G'narish. Er versuchte die Unhöflichkeit der anderen zu überdecken.

Lessa lächelte den Weyrführer von Igen an. »Oh, dieser Bote — er ist noch ein Kind — hat stark übertrieben. Ramoth unterhielt sich mit Solth, der Drachenkönigin von Telgar. R'mart hat böse Verätzungen davongetragen, ja. Bedella gab ihm offensichtlich eine zu starke Dosis Betäubungspulver. *Sie* trägt die Schuld daran, daß niemand verständigt wurde. R'marts Stellvertreter dachte nicht daran, Boten auszusenden, da er mitangehört hatte, daß R'mart diesen Befehl Bedella erteilte. Er konnte ja nicht ahnen, daß sie es vergessen würde.« Lessa zuckte mit den Schultern. »Der Geschwader-Zweite läßt ausrichten, daß er dankbar für euren Rat wäre.«

»H'ages ist ein guter Zweiter«, meinte G'narish. »Aber er besitzt keine Initiative. Sagen Sie, F'lar, Sie haben selbst Verletzungen davongetragen?«

»Ein paar Kratzer.«

»Von wegen«, widersprach Lessa. »Außerdem hast du noch nichts gegessen.«

»Ich mache einen Abstecher nach Telgar, F'lar, und spreche mit H'ages«, erklärte G'narish.

»Ich begleite Sie, G'narish, wenn Sie nichts dagegen haben . . .«

»*Ich* habe etwas dagegen«, warf Lessa ein. »G'narish ist durchaus allein in der Lage, das Ausmaß des Schadens festzustellen. Er kann uns später Bescheid geben. Ich bringe ihn jetzt zum Felsensims, während du *endlich* zu essen anfängst!« Lessa war so resolut, daß G'narish lachen mußte. »Kommen Sie«, fuhr sie fort und nahm seinen Arm, »ich habe noch nicht nach Gyarmath gesehen — und er ist ein Prachtbursche.«

Sie flirtete so offen mit G'narish, daß F'lar sich wunderte, weshalb Ramoth keinen Krach schlug.

Iß! riet ihm Mnementh. *Lessa soll G'narish ruhig ein wenig schmeicheln. Gyarmath macht es nichts aus, ebensowenig wie Ramoth und mir.*

»Was ich alles für meinen Weyr tue«, sagte Lessa mit einem übertriebenen Seufzer, als sie Sekunden später zurückkehrte.

F'lar sah sie an. »G'narish ist moderner eingestellt, als er selbst ahnt.«

»Dann müssen wir ihm diese Tatsache zu Bewußtsein bringen.«

Sie setzte sich neben ihn. »Signalfeuer und Patrouillenflüge reichen nicht aus, F'lar«, meinte sie nachdenklich. »Obwohl ich glaube, daß wir uns zu große Sorgen wegen dieses unvorhergesehenen Fädeneinfalls machen.«

»Damit wollte ich nur G'narish und die anderen täuschen. Ich dachte, daß du . . .«

»Aber merkst du denn nicht, daß du recht hattest?«

F'lar warf ihr einen ungläubigen Blick zu.

»Beim Ei, Weyrführer, du erstaunst mich! Warum kann es keine Abweichungen geben? Weil du, F'lar, diese Zeitpläne zusammengestellt hast und den Alten beweisen möchtest, daß die Dinger unfehlbar sind? Es hat auch lange Intervalle gegeben, in denen überhaupt keine Fäden fielen — das wissen wir am besten. Warum sollte sich da nicht gelegentlich der Rhythmus des Sporenregens ändern?«

»Aber warum? Nenne mir einen einzigen Grund!«

»Warum *nicht?* Das gleiche Ding, das den Roten Stern beeinflußt, so daß er nicht immer nahe genug an Pern vorüberzieht, um Fäden abzuwerfen, kann ihn doch so von seinem Kurs ablenken, daß sich der Einfall verschiebt. Irgendein anderer Himmelskörper vielleicht . . .«

»Wo denn?«

Lessa zuckte ungeduldig mit den Schultern. »Wie soll ich das wissen? Ich habe nicht F'rads scharfe Augen. Aber wir könnten versuchen, es herauszufinden. Oder haben dir die sieben Jahre des gleichmäßigen Trotts den Schwung genommen?«

»Lessa . . .«

Zerknirscht schmiegte sie sich an ihn. »Entschuldige, ich habe nicht das Recht, so mit dir zu reden. Es reicht, wenn du gegen diese beschränkten, engstirnigen Kerle von Weyrführern ankämpfen mußt . . .«

Er küßte sie auf die Stirn. »Du hast recht. Unser Hauptproblem ist es im Moment, das Alte und das Neue miteinander auszusöhnen. Nur so wird es uns gelingen, die Krise zu überwinden. Die Signalfeuer sind wirklich keine Lösung. Wenn nur Fandarel . . .«

»Nach dem Essen!« unterbrach sie ihn mit einem Lächeln. »Ich dachte mir, daß du mit dem Schmied und dem Meisterharfner über deine Probleme sprechen wolltest. Ich habe sie hierherbestellt, aber sie kommen erst, wenn du gegessen und dich ausgeruht hast!«

4

Kylara drehte sich vor dem Spiegel und beobachtete den Faltenwurf des tiefroten Gewandes.

»Ich wußte es«, fauchte sie, und eine Unmutsfalte grub sich in ihre glatte Stirn. »Der Saum ist zipfelig. Rannelly!«

Die alte Frau hastete herbei. »Ich komme schon, Schätzchen! Ich habe deine Kleider aus den Schränken und Truhen geholt und an die frische Luft gehängt. Dieser Blütenduft!« Sie schwätzte unaufhörlich vor sich hin.

»Diese Schneider haben keine Augen im Kopf«, murmelte die Alte, als Kylara sie auf ihr Problem aufmerksam machte. »Ah, und diese Stiche. Schlampig und in aller Hast ausgeführt. Viel zuviel Faden in der Nadel . . .«

»Der Mann versprach mir das Kleid in drei Tagen und nähte noch daran, als ich es abholen kam. Aber ich brauche es.«

Rannelly hob den Kopf und starrte ihren Schützling an. »Du hast noch nie den Weyr verlassen, ohne ein Wort zu sagen.«

»Ich gehe, wohin es mir paßt«, entgegnete Kylara und stampfte mit dem Fuß auf. »Ich bin kein kleines Kind mehr, daß ich über jeden meiner Schritte Auskunft geben muß. Vergiß nicht, daß ich die Drachenkönigin reite!«

»Das vergißt niemand, Schätzchen . . .«

»Nicht, daß ich mir etwas aus diesem Weyr hier mache . . .«

»Er ist eine Kränkung für mein Kleines . . .«

». . . aber sie werden schon sehen, daß sie mit einer Telgar nicht so umspringen können!«

»Wer hat denn mein Täubchen beleidigt?«

»Bring den Saum in Ordnung, Rannelly, und beeil dich! Ich möchte glänzen, wenn ich meine Familie besuche.« Sie strich sich über die schmale Taille und warf dann einen prüfenden Blick auf ihr dichtes, welliges Blondhaar. »Der einzige Vorteil an diesem schrecklichen Nest hier ist, daß die Sonne meinem Haar gut tut.«

»Wie pures Gold sieht es aus, Schätzchen, wie pures Gold, wenn Rannelly es bürstet. Morgens und abends, jeden Tag. Außer wenn du fort bist. *Er* hat nach dir gesucht . . .«

»Egal. Kümmere dich um den Saum. Das ist wichtiger.«

»Oh, gewiß. Zieh das Kleid aus! So . . . ooh, mein Kleines, wer hat dich so behandelt? Wer hat es gewagt — *er . . .?*«

»Still!« Kylara warf ihr rasch das Kleid zu und betrachtete die blauen Flecken auf ihrer hellen Haut. Ein Grund mehr, das neue Gewand zu tragen. Sie schlüpfte in den Morgenmantel. Obwohl es ihr ziemlich egal war, was T'bor dachte.

»Das führt zu nichts Gutem«, stöhnte Rannelly, als sie das rote Kleid nahm und in ihre Kammer schlurfte. »Du bist jetzt eine Weyrherrin. Es kommt nichts dabei heraus, wenn Drachenvolk sich erniedrigt, Täubchen . . .«

»Halt den Mund, du alte Schwätzerin! Als Weyrherrin kann ich tun und lassen, was mir paßt. Das ist der einzige Vorteil meines Ranges. Ich bin nicht meine Mutter. Und ich verzichte auf deine Ratschläge.«

»Ja, ja, das weiß ich.« Das klang so bitter, daß Kylara der alten Amme erstaunt nachsah.

Da, sie hatte schon wieder die Stirn gerunzelt. Sie durfte sich nicht vergessen — so etwas gab Falten. Kylara strich ihre Stirn glatt und betrachtete dann ihre Figur. Immer noch schlank, und das nach fünf Bälgern. Nun, damit war jetzt Schluß, und sie wußte auch, wie. Ein paar Sekunden länger als sonst im *Dazwischen,* wenn es wieder einmal soweit war . . .

Sie hob die Arme und wirbelte lachend im Kreis. Verdammt, der blaue Fleck schmerzte abscheulich. Meron sollte sich vorsehen. Ach was, Meron konnte mir ihr machen, was er wollte. Sie brauchte ihn . . .

Er ist kein Drachenreiter, meinte Prideth, die eben aufgewacht war. Die Worte der goldenen Drachenkönigin enthielten keinen Vorwurf.

»Nein, er ist *kein* Drachenreiter«, entgegnete Kylara mit einem sinnlichen Lächeln.

Mich juckt es, beschwerte sich Prideth. Kylara hörte, wie draußen der Sand flog. Hier im Südkontinent gab es keine Felsmulden als Schlafhöhlen für die Drachen, aber der Sand in den Lichtungen war von der Sonne durchwärmt und ein angenehmer Lagerplatz. Prideth lag inmitten von duftenden Fellisbäumen. Nachsichtig ging die Weyrherrin hinaus und streichelte ihr Tier. Wenn sie nur einen Menschen finden könnte, der sie so liebte und verstand wie Prideth. Wenn beispielsweise F'lar . . .

Mnementh gehört Ramoth, warf die Drachenkönigin ein.

»Mnementh könnte dir gehören, du dummes Ding!«

Nein. Ich mache ihn Ramoth nicht streitig.

Das Mädchen lehnte sich gegen den großen, keilförmigen Kopf des Drachen und schloß einen Moment lang die Augen. Prideths Liebe versöhnte sie manchmal mit ihrer Verbannung in den Süden.

Dann hörte sie in der Ferne T'bors Stimme. Er kommandierte die Jungreiter herum, und sie erhob sich. Warum mußte es gerade T'bor sein? Er war ein miserabler Liebhaber. Bei ihm empfand sie keine Lust wie bei Meron, außer Orth stieg mit Prideth zum Paarungsflug auf. Dann war er erträglich. Meron besaß Ehrgeiz. Und er kannte keine Rücksicht. Wenn sie sich mit ihm verbündete, konnten sie eines Tages ganz Pern beherrschen . . .

»Guten Tag, Kylara.«

Kylara ignorierte den Gruß. T'bors erzwungene Freundlichkeit verriet ihr, daß er fest entschlossen war, nicht mit ihr zu streiten. Sie überlegte, welche Anziehung er je auf sie ausgeübt hatte. Gewiß, er war hochgewachsen und stattlich wie die meisten Drachenreiter. Aber sein nervöser Blick und die sorgenvoll gerunzelte Stirn verdarben sein gutes Aussehen.

»Guten Tag, Prideth«, fügte er hinzu.

Ich mag ihn, erklärte Prideth ihrer Reiterin. *Und er ist dir wirklich ergeben. Du benimmst dich nicht nett.*

»Das bringt auch nichts ein!« entgegnete Kylara scharf. Dann wandte sie sich aufreizend langsam an T'bor: »Was gibt es?«

T'bor errötete, wie immer, wenn er diesen Tonfall hörte. Sie versuchte ihn aus der Ruhe zu bringen.

»Ich muß wissen, wie viele Weyr frei sind. Telgar erkundigt sich danach.«

»Frag Brekke! Ich kann mich nicht um alles kümmern.«

T'bor preßte die Lippen zusammen. »Es ist Sitte, daß die Weyrherrin . . .«

»Sitte, Sitte — hör mir damit auf! Sie weiß Bescheid. Ich nicht. Und ich sehe nicht ein, weshalb der Südkontinent jeden Idioten aufnehmen soll, der den Fäden nicht ausweichen kann.«

»Kylara, du weißt genau, weshalb der Südkontinent . . .«

»Wir hatten keinen einzigen Verwundeten während der sieben Planetendrehungen, in denen Fäden fielen.«

»Der schlimmste Einfall erfolgt nun mal im Norden, und nun höre ich . . .«

»Man nutzt uns aus!«

»Kylara, nun unterbrich mich nicht ständig!«

Lächelnd wandte sie sich ab. Es war ihr gelungen, seinen kindischen Vorsatz zunichte zu machen.

»Erkundige dich bei Brekke! Ihr macht es Spaß, mich zu ersetzen.« Sie warf einen Blick über die Schulter, um zu sehen, ob er verstanden hatte, was sie meinte. Sie war überzeugt davon, daß Brekke sein Lager teilte. Dumm genug von der Kleinen, denn Kylara merkte recht gut, daß sie F'nor verehrte.

»Brekke hat weit mehr das Zeug zur Weyrherrin als du!« sagte T'bor mit zusammengebissenen Zähnen.

»Das sollst du mir büßen, du Nichts, du Versager!« kreischte ihm Kylara entgegen, verwirrt durch seinen Angriff. Dann warf sie den Kopf nach hinten und lachte. Brekke, das dünne Ding, als Weyrherrin! Selbst Lessa sah neben ihr weiblicher aus.

Der Gedanke an Lessa ernüchterte Kylara. Sie versuchte sich erneut einzureden, daß Lessa keine Drohung für sie darstellte, daß sie kein Hindernis in ihrem Plan sein würde. Lessa war eine Närrin, mit ihrer Sehnsucht nach einem zweiten Kind. Ganz Pern hätte sie regieren können. Sie hatte die Chance leichtfertig vergeben. Wie idiotisch, die Alten aus der Vergangenheit zu holen! Nun, sie, Kylara, hatte jedenfalls nicht die Absicht, im Südkontinent-Weyr zu versauern.

Larad, der edle Baron von Telgar und ihr Blutsbruder, hatte vielleicht vergessen, sie zur Hochzeit einzuladen, aber das war kein Grund, dem Fest fernzubleiben.

Brekke wechselte gerade F'nors Verband, als er hörte, daß T'bor nach ihr rief. Sie zuckte zusammen. Mitleid und Besorgnis standen in ihren Augen.

»Ich bin bei F'nor!« rief sie.

Der Weyrführer erschien in der halboffenen Tür. »Was macht der Arm, F'nor?«

»Er heilt — kein Wunder bei dieser Pflege!« F'nor lächelte dem Mädchen zu. »Jetzt weiß ich, weshalb alle Verletzten sich darum reißen, in den Südkontinent-Weyr gebracht zu werden.«

»Wenn das der Grund ist, weise ich ihr sofort andere Aufgaben zu.« T'bors Stimme klang so bitter, daß F'nor ihn prüfend ansah. »Brekke, wie viele Verwundete können wir aufnehmen?«

»Nur vier, aber Varena im Westen hat noch Platz für zwanzig.«

»R'mart bittet darum, zehn Drachenreiter schicken zu dürfen. Es ist ein schwerer Fall darunter.«

»Der bleibt am besten bei uns.«

F'nor wollte schon sagen, daß Brekke sich zu viel Arbeit auflud. Selbst ein Blinder sah, daß sie einen Großteil von Kylaras Verantwortung auf sich genommen hatte, ohne jedoch die Vorrechte einer Weyrherrin zu genießen. Ihre Königin Wirenth war so jung, daß sie noch viel Pflege benötigte; obendrein zog Brekke die kleine Mirrim groß, obwohl sie selbst noch keine Kinder hatte, und kümmerte sich um die Reiter, die am schwersten verwundet waren. Nicht, daß F'nor undankbar sein wollte: sie verstand etwas von Krankenpflege und hatte die Hände einer Heilerin.

»Du bist mir eine große Stütze«, sagte T'bor. »Wirklich, Brekke, ich wüßte nicht, was ich ohne dich täte.«

»Sollte man nicht endlich eine andere Regelung treffen?« warf F'nor vorsichtig ein.

»Wie meinen Sie das?«

Oho, dachte F'nor, ist der Mann empfindlich! »Seit Hunderten von Planetendrehungen wurden die Drachenreiter auch auf ihren eigenen Weyrn gesund. Weshalb soll der Südkontinent sie nun alle beherbergen?«

»Benden schickt nur selten Leute«, sagte Brekke ruhig.

»Ich meine auch nicht Benden. Die Hälfte der Verwundeten hier stammen vom Fort-Weyr. Warum erholen sie sich nicht am Strand von Süd-Boll . . .?«

»T'ron ist kein Anführer . . .«, begann T'bor abschätzig.

»Das möchte Mardra uns weismachen«, unterbrach ihn Brekke mit ungewohnter Heftigkeit. T'bor starrte sie überrascht an.

»Dem kleinen Fräulein entgeht nicht viel«, meinte F'nor lachend. »Lessa sagte das gleiche, und ich glaube, sie hat recht.«

Brekke errötete.

»Wie meinst du das Brekke?« fragte T'bor.

»Fünf der Schwerverwundeten flogen in *Mardras* Geschwader!«

»Ihrem Geschwader?« Die beiden Männer sahen sich verwundert an.

»Wißt ihr das nicht?« fragte Brekke, beinahe ein wenig bitter. »Seit D'nek den Fäden zum Opfer fiel, fliegt sie selbst mit . . .«

»Eine Königin, die Feuerstein frißt? Ist Loranth deshalb nicht zum Paarungsflug aufgestiegen?«

»Ich sagte nicht, daß Loranth Feuerstein frißt«, widersprach

Brekke. »Einen Funken Vernunft besitzt Mardra noch. Nein, sie benutzt einen Flammenwerfer.«

»In der Höhe?« F'nor war wie betäubt. Und T'ron besaß die Frechheit, auf Traditionen zu pochen!

»Deshalb werden so viel Reiter in ihrem Geschwader verwundet; die Drachen fliegen dicht neben der Königin, um sie zu schützen.«

»Das ist doch . . .« F'nor zuckte zusammen, als die heftige Bewegung ihn an seine Wunde erinnerte. »Etwas Verrückteres habe ich auch noch nicht gehört. Weiß F'lar Bescheid?«

T'bor zuckte mit den Schultern. »Und wenn — was könnte er tun?«

Brekke drückte F'nor wieder auf sein Lager und richtete den Verband, der sich verschoben hatte.

»Wohin führt das noch?« fragte F'nor.

T'bor lachte hart. »Der Weyr über allem, selbst über dem gesunden Menschenverstand! Das Drachenvolk hält zusammen, und der letzte fällt ins *Dazwischen.* Nun, ich habe seit jenem Treffen, von dem ich Ihnen erzählte, beschlossen, auf eigene Faust vorzugehen. Und ich werde Ordnung in meinen Weyr bringen. Selbst Kylara . . .«

»Himmel, was ist schon wieder mit Kylara?«

T'bor warf F'nor einen nachdenklichen Blick zu. Dann zuckte er mit den Schultern. »Kylara beabsichtigt, in vier Tagen nach Telgar zu gehen. Der Südkontinent-Weyr erhielt keine Einladung zur Hochzeit. Mich kränkt das nicht. Burg Telgar besitzt keine Verpflichtungen uns gegenüber, und eine Heirat ist reine Angelegenheit der Barone. Aber ich bin überzeugt davon, daß sie Unruhe stiften will. Ich kenne die Zeichen. Außerdem war sie mit dem Baron von Nabol zusammen.«

»Meron?« F'nor schien nicht gerade beeindruckt. »Der Mann hat vor acht Planetendrehungen seine Lektion erhalten, als er versuchte, den Benden-Weyr zu stürmen. Kein Baron würde sich mehr mit Meron verbünden. Nicht einmal Nessel von Crom, der noch nie eine Geistesleuchte war.«

»Nicht vor Meron müssen wir uns in acht nehmen, sondern vor Kylara. Was sie auch anfaßt — es wird Unheil daraus.«

F'nor wußte, was T'bor meinte. »Vergessen Sie nicht, daß Larad ihr Bruder ist. Er wird sicher mit ihr fertig. Was kann sie außerdem schon anrichten? Den Roten Stern verhexen?«

F'nor merkte, daß Brekke der Atem stockte. T'bor zuckte zusammen.

»Sie haben gehört, daß sich der Rhythmus des Fädeneinfalls verschoben hat?«

»Nein.« F'nor sah von T'bor zu Brekke. Das Mädchen beugte sich über seine Medikamente.

»Sie hätten nichts dagegen tun können, F'nor«, sagte Brekke ruhig. »Und Sie fieberten noch, als wir davon erfuhren.«

T'bor grinste, als er F'nors Erregung sah. »Nicht, daß F'lars kostbare Zeitpläne je für den Südkontinent galten! Wer kümmert sich schon darum, was in diesem verlassenen Winkel von Pern geschieht?« Damit verließ T'bor den Raum. F'nor wollte ihm folgen, aber Brekke hielt ihn zurück.

»Nein, F'nor, bedrängen Sie ihn nicht!«

Er warf einen Blick in ihr besorgtes Gesicht. So war das also? Brekke und T'bor! Eine Schande, daß sie ihre Zuneigung an einen Kerl verschwendete, der dieser Hexe von Kylara vollkommen verfallen war!

»Gut, aber nun erzählen Sie mir endlich, was vorgefallen ist! Mein Arm ist verletzt, nicht mein Kopf.«

Sie berichtete in kurzen Zügen. Er nickte. Es schien, als hätte F'lar die Alten wieder einmal an die Kandare genommen. Dazu bedurfte es offenbar erst der Fäden.

»Ich verstehe nicht, was T'bor meinte, als er sich über unsere Gleichgültigkeit beschwerte.«

Brekke legte ihm bittend die Hand auf den Arm. »Es ist nicht leicht für ihn, mit Kylara zu leben, besonders, wenn es einer Art Exil gleichkommt.«

F'nor verstand das. Wie die meisten anderen Drachenreiter von Benden hatte er erleichtert aufgeatmet, als Kylara in den Südkontinent-Weyr zog. Und er konnte von Glück reden, daß sie im Moment zu sehr mit Meron von Nabol beschäftigt war, um sich ihm zu widmen.

»Sie sehen, was T'bor in den wenigen Planetendrehungen aus dem Süden gemacht hat«, fuhr Brekke fort.

F'nor nickte, ehrlich beeindruckt. »Hat er eigentlich je den ganzen Kontinent erforscht?«

»Ich glaube nicht. Die Wüsten im Westen sind entsetzlich. Ein paar Reiter trieb die Neugier hin, aber die Sandstürme hinderten sie am Vorwärtskommen. Und im Osten gibt es nur Wasser.«

Der braune Reiter bewegte vorsichtig seinen bandagierten Arm.

Brekke legte die Geste richtig aus. »Nun hören Sie mir gut zu, F'nor von Benden«, sagte sie scharf. »Sie können weder zu Ihrem Geschwader zurückkehren noch auf Entdeckungsreisen gehen. Das Schlimmste für eine halb verheilte Wunde ist der Aufenthalt im *Dazwischen.* Weshalb hat man Sie wohl hierhergebracht?«

»Aber, Brekke, ich hatte keine Ahnung, daß Sie sich um mich sorgen!«

Einen Moment lang glaubte er etwas ganz Besonderes in ihren Augen zu lesen. Doch dann schob sie ihn hastig zur Tür.

»Hinaus mit Ihnen! Hören Sie nicht, daß Canth nach Ihnen ruft? Nehmen Sie ihn mit und legen Sie sich am Strand in die Sonne!«

Sie schlüpfte an ihm vorbei ins Freie, bevor ihm zu Bewußtsein kam, daß er Canth nicht gehört hatte.

»Brekke!«

Sie blieb zögernd auf der Lichtung stehen.

»Können Sie andere Drachen hören?«

»Ja.« Sie wirbelte herum und lief davon.

»Also, das ist doch . . .«, murmelte F'nor verwirrt. Er suchte die Sandkuhle auf, in der es sich Canth bequem gemacht hatte. »Warum sagst du mir so etwas nicht?«

Du hast nie danach gefragt, erwiderte Canth. *Ich mag Brekke.*

»Du bist unmöglich«, erklärte F'nor und starrte in die Richtung, in die das Mädchen verschwunden war.

Ich brauche ein Bad. Das klang so sehnsüchtig, daß F'nor unwillkürlich lachen mußte.

»Dann komm! Ich schaue dir zu.«

Sanft stupste der Drache F'nors gesunde Schulter an. *Du hast es bald geschafft. Dann können wir in unseren Weyr zurückkehren.*

»Sag ja nicht, daß du über den veränderten Fädeneinfall Bescheid wußtest!«

Natürlich.

»Also, du whergesichtiger, hinterhältiger . . .«

Manchmal muß ein Drache entscheiden, was das Beste für seinen Reiter ist. Du kannst die Fäden erst wieder bekämpfen, wenn du ganz gesund bist. Und jetzt will ich schwimmen.

F'nor wußte, daß es keinen Sinn hatte, weiter mit Canth zu streiten. Aber wenn er sich wieder bei Kräften befand . . .

Sie flogen ein gutes Stück der Küste entlang, bis der braune Reiter eine abgeschiedene Bucht mit tiefem Wasser entdeckte.

Eine hohe Sanddüne, vermutlich aufgetürmt von den Winterstürmen, schützte den Strand vom Süden her. Weit, weit weg, eine purpurne Linie am Horizont, lag das Festland des Südkontinents.

F'nor machte es sich auf dem hellen, feinen Sand bequem und sah zu, wie Canth in das glitzernde blaue Wasser tauchte. Der Drache tollte in der Bucht umher, prustete und schüttelte sich, daß die Tropfen bis zu F'nor flogen. Anschließend wälzte er sich im warmen Sand. F'nor lehnte sich an seine Flanke und döste in der Sonne. Nach einiger Zeit durchdrangen die Gedanken Canths seinen Halbschlaf. *F'nor — rühr dich nicht!* Das klang eher belustigt als besorgt.

Der braune Reiter öffnete vorsichtig die Augen. Er brauchte seine ganze Beherrschung, um nicht aufzuspringen. Im gegenüber kauerte ein goldener Drache, klein genug, um auf seinem Arm Platz zu finden. Die Äuglein, winzige grüne Edelsteine, betrachteten ihn mißtrauisch und neugierig zugleich. Plötzlich breitete der Kleine die glitzernden goldenen Flügel aus.

»Geh nicht weg«, bat F'nor ganz sanft. Träumte er? Er traute seinen Augen nicht.

Der kleine Drache hielt den Kopf schräg.

Geh nicht weg, Kleines, fügte Canth zart hinzu. *Wir sind vom gleichen Blut.*

Das Tierchen verriet Unsicherheit, die sich auf den Mann und den Drachen übertrug. Die Flügel blieben gespreizt. Der kleine Drache kam bis auf Armlänge an F'nor heran und starrte ihm in die Augen.

Verwunderung, Zweifel erreichten F'nor, bis er das Problem des Tierchens verstand.

»Du bist nicht von meinem, sondern von *seinem* Blut!« erklärte er und deutete zu Canth hinauf.

Wieder hielt der Kleine den Kopf schräg. Dann hüpfte er ein paar Schritte zurück, bis er den braunen Drachen in voller Perspektive sah. Im nächsten Augenblick war er verschwunden.

»Komm zurück!« rief F'nor. Vielleicht träumte er tatsächlich.

Canth brummte belustigt. *Was würdest du tun, wenn du mit einemmale einen Riesen vor dir sähst?*

»Canth, ist dir klar, daß das hier eine *Feuerechse* war?«

Natürlich.

»Eine Feuerechse in Reichweite! Weißt du, wie oft die Menschen schon versucht haben, eines dieser kleinen Geschöpfe einzufangen?« F'nor schüttelte den Kopf. Und die Kleine hatte die Sprache der Drachen verstanden! Wo mochte sie jetzt sein?

Du vermutest ganz recht, bestätigte Canth. *Sie ging ins* Dazwischen.

»Himmel, du riesiger Sandklumpen, merkst du, was das bedeutet? Diese Legenden *stimmen.* Ihr stammt tatsächlich von diesen niedlichen Tierchen ab!«

Ich kann mich nicht daran erinnern, erwiderte Canth abweisend, aber F'nor merkte, daß seine Selbstgefälligkeit erschüttert war.

Der braune Reiter grinste und strich ihm liebevoll über den Kopf. »Wie könntest du auch, Großer? Wo wir Menschen so viel Wissen verloren haben — trotz der Aufzeichnungen, die wir besitzen.«

Es gibt andere Möglichkeiten, wichtige Dinge zu überliefern, entgegnete Canth.

»Ich überlege mir, wie klug unsere Vorfahren gewesen sein müssen, wenn es ihnen gelang, aus diesen winzigen Feuerechsen Wesen von deiner Größe zu züchten.«

Canth knurrte. *Ich bin nützlich — sie nicht.*

»Ich möchte wetten, daß sich auch aus ihr etwas machen läßt, wenn man ein wenig nachhilft.« F'nor warf seinem Drachen einen prüfenden Blick zu. »Würde es dich stören?«

Warum!

F'nor lehnte sich gegen den großen keilförmigen Kopf. »Das war eine dumme Frage, Canth, nicht war?«

Ja.

»Ich möchte wissen, wie lange es wohl dauert, sie auszubilden.«

Wozu?

»Hm — für Botenflüge vielleicht. Du hast selbst gesagt, daß sie ins *Dazwischen* ging. Man müßte ihr die Koordinaten zeigen und sie dann losschicken. Aber ob sie wieder zurückfindet?«

F'nors Begeisterung zerrann mit einemmal. »Ah, aber wo ist sie jetzt?«

Sie kommt, berichtete Canth.

»Wo?«

Über deinem Kopf.

Ganz langsam streckte F'nor den gesunden Arm aus, die Handfläche nach unten gerichtet.

»Kleines schönes Ding, komm her, damit wir dich bewundern können! Wir tun dir nichts.«

F'nor legte seine ganze Überredungskunst in diese Worte.

Sie hat Hunger, stellte Canth fest.

Vorsichtig griff F'nor in seine Provianttasche und holte ein Stück gekochtes Fleisch heraus. Er zerteilte es und legte ein paar Fransen auf die Steine zu seinen Füßen.

»Da ist Futter für dich, Kleine.«

Die Echse stieß blitzschnell nach unten und packte das Fleisch mir ihren winzigen Klauen. Sie zog sich ein Stück zurück.

F'nor kauerte nieder und wartete.

Kurze Zeit später kehrte die Echse zurück. Sie dachte jetzt nur ans Fressen. Der braune Reiter schob ihr geduldig Stück um Stück zu und lockte sie jedesmal etwas näher zu sich heran. Den letzten Rest fraß sie ihm aus der Hand. Dann hielt sie den Kopf schräg und sah ihn an, immer noch nicht ganz gesättigt. Er streckte langsam einen Finger aus und streichelte ihre Augenwülste.

Die inneren Lider der irisierenden Augen schlossen sich. Die Kleine genoß die Liebkosung.

Sie ist eben erst ausgeschlüpft. Du hast sie für immer an dich gebunden, erklärte ihm Canth leise.

»Eben erst ausgeschlüpft?«

Schließlich ist sie meine kleine Schwester. Auch sie kommt aus einem Ei.

»Dann befindet sich ein ganzes Gelege in der Nähe?«

Natürlich. Unten am Strand.

F'nor drehte sich um. Er achtete auf jede seiner Bewegungen, um die Kleine nicht zu erschrecken. Er hatte sich so mit ihr beschäftigt, daß ihm das dünne Wimmern und Piepsen am Ufer vollkommen entgangen war. Etwa zwanzig Drachenlängen von ihm entfernt wimmelte es von winzigen Leibern und Flügeln.

Rühr dich nicht! warnte Canth. *Du würdest sie verlieren.*

»Aber wenn sie eben erst ausgeschlüpft sind – wäre eine Gegenüberstellung möglich. Canth, nimm Verbindung mit dem Weyr auf! Sprich mit Prideth und Wirenth! Sie sollen herkommen und Fleisch mitbringen. Rasch, sonst ist es zu spät!«

Er starrte zu der Purpurlinie hinüber, als könnte er mit seinen

Gedanken selbst irgendwie die Entfernung überbrücken. Das Geschrei am Strand hatte nämlich eine Herde von Wherries angelockt, die Aasfresser von Pern. Drohend schwebten sie über den schwachen kleinen Echsen. F'nor wollte ihnen zu Hilfe eilen, aber Canth wiederholte seine Warnung. Der braune Reiter schloß die Augen. Er konnte das nicht mitansehen.

Der erste Schmerzensschrei ging ihm durch und durch. Die kleine Echsenkönigin schlüpfte verängstigt in die Falten seiner Armschlinge. F'nor öffnete die Augen. Die Wherries hatten sich noch nicht gesenkt. Sie kreisten aufmerksam über dem Strand. Aber die flüggen Echsen griffen sich gegenseitig an; die Stärksten unter ihnen begannen ihre Artgenossen zu zerfleischen.

Die goldene kleine Echse schmiegte sich zitternd an ihn. »Hier kann dir nichts geschehen«, tröstete er sie. »Du bist in Sicherheit.« Auch Canth summte beruhigend.

In diesem Augenblick stoben die Wherries entsetzt davon. Ein grüner Drache war aufgetaucht und steuerte auf den Strand zu. Er trug keinen Reiter.

Brekke sagt, daß sie alle verständigt hat, die sie erreichen konnte, berichtete Canth.

»Weshalb Brekke? Sie hat ohnehin genug zu tun!«

Sie ist die beste, entgegnete Canth, ohne sich um F'nors Tadel zu kümmern.

»Kommen sie zu spät?« F'nor starrte ängstlich über den Strand, wo jetzt drei Gestalten aufgetaucht waren. Sie stapften mühsam durch den losen Sand. Er erkannte Brekke, die mit ausgestreckten Händen auf die kämpfenden kleinen Echsen zuging. Die beiden anderen folgten ihrem Beispiel. Wen hatte sie mitgebracht? Weshalb kamen nicht mehr Reiter? Sie wußten am besten, wie man sich den Tieren näherte.

Zwei weitere Drachen landeten direkt am Strand. Ihre Reiter eilten mit langen Schritten zu Brekke. Der Grüne hatte sich an die Verfolgung der Wherries gemacht, die ihre sichere Beute nur zögernd aufgaben.

Brekke hat eine! Und das Mädchen! Jetzt auch der Junge, aber sein Tier ist verletzt. Brekke sagt, daß bereits eine Menge tot sind.

Eine merkwürdige Trauer erfaßte F'nor, obwohl er sich einredete, daß die Echsen sicher seit Jahrhunderten an der Küste ausschlüpften und von den Wherries gefressen wurden, wenn sie einander nicht selbst umbrachten.

Die Starken überleben, meinte Canth ungerührt.

Insgesamt retteten sie sieben. Mirrim, Brekkes Pflegekind, hatte gleich drei für sich gewonnen: zwei Grüne und einen Braunen, der böse Bißwunden aufwies. Brekke trug eine unverletzte Bronzeechse, ebenso wie der grüne Reiter. Die beiden anderen hatten Blaue ergattert, einen mit einem gebrochenen Flügel.

»Sieben von mehr als fünfzig«, meinte Brekke traurig, nachdem sie die Kadaver beseitigt hatten. »Ein Glück, daß Ihre goldene Kleine sich vom Brutplatz entfernte!«

»Vermutlich schlüpfte sie als erste aus, oder das Ei lag obenauf«, meinte F'nor.

Brekke hatte rohes Fleisch mitgebracht, und sie fütterten die jungen Echsen, bis sie satt und träge waren und sich widerstandslos in den Weyr tragen ließen.

Die Neuigkeit hatte sich wie ein Lauffeuer verbreitet, und die Aufregung war so groß, daß F'nor zu fürchten begann, seine kleine Königin könnte wieder ins *Dazwischen* entfliehen.

Kein Drache fliegt mit vollem Magen, beruhigte ihn Canth. *Nicht einmal eine Feuerechse.* Und damit begab er sich in seine warme Sandkuhle.

»Ob er eifersüchtig ist?« fragte F'nor Brekke, die gerade den Flügel des kleinen Blauen schiente.

Sie sah kurz auf. »Weshalb sollte er wohl? In den Augen der Drachen sind die Echsen ein Spielzeug, bestenfalls so etwas wie kleine Kinder, die man schützen und erziehen muß.«

F'nor warf einen Blick auf Mirrim, Brekkes Pflegekind. Die beiden grünen Echsen schliefen auf den Schultern des Mädchens. Der verletzte Braune, vom Kopf bis zur Schwanzspitze in Verbände gehüllt, hatte es sich auf ihrem Schoß bequem gemacht. Mirrim saß steif da und wagte keinen Muskel zu rühren. Aber ihre Augen leuchteten.

»Mirrim ist noch zu jung«, meinte er kopfschüttelnd.

»Sie ist genauso alt wie die meisten Kandidaten bei der Gegenüberstellung. Und in mancher Hinsicht besitzt sie mehr Reife als erwachsene Frauen, die ich kenne.« Brekke warf ihrem Zögling einen liebevollen Blick zu. »Nein, nein, Mirrim schafft das schon. Sie nimmt sich ihre Pflichten sehr zu Herzen.«

»Dennoch behaupte ich, daß sie ein wenig jung ist . . .«

»Muß man erwachsen sein, um lieben zu können? Bringt Reife immer ein mitfühlendes Herz? Warum bleiben bei der Gegenüberstellung immer ein paar Kandidaten übrig, während Jungen, die sich nicht die gerinste Chance ausrechneten, mit Bronzedrachen abziehen.«

»Und warum erfahre ich nie, was in meinem eigenen Weyr vor sich geht?« hörten sie Kylaras zornbebende Stimme von der Tür her. Die Weyrherrin stand auf der Schwelle zur Krankenstube, und ihre Augen glitzerten hart.

»Ich wollte Ihnen Bericht erstatten, sobald ich den Flügel geschient hatte«, erwiderte Brekke ruhig, aber F'nor spürte, wie sie sich versteifte.

Kylara trat so drohend auf das Mädchen zu, daß F'nor sich neben Brekke stellte. »Es ging alles ganz rasch, Kylara«, erklärte er mit einem Lächeln. »Wir hatten Glück, daß wir noch so viele retten konnten. Zu schade, daß Prideth die Botschaft von Canth nicht hörte. Sie hätten selbst eines der Tierchen für sich gewinnen können.«

Kylara blieb mit einem Ruck stehen. Der Saum ihres weiten Rocks wirbelte. Ärgerlich zog sie ihre Ärmel über die Handgelenke, aber nicht, bevor er die dunkle Druckstelle an ihrem Arm gesehen hatte. Da sie Brekke nicht angreifen konnte, wandte sie sich Mirrim zu. Das Mädchen sah hilfesuchend Brekke an. Im gleichen Moment spürten die kleinen Echsen ihre Anspannung. Die Grünen begannen zu fauchen, und das Bronzegeschöpf auf G'sels Schulter stieß einen hellen Schrei aus. Kylara drehte sich um.

»Ich nehme den hier! Natürlich. Er paßt ausgezeichnet zu mir.« Das Glitzern in ihren Augen war so abstoßend, daß F'nor ein Kribbeln im Nacken spürte.

»Eine Bronzeechse auf meiner Schulter macht sich sicher hübsch«, fuhr Kylara fort und griff nach dem Tierchen.

G'sel hob warnend die Hand.

»Kylara, die Tiere haben eine feste Bindung zu ihren Besitzern, ähnlich wie die Drachen«, sagte F'nor und munterte den Reiter durch ein Zeichen auf, hart zu bleiben. G'sel war ein grüner Reiter und neu im Weyr; gegen Kylara konnte er sich nicht durchsetzen. »Es ist Ihr Risiko, wenn Sie die Echse anrühren!«

Kylara lachte spöttisch, aber sie zögerte. »Eine feste Bindung? Aber es sind doch nur Feuerechsen!«

»Und von welchen Geschöpfen stammen Ihrer Meinung nach die Drachen ab?«

»Verschonen Sie mich mit diesem Ammenmärchen!« Sie näherte sich erneut der kleinen Bronzeechse. Das Tier zischte und schnappte nach ihr.

»Wenn es Sie beißt, geben Sie G'sel nicht die Schuld!« meinte F'nor leichthin, obwohl es ihn große Mühe kostete, sich zu beherrschen. Am liebsten hätte er die Weyrherrin windelweich geprügelt. Das war genau die Behandlung, die sie brauchte.

»Sie haben keine Beweise, daß die Verwandtschaft mit den Drachen derart eng ist«, widersprach Kylara und sah die anderen mißtrauisch an. »Bisher gelang es noch nie, diese Echsen zu fangen . . .«

»Natürlich haben wir keine Beweise.« Allmählich machte es F'nors Spaß, die Weyrherrin zu reizen. »Aber sehen Sie sich die Ähnlichkeit an! Meine kleine Königin . . .«

»Sie? Eine Königin?« Kylara wurde bleich, als F'nor lässig die Schlinge zur Seite schob und ihr die schlafende goldene Echse zeigte.

»Sie ging ins *Dazwischen,* als sie sich ängstigte. Wir spürten ihre erregten Gedanken, und es gelang uns, sie zu beruhigen und zur Rückkehr zu bewegen. Canth erklärte mir, daß sie eben erst ausgeschlüpft sei. Ich fütterte sie, und sie blieb bei mir. Es handelte sich wohl um eine Art Gegenüberstellung. Deshalb gelang es uns auch nicht, mehr als die sieben hier zu retten. Die anderen brachten sich gegenseitig um. Wie lange die kleinen Echsen bei uns bleiben werden, läßt sich nicht vorhersagen. Aber die Drachen leugnen die Blutsverwandschaft nicht, und sie sind klüger als wir.«

»Wie spielt sich diese Gegenüberstellung denn ab?« fragte Kylara scheinheilig.

F'nor durchschaute sie, aber wenn eine Suche am Strand sie davon abhielt, Brekke zu quälen, gab er ihr gern Auskunft. Kylara hörte ihm aufmerksam zu. Dann wandte sie sich arrogant zum Gehen. In der Tür drehte sie sich noch mal um und sah Mirrim an.

»Hier auf dem Weyr wird gearbeitet. Wir haben keinen Platz für Schoßtiere, die niemandem nützen. Ich lasse es nicht zu, daß meine Leute am Strand herumlungern und nach Echsen suchen . . .« Sie sprach den Satz nicht zu Ende.

». . . bevor Sie eine besitzen, Kylara?« meinte F'nor grinsend.

»Ich habe Besseres zu tun!« Sie rauschte hinaus.

»Vielleicht sollten wir die Echsen warnen«, sagte er trocken, nachdem sie gegangen war.

»Es gibt keinen Schutz vor jemandem wie Kylara«, erwiderte Brekke und händigte den bandagierten Blauen seinem Besitzer aus. »Man lernt, mit ihr zu leben.«

G'sel prustete los.

»Wie kannst du das sagen, Brekke, wo sie so häßlich und gemein zu dir ist?« rief Mirrim. Die junge Drachenreiterin warf ihrer Pflegetochter einen strafenden Blick zu.

»Urteile nie, wo du kein Mitgefühl hast!« entgegnete Brekke. »Und damit du es nur weißt — auch ich kann nicht dulden, daß du deine Pflichten über den Tieren vernachlässigst. Ich weiß nicht, weshalb wir sie überhaupt herbrachten.«

»Urteile nie, wo du kein Mitgefühl hast!« ahmte F'nor sie nach.

»Sie *brauchten* uns«, sagte Mirrim so heftig, daß sie über ihre eigene Kühnheit erschrak und sich rasch über den verletzten Braunen beugte.

»Ja, da hat sie recht«, kam F'nor ihr zu Hilfe. Er spürte, wie sich die kleine goldene Echse an ihn schmiegte. »Es ist die Aufgabe des Drachenvolks, Schwächere zu schützen.«

»Mirrim stammt nicht aus dem Weyr«, erklärte Brekke trokken. »Aber wenn auch das gewöhnliche Volk die Gunst der Tiere gewinnen kann, dann lohnt es sich vielleicht, so viele wie möglich zu retten.«

»Wie meinen Sie das?«

Brekke schüttelte ungeduldig den Kopf. »Begreifen Sie denn nicht, F'nor? Sein Leben lang wünscht sich jeder, der nicht im Weyr lebt, eine dieser kleinen Feuerechsen zu besitzen, einfach, weil sie so starke Ähnlichkeit mit den echten Drachen aufweisen. Nein, unterbrechen Sie mich nicht! Sie wissen recht gut, daß erst in den letzten acht Planetendrehungen die Bewohner von Burgen und Handwerksdörfern zur Gegenüberstellung zugelassen werden. Ich erinnere mich noch recht gut, daß meine Brüder Nacht für Nacht Pläne schmiedeten, wie sie eine Feuerechse fangen könnten. Ich glaube nicht, daß sie die alten Legenden kannten, nach denen die Drachen von den Echsen abstammen. Aber Drachen waren für das gemeine Volk tabu, während uns niemand verbieten konnte, nach Echsen zu jagen.« Sie streichelte liebevoll das Bronzetierchen auf ihrem Arm. »Merkwürdig, daß die Leute seit Generationen auf der rechten Spur waren, ohne es zu ahnen.

Diese Geschöpfte haben das gleiche Talent wie die Drachen, unsere Zuneigung zu gewinnen. Ich weiß, daß eine Menge Arbeit auf mich wartet, aber nichts könnte mich dazu bewegen, das kleine Wesen hier wieder herzugeben.« Sie lächelte zärtlich. »Es wäre gut, wenn das einfache Volk diese Liebe auch zu spüren bekäme. Es könnte uns dann besser verstehen.«

»Brekke, Sie glauben doch nicht, daß der Besitz einer Feuerechse Männer wie Vincet von Nerat oder Meron von Nabol verändern würde? Sie hassen uns Drachenreiter und werden uns immer hassen.«

»Verzeihung, F'nor, wenn ich mich einmische«, sagte G'sel, »aber ich glaube, Brekke hat recht. Ich stamme selbst aus einer Burg. Sie kennen von Geburt an nur das Leben im Weyr und können sich nicht vorstellen, welche Gefühle wir Drachenreitern gegenüber hegen. Der Neid fraß mich auf — bis ich bei der Gegenüberstellung Roth für mich gewann.« Seine Augen leuchteten auf. »Es wäre einen Versuch wert. Sehen Sie sich die kleine Echse an, F'nor! Sie war bereit, sich auf die Weyrherrin zu stürzen, um bei mir bleiben zu können. Begreifen Sie nicht, was für ein erhebendes Gefühl das für einen Menschen wäre, der sein Leben lang zu den Drachenreitern aufschaut?«

F'nor sah Brekke und Mirrim an und zuckte dann mit den Schultern. »Vielleicht sollte T'bor seine Reiter dazu anhalten, bei Patrouillenflügen nach Echsen Ausschau zu halten«, meinte er.

»Dann hätte Kylara das Nachsehen«, murmelte Mirrim schadenfroh.

5

Jaxoms Freude über die Einladung nach Benden wurde durch die finstere, mißbilligende Miene seines Vormunds empfindlich getrübt. Der kleine Baron wußte natürlich nicht, daß der Verwalter von Ruatha gegen schmerzhafte Erinnerungen ankämpfen mußte, wenn er dem Weyr einen Besuch abstattete. Ein Drachenreiter, der sein Tier verloren hatte, blieb für den Rest seines Lebens ein halber Mensch ...

Jaxom schlüpfte in seine Sonntagskleider. Dann zog er seine Schaftstiefel und die Jacke aus Wherleder an. Ein angenehmer Schauder lief ihm über den Rücken, wenn er an die beißende

Kälte im *Dazwischen* dachte. Es war, als schwebte man im Nichts, und die Kehle schnürte sich zusammen, und der Magen verkrampfte sich, und man hatte Angst, daß man nie wieder das Licht des Tages sehen würde. Er war auf Felessan ein wenig neidisch, obwohl keineswegs feststand, daß sein Freund später einen Drachen fliegen würde. Aber Felessan *lebte* auf Benden, und er hatte einen echten Vater und eine echte Mutter und ständig Drachenreiter um sich . . .

»Baron Jaxom!« rief Lytol vom Außenhof, und der Junge sprang auf, plötzlich von der Angst erfaßt, sein Vormund könnte allein aufbrechen.

Nur ein Grüner, dachte Jaxom ein wenig enttäuscht, als er den Drachen entdeckte. Er hatte zumindest erwartet, daß man für den Verwalter von Ruatha einen Braunen schickte. Doch dann wehrte er den Gedanken zerknirscht ab. Lytol hatte einen Braunen besessen . . .

Der grüne Reiter grinste breit, als er Jaxom entdeckte.

»Guten Morgen, Jeralte«, rief er, ein wenig verwirrt, denn er hatte noch vor zwei Planetendrehungen mit dem jungen Mann in den unteren Höhlen gespielt. Jetzt war er ein fertig ausgebildeter Drachenreiter.

»J'ralt, bitte, Baron Jaxom«, korrigierte Lytol seinen Schützling.

»Oh, das macht doch nichts«, meinte J'ralt lachend, während er Jaxom beim Aufsteigen half und ihn mit dem Reitgurt festschnallte.

Jaxom wäre am liebsten im Erdboden versunken. Wie konnte er so etwas vergessen! Erst als der Drache über dem Tal von Ruatha schwebte, gewann er wieder Freude an dem Ausflug.

Ein Drachenreiter zu sein, war sicher das Schönste auf der ganzen Welt. Jaxom fühlte mit einemmale heftiges Mitleid für Lytol, der das Glück besessen und wieder verloren hatte. Sicher bereitete es ihm Qualen, auf einem fremden Tier zu sitzen. Jaxom sah auf den starren Rücken vor sich und wünschte, er könne seinen Vormund trösten.

Dann tauchten sie ins *Dazwischen.*

Man muß langsam bis drei zählen, dachte Jaxom aufgeregt. Er sah und hörte nichts mehr, spürte nicht mehr die weiche Haut des Drachens unter sich. Er versuchte zu zählen und konnte es nicht. Sein Verstand schien zu gefrieren, aber eben, als er aufschreien wollte, wandelte sich die Szene. Sie kreisten über Benden, das sich golden in der Spätnachmittagssonne ausbreitete.

Als sie tiefer gingen, entdeckte Jaxom Mnementh, den größten Bronzedrachen von ganz Pern, auf dem Felsensims vor der Schlafhöhle der Drachenkönigin. *Sie* befand sich sicher an der Brutstätte und wachte über die Eier, die im warmen Sand allmählich eine harte, spröde Schale bekamen.

Lessa, die Weyrherrin, und F'lar waren jetzt auf den Sims hinausgetreten. Der grüne Drache stieß einen hellen Schrei aus, und Mnementh antwortete ihm. Ein gedämpftes Grollen aus der Tiefe drang an Jaxoms Ohr. Ramoth hatte ihre Ankunft zur Kenntnis genommen.

Jaxom atmete auf, als er die winzige Gestalt entdeckte, die von den unteren Höhlen heraufgerannt kam. Felessan. Sein Freund. Er hatte ihn seit Monaten nicht mehr gesehen.

Jaxom wußte Lytols kritische Blicke auf sich gerichtet, als er die Weyrherrin und den Weyrführer begrüßte. Er hatte die Worte und Verbeugungen of genug geübt. Dennoch geriet er ins Stammeln und kam sich wie ein Schwachkopf vor.

»Da bist du ja, da bist du ja! Ich habe Gandidan gesagt, daß du kommen würdest!« keuchte ihm Felessan entgegen. Er nahm zwei Stufen auf einmal, um schneller zu seinem Freund zu gelangen. Felessan war drei Planetendrehungen jünger, aber er gehörte dem Drachenvolk an, und obgleich F'lar und Lessa ihn einer Pflegemutter übergeben hatten, hätte er doch bessere Manieren an den Tag legen müssen. Vielleicht stimmte es tatsächlich, was Mardra immer behauptete. Die modernen Drachenreiter besaßen keinen Anstand.

In diesem Augenblick, als spürte der Junge die Mißbilligung seines Freundes, blieb er vor Lytol stehen und verbeugte sich tief.

»Einen angenehmen Nachmittag, Lytol von Ruatha. Ich danke Ihnen vielmals, daß Sie Jaxom mitgebracht haben. Dürfen wir beide nun gehen?«

Bevor einer der Erwachsenen antworten konnte, hatte Felessan seinen Freund an der Hand gepackt und zerrte ihn zur Treppe.

»Keine Dummheiten, Baron Jaxom!« rief Lytol seinem Schützling nach.

»Hier können sie kaum etwas anstellen«, beruhigte ihn Lessa lachend.

»Wir durchsuchten heute die ganze Burg nach ihm, und wissen Sie, wo wir ihn schließlich entdeckten? In der Felskammer! Ein Steinschlag und . . .«

Jaxom stöhnte innerlich. Mußte Lytol das Lessa wirklich erzählen?

»Hast du etwas entdeckt?« fragte ihn Felessan, sobald sie außer Hörweite waren.

»Entdeckt?«

»Ja — in den Felskammern!« Felessan sah ihn mit großen Augen an.

Jaxom stieß mit dem Fuß gegen einen Stein. »Och, nur leere Räume, voll von Staub und Unrat. Und einen alten Tunnel, der aber nach einem Stück von Felsbrocken versperrt wurde. Nichts Besonderes.«

»Los, dann komm, Jax!«

Etwas in Felessans Tonfall machte Jaxom stutzig.

»Wohin?«

»Ich zeig's dir.«

Der Weyr-Junge führte Jaxom in die Unteren Höhlen; es roch nach frisch gebackenem Brot und brutzelndem Fleisch. Die Mädchen und Frauen richteten bereits alles zum Abendessen her. Als Felessan an einem der Tische vorbeikam, stahl er sich eine Handvoll Rüben. Eine Magd drohte ihm lachend mit dem Kochlöffel.

»Du hast es gut«, seufzte Jaxom.

»Warum?« fragte der Jüngere erstaunt.

»Einfach so.«

Felessan zuckte mit den Schultern und kaute zufrieden. Sie verließen das Küchengewölbe. Ein paar Jungen in Felessans Alter spielten in einer Ecke, und einer machte eine spöttische Bemerkung. Die anderen lachten gehorsam.

»Komm, Jaxom«, sagte Felessan laut, »bevor uns einer dieser Knilche nachschnüffelt.«

»Wohin gehen wir denn?«

Felessan legte den Finger auf die Lippen und sah sich verstohlen um. Niemand schien sie zu beobachten. Er nahm den Freund an der Hand und beschleunigte seine Schritte.

»He, ich möchte nicht schon wieder Krach mit Lytol kriegen«, protestierte Jaxom, als er merkte, daß Felessan immer tiefer in das Höhlenlabyrinth eindrang.

»Krach? Die erwischen uns nicht. Alle sind mit dem Abendessen beschäftigt.« Er grinste breit. »Ich hätte helfen müssen, wenn du nicht gekommen wärst.«

Sie hatten eine Stelle erreicht, wo ein schwach erleuchteter Gang rechts vom Hauptkorridor abzweigte. Jaxom zögerte.

»Was ist?« fragte Felessan mit gerunzelter Stirn. »Hast du etwa Angst?«

»Angst?« Jaxom trat neben seinen Freund. »Darum geht es nicht.«

»Dann komm! Und sei leise!«

»Warum?« Jaxom hatte bereits die Stimme gesenkt.

»Du wirst gleich sehen. Nimm das da!«

Aus einer Nische holte Felessan zwei Korblampen, in denen Kerzenstummel steckten. Er drückte Jaxom eine davon in die Hand. Schnell betrat Jaxom als erster den Gang. Die Fußspuren im Staub, die alle in die gleiche Richtung führten, beruhigten ihn ein wenig, auch wenn sie von Kindern zu stammen schienen. Es war kein einziger Stiefelabdruck darunter.

Sie kamen an versperrten Türen und vernagelten Eingängen vorüber, an Nischen, die im tanzenden Licht der Kerzenstummel gespenstisch aussahen. Warum hatte Felessan keine neuen Lichter genommen? Die hier reichten bestimmt nicht mehr lange. Und Jaxom hatte wirklich keine Lust, im Dunkeln durch unbenutzte Korridore zu tappen. Aber er konnte nicht fragen, wie weit es noch war. Ein riesiges schwarzes Rechteck tauchte zur Linken auf, und er schluckte ängstlich, aber Felessan ging unbekümmert daran vorbei. Es war wieder nur ein Nebenkorridor.

»Beeil dich!« zischte Felessan.

»Warum?« Es gelang Jaxom, seiner Stimme einen lässigen Klang zu geben.

»Weil *sie* um diese Tageszeit immer zum Badesee geht. Das ist unsere einzige Chance.«

»Sie?«

»Ramoth, du Schwachkopf!« Felessan blieb so abrupt stehen, daß Jaxom gegen ihn stieß, und der Kerzenrest zu flackern begann.

»Ramoth?«

»Klar! Oder hast du Angst, einen Blick auf ihre Eier zu werfen?«

»Ihre Eier? Ehrlich?« Ihm stockte der Atem. Er wurde zwischen Angst und Neugier hin und her gerissen. Schließlich siegte der Gedanke, daß er den Jungen auf der Burg mächtig imponieren konnte, wenn er ihnen von seinem Abenteuer erzählte.

»Ganz ehrlich! Nun komm schon!«

Jetzt, da Jaxom sein Ziel kannte, verloren die düsteren Nischen und Nebengänge viel von ihrem Schrecken. Und Felessan schien sich gut auszukennen. Ihre Schritte wirbelten Staub auf, und die Kerzen brannten allmählich nieder, aber weiter vorn schimmerte ein dünner Lichtspalt.

»Da müssen wir hin!«

»Hast du schon mal eine Gegenüberstellung erlebt, Felessan?«

»Klar. Eine ganze Meute von uns sah bei der letzten zu, und es war sa-gen-haft. Erst schaukelten die Eier hin und her, und plötzlich erschienen große Sprünge in der Schale.« Felessan fuchtelte mit seiner Korblampe. »Dann —«, und er senkte die Stimme zu einem geheimnisvollen Flüstern, »— platzte eines, und ein Drachenkopf schob sich durch. Willst du wissen, welche Farbe der erste hatte?«

»Erkennt man das nicht an der Schale?«

»Nein. Nur bei einem Königinnen-Ei. Das ist größer als die anderen und glänzt irgendwie. Du wirst schon sehen!«

Jetzt hätte Jaxom nichts mehr davon abhalten können, den Weg fortzusetzen. Keiner seiner Spielkameraden auf der Burg, nicht einmal die anderen jungen Barone, hatten ein Drachenei oder gar eine Gegenüberstellung gesehen. Vielleicht konnte er ein wenig schwindeln . . .

»He, steig mir nicht auf die Fersen!« fauchte Felessan.

Der Lichtspalt verbreiterte sich, zeichnete auf die glatte gegenüberliegende Wand ein Rechteck. Als sie näher kamen, erkannte Jaxom, daß der Korridor dicht hinter dem Schlitz zu Ende war. Felsbrocken deuteten darauf hin, daß hier vor langer Zeit die Decke eingebrochen war und den restlichen Gang verschüttet hatte. Aber es stimmte, sie konnten tatsächlich die gesprenkelten Eier auf dem dampfenden Sand erkennen. Gelegentlich schaukelte sogar eines davon.

»Wo ist das Königinnen-Ei?« wisperte Jaxom.

»Du kannst ruhig laut reden. Du siehst ja selbst — alles leer. Ramoth ist am See.«

»Wo ist das Königinnen-Ei?« wiederholte Jaxom, und er ärgerte sich, weil seine Stimme zitterte.

»Etwas weiter seitlich. Man kann es von hier aus nicht erkennen.«

Jaxom reckte den Hals, um wenigstens einen einzigen Blick auf das goldene Ei zu werfen.

»Möchtest du es so gern sehen?«

»Klar. Talina von unserer Burg gehört zu den Kandidaten. Alle Mädchen aus Ruatha werden Weyrherrinnen.«

Felessan zuckte mit den Schultern. Dann ging er an den Spalt und zwängte sich seitlich durch, bis er in der Bruthöhle stand.

»Komm!« flüsterte er dem Freund zu.

Jaxom musterte skeptisch den Schlitz. Er war kräftiger gebaut und größer als Felessan. Er holte tief Luft und ahmte das Beispiel des Freundes nach. Kopf und Schulter gingen glatt durch, aber mit der Brust blieb er an dem groben Stein hängen. Felessan packte seinen Arm und zerrte. Mannhaft unterdückte Jaxom einen Aufschrei, als der Stein ihm die Haut aufschürfte.

»Beim Ei, das wollte ich nicht, Jaxom!«

Der junge Baron biß die Zähne zusammen. »Ist schon gut.«

Und dann sah er das goldene Ei, ein wenig abseits von den anderen.

»Es — es ist so groß!« flüsterte er scheu. Er wußte, daß er etwas Unrechtes tat. Nur die Weyrgeborenen hatten das Recht, die Eier zu sehen. »Und es glitzert.«

»Hm.« Felessan nickte. »Weit größer als das von Fort.«

»Mardra behauptet, daß die Drachen von Benden überfüttert sind und deshalb schlechter fliegen als die anderen«, entgegnete Jaxom.

»Pah! N'ton sagt, daß Mardra ein blödes Frauenzimmer ist und T'ron das Leben zur Hölle macht!«

Jaxom versuchte abzulenken. Er mochte Mardra zwar auch nicht, aber Ruatha gehörte schließlich zu Fort, und da durfte er solche Reden nicht dulden.

»Sieh mal, das hier ist ganz winzig. Fast wie ein Wherry-Ei.« Und er berührte ein Ei, das ein Stück von den anderen entfernt lag, dicht neben der Felswand.

»He, laß das Ei stehen!« rief Felessan sichtlich erschrocken.

»Warum? Es ist hart wie Leder!« Und Jaxom klopfte vorsichtig mit dem Knöchel dagegen. »Und warm«, fügte er hinzu.

Felessan riß ihn von dem Ei weg.

»Man darf Eier nicht anrühren. Niemals. Nur wenn man zu den Kandidaten gehört.«

Jaxom sah ihn verächtlich an. »Du hast Angst!« Und um zu beweisen, daß er tapferer war, strich er noch einmal über die harte Schale.

»Ich habe *keine* Angst! Aber Eier rührt man nicht an!« Und Felessan schlug dem Frevler auf die Hand. »Du bist kein Kandidat!«

»Nein, ich bin Baron«, erwiderte Jaxom und richtete sich stolz auf.

»Das würde dir nichts nützen, wenn Ramoth plötzlich zurückkehrte«, erinnerte ihn Felessan und zog ihn zu dem Schlitz hin.

Ein dumpfes Grollen am anderen Ende der Brutstätte erschreckte sie plötzlich. »Da!« zischte Felessan und schlüpfte wieselflink zurück in den Korridor. Diesmal hatte Jaxom nichts dagegen, daß der Freund ihn mit aller Kraft durch den engen Spalt zerrte. Sie warteten nicht ab, ob es wirklich Ramoth war, die zurückkehrte. Sie packten ihre Lampen und rannten los.

Als das Licht des Felsenspalts nicht mehr zu sehen war, blieb Jaxom stehen. Er blutete, und das Herz schlug ihm bis zum Halse.

»Komm doch!« drängte Felessan.

»Ich kann nicht. Meine Brust . . .«

»Tut es weh?« Felessan hielt die Lampe hoch. »Hm, das sieht scheußlich aus. Machen wir, daß wir zu Manora kommen!«

»Ich brauche — erst mal — eine Verschnaufpause.«

Kaum hatte er den Satz zu Ende gesprochen, als seine Lampe erlosch. »Dann gehen wir eben langsam«, meinte Felessan. Seine Stimme klang unsicher.

Jaxom erhob sich, fest entschlossen, die Angst, die in ihm aufkeimte, zu unterdrücken. Die Wunde brannte wie Feuer; gleichzeitig stand ihm kalter Schweiß auf der Stirn.

Er umklammerte die nutzlos gewordene Lampe. »Nein, wir müssen uns beeilen«, sagte er mühsam.

Sie tasteten sich entlang der Korridorwände. Ganz schwach zeichneten sich am Boden Fußspuren ab. Das gab ihnen Mut.

»Es ist nicht mehr weit, oder?« fragte Jaxom, als auch die zweite Lampe bedrohlich zu flackern begann.

»Äh — ich hoffe es.«

»Was ist denn los?«

»Ich – ich sehe keine Fußabdrücke mehr.«

Sie kehrten um, aber nach wenigen Schritten erlosch die zweite Lampe.

»Was machen wir nun, Jaxom?«

Jaxom holte tief Atem, um seiner Stimme einen festen Klang zu geben.

»Also, wenn ich auf Ruatha nicht rechtzeitig heimkomme, schicken sie Suchtrupps aus.«

»Hm. Lytol wird dein Verschwinden bemerken, sobald er aufbrechen möchte. Er bleibt nie lange hier.«

»Sag das nicht! Sicher lädt man ihn zum Abendessen ein, und da kann er nicht gut ablehnen.« Eine gewisse Bitterkeit über Felessans Leichtsinn klang durch. »Hast du denn gar keine Ahnung, wo wir uns befinden?«

»Nein«, mußte Felessan zugeben. »Ich bin immer den Fußspuren gefolgt. Du hast sie auch gesehen.«

Darauf antwortete Jaxom nichts, weil es eine Art Schuldgeständnis gewesen wäre. »Wohin führen denn die Nebenkorridore?« fragte er nach einer kleinen Pause.

»Ich weiß nicht. Es gibt so viele unbenutzte Räume im Weyr. Ich – ich kam bisher nie weiter als zur Brutstätte.«

»Und die anderen? Wie weit drangen sie vor?«

»Gandidan erzählte immer, was er hier unten alles gesehen hätte, aber – aber so richtig aufgepaßt habe ich dabei nicht.«

»Beim Ei, nun heul nicht gleich!«

»Ich heule nicht. Mir knurrt der Magen.«

»Mann, das ist die Lösung! Ich erinnere mich, daß der Bratenduft aus dem Küchengewölbe ziemlich weit in den Korridor eindrang. Riechst du jetzt etwas?«

Sie sogen prüfend die Luft ein. Nichts. Nur Moder. Jaxom preßte die Hand gegen den kalten, glatten Stein. Das tröstete ihn irgendwie und ließ ihn seine Schmerzen vergessen. Mit einem Plumps rutschte er zu Boden.

»Jaxom?«

»Es ist nichts weiter. Ich muß nur ein wenig ausruhen.«

»Ich auch.« Und mit einem Seufzer der Erleichterung setzte sich Felessan neben ihn.

»Ich möchte wissen, wie es früher war«, meinte Jaxom nach einer Weile nachdenklich.

»Früher?«

»Als in den Weyrn und Burgen noch mehr Leben herrschte. Als die Korridore alle beleuchtet waren und benutzt wurden.«

»Es wurden *nie* alle benutzt.«

»Unsinn! Man gräbt doch nicht zum Spaß Gänge in den Fels!«

Sie schwiegen wieder.

»Felessan . . .«, fing Jaxom wieder an.

»Was — was gibt es?«

»Du, die Wand hinter uns ist ganz glatt.«

»Ja, und?«

»Sie ist glatt! Sagt dir das nichts?«

»Rede doch nicht um den Brei herum!« Felessans Stimme klang ärgerlich.

»Wir müssen uns in einem ganz alten Teil des Weyrs befinden! Heutzutage gibt es solche glatten Flächen nicht mehr.« Jaxom stand auf.

»He!« Felessan tastete nach ihm. »Bleib bei mir, Jaxom! Ich kann dich nicht sehen.«

Jaxom zog den Freund zu sich. »Halte dich an mir fest! Wenn es sich tatsächlich um einen alten Gang handelt, kann er nicht so lang sein. Früher oder später wird er in den Hauptkorridor münden.«

»Oder in einer Sackgasse enden! Woher weißt du, daß wir nicht in die falsche Richtung gehen?«

»Irgend etwas müssen wir tun. Oder willst du hier unten verhungern?« Jaxom tastete sich vorwärts. Sie waren noch keine zwanzig Schritte gegangen, als der junge Baron abrupt stehenblieb. Felessan war nicht darauf gefaßt und stolperte.

»He, kannst du nichts sagen?«

»Ich habe etwas entdeckt.«

»Was?«

»Einen senkrechten Schlitz in der Wand!« Aufgeregt streckte Jaxom beide Arme aus und suchte weiter. Es schien sich um ein Türsegment zu handeln. In Schulterhöhe stieß er auf eine quadratische Vertiefung. Er drückte dagegen, und mit einem dumpfen Stöhnen schwang die Tür auf. Licht flutete in den Korridor.

Die Jungen hatte keine Gelegenheit mehr, die Wunder jenseits der Schwelle zu bestaunen. Das Schutzgas, mit dem man den Raum überflutet hatte, strömte aus und überwältigte sie. Aber das Licht brannte weiter, und es lockte die Suchenden herbei.

Harfner Robinton erhob sich, um Lytol zu begrüßen, und Fandarel, der Gildemeister der Schmiede, reichte ihm mit einem breiten Grinsen die klobige Hand. Als sie alle Platz genommen hatten, schenkte Lessa Wein ein.

»Es freut mich, daß Sie gekommen sind, meine Herren, obwohl ich Sie erst so spät verständigte«, begann F'lar.

»Ich bin immer gern auf Benden«, meinte Robinton und hob den Becher.

»Und ich habe ohnehin ein paar Neuigkeiten für Sie«, erklärte Fandarel mit seinem grollenden Baß.

»Ich auch.« Lytols Wangenmuskel begann zu zucken, ein Zeichen dafür, daß er erregt war.

»Ich brauche Ihren Rat«, fuhr F'lar ernst fort. »In Lemos sind Fäden gefallen — zu früh . . .«

»Nur in Lemos?« unterbrach ihn Robinton. »Meine Trommler berichteten von der gleichen Erscheinung in Tillek und Crom.«

»Ich wollte, ich hätte auch so zuverlässige Boten wie Sie«, meinte F'lar ein wenig bitter. »Und Sie fanden es in Ordnung, daß die Weyr schwiegen, Robinton?« Er hatte den Harfner immer zu seinen Freunden gezählt.

»Meine Gilde untersteht Fort, mein lieber F'lar«, erwiderte der Harfner mit einem kleinen Lächeln, »und T'ron hält nicht viel von der alten Sitte, wichtige Nachrichten an den Meisterharfner weiterzugeben. Offiziell wußte ich nichts, und es ergab sich keine Gelegenheit, heimlich mit Ihnen zu sprechen.«

F'lar holte tief Atem. Robintons Aussage bestätigte, daß T'ron keine Ahnung von den Vorfällen gehabt hatte. »T'kul hielt es nicht für nötig, die übrigen Weyrführer zu verständigen.«

»Das überrascht mich keineswegs«, murmelte Robinton.

»Wir erfuhren erst heute, daß R'mart beim Kampf gegen die Fäden verletzt wurde und keine Boten mehr ausschicken konnte, um uns zu warnen.«

»Du meinst, diese dämliche Bedella vergaß seinen Auftrag!« warf Lessa ein.

F'lar nickte und fuhr fort: »Benden war deshalb völlig ahnungslos, als morgens im Nordosten von Lemos Fäden zu fallen begannen. In den Zeitplänen war der Südwesten eingetragen, für den Spätnachmittag. Zum Glück schicke ich immer einen Reiter in das gefährdete Gebiet voraus. So kamen wir gerade noch rechtzeitig, um größeres Unheil zu verhindern.«

Robinton pfiff durch die Zähne.

»Heißt das, daß die Zeitpläne nicht mehr stimmen?« Lytol war grau vor Entsetzen. »Ich wollte den Gerüchten keinen Glauben schenken.«

F'lar zuckte mit den Schultern. »Sobald wir mehr über die Verschiebung wissen, werden wir die Karten ändern.«

Lytol starrte ihn verständnislos an. »Aber wie lange benötigen Sie dazu? Ruatha besitzt eine Menge Jungpflanzungen. Ich kann sie nur schützen, wenn ich den genauen Verlauf des Fädeneinfalls kenne!« Er beherrschte sich mühsam. »Entschuldigen Sie, F'lar, aber das — sind schreckliche Nachrichten. Ich weiß nicht, wie die anderen Burgherren sie aufnehmen werden, zu allem übrigen.«

»Wie meinen Sie das — zu allem übrigen?« fragte F'lar verwirrt.

»Nun, wie sich die Weyr verhalten. Die Katastrophe im Esvay-Tal von Nabol oder die Sache mit Baron Sangel . . .«

»Erzählen Sie!«

»Das wissen Sie auch nicht?« fragte Robinton überrascht. »Sprechen denn die Weyrführer nicht miteinander?« Er sah von F'lar zu Lessa.

»Die Weyr sind autonom«, erwiderte F'lar. »Wir mischen uns nicht ein . . .«

»Anders ausgedrückt, die Alten beschränken den Nachrichtenaustausch mit uns Radikalen auf ein Minimum«, sagte Lessa mit blitzenden Augen. »Sieh mich nicht so an, F'lar! Du weißt genau, daß ich recht habe. So, und was geschah nun im Esvay-Tal und auf Baron Sangels Besitz?«

Robinton berichtete, mit leiser, ausdrucksloser Stimme. »Vor einigen Wochen weigerte sich T'kul, Meron von Nabol bei der Beseitigung von Fäden zu helfen, die sich in die bewaldeten Hänge oberhalb des Esvay-Tals gegraben hatten. Sagte, das sei Aufgabe der Bodenmannschaften, und er habe keine Lust, die Faulheit von Merons Leuten zu unterstützen. Das ganze Tal mußte abgebrannt werden, um die Ausbreitung der Fäden zu verhindern. Lytol schickte Hilfe; er weiß es. Ich sprach mit einigen Familien, die obdachlos wurden und ihre Ländereien verloren. Sie hegen bittere Gefühle gegenüber den Drachenreitern.«

Er machte eine Pause. »Ein paar Wochen später verließ T'ron Süd-Boll, ohne Baron Sangels Leuten bei den letzten Patrouillen zu helfen. Drei Äcker fielen diesem Leichtsinn zum Opfer. Als Sangel sich bei T'ron beschwerte, erhielt er zur Antwort, daß die Drachenreiter das Gebiet als frei von Fäden bezeichnet hätten.

Und noch etwas beunruhigt das Volk. Immer wieder kommt es vor, daß Mädchen unter dem Vorwand der Suche verschleppt werden . . .«

»Die Mädchen reißen sich darum, in den Weyr zu kommen«, warf Lessa ein.

»In Benden vielleicht«, erwiderte Robinton. »Aber meine Harfner berichten von jungen Frauen, die gegen ihren Willen von Gatten und kleinen Kindern weggerissen wurden, um schließlich als Dienstmägde in einem Weyr zu enden. Tiefer Haß keimt auf, Lady Lessa! Gewiß, es gab schon immer Vorurteile und Neid, weil das Weyrleben leicht und frei erscheint und die Drachenreiter so hoch über dem gemeinen Volk stehen . . .« Der Harfner winkte ab. »Die Alten glauben in der Tat, daß sie besondere Vorrechte besitzen. Das beweist schon der Vorfall mit dem Messer. Die Gilden sind nicht kleinlich mit ihren Abgaben, aber Weber Tyrg und Färber Belesden haben sich bitter beklagt, weil die Weyrführer nie genug bekommen können.«

»Deshalb fiel der Empfang so kühl aus, als ich nach neuen Stoffen fragte!« rief Lessa. »Aber Zurg beriet mich dann persönlich bei der Auswahl . . .«

»Er weiß, daß Benden seine Rechte nicht mißbraucht«, erwiderte Robinton. Er ahmte T'rons Stimme nach: »Benden hat die alten Sitten und Gebräuche vergessen. Die Burgen in seinem Schutzbereich sind viel zu reich und mächtig. So etwas steigt dem Gesindel in den Kopf!« Robinton schlug mit der Faust auf den Tisch. »Aber Benden ist in ganz Pern geachtet!«

»Als Drachenreiter müßte ich mich von Ihren Worten gekränkt fühlen«, meinte F'lar leichthin. Er versuchte seine Verwirrung zu überdecken.

»Als Bendens Weyrführer sollten Sie sich an die Spitze setzen!« entgegnete Robinton mit dröhnender Stimme. »Damals, vor sieben Planetendrehungen, als Benden allein dastand, sagten Sie, die Barone und Gildenangehörigen seien viel zu engstirnig, um das Problem in seinem Kern zu erfassen. Nun, sie haben aus ihren Fehlern gelernt. Die Alten hingegen bleiben starr. Sie können und wollen sich nicht anpassen. Alles, was wir in vierhundert Planetendrehungen erreicht haben, wird als Unsinn abgetan, muß auf ihre Norm zurückgeschraubt werden. Pern ist gewachsen und hat sich verändert. Das wollen sie nicht wahrhaben. Und die Kluft zwischen ihnen und den Baronen wird immer tiefer. Ich habe Angst vor dieser neuen Krise.«

»Sie müssen sich umstellen, wenn die Fäden weiterhin so unberechenbar fallen«, sagte Lessa.

»Wer muß sich umstellen? Die Weyrführer? Die Barone? Verlassen Sie sich nicht darauf, Lady Lessa!«

»Ich muß Robinton beipflichten«, sagte Lytol müde. »Die Weyr tun herzlich wenig für uns. Ihre Führer sind überheblich, verbohrt und herrschsüchtig. L'tol, der ehemalige Drachenreiter, ist zu der Erkenntnis gelangt, daß Lytol, der Burgverwalter, ihre Unvernunft nicht mehr lange erträgt. Was beispielsweise geschieht in der augenblicklichen Krise? Sind sie überhaupt bereit, etwas zu tun?«

»Ich verspreche Ihnen, daß die Lage so nicht bleibt«, sagte F'lar. Er versuchte Lytol aus seiner dumpfen Niedergeschlagenheit zu reißen. »Heute morgen zeigten die Alten echte Besorgnis. T'ron, dessen Weyr Sie unterstehen, beabsichtigt, regelmäßig Patrouillen fliegen zu lassen. Allerdings verlangt er, daß die Burgherren Wachfeuer auf den Höhen entzünden, sobald sich die Fäden nähern.«

»Verunsicherte Weyrführer und Wachfeuer — darauf soll ich mich verlassen?« fragte Lytol ungläubig.

»Die Feuer nützen nichts«, erklärte Fandarel in seiner schroffen Art. »Der Regen löscht sie, und der Nebel hüllt sie ein.« Er räusperte sich. »Ich befasse mich seit langem mit dem Problem einer wirksameren Nachrichtenübermittlung. Und meine Gilde arbeitet nun an einem Gerät, das einiges verspricht. Das ist meine Neuigkeit.«

»Was?«

Lytol war aufgesprungen.

»Warum sagen Sie das nicht gleich, Sie wandelnder Berg?« rief der Harfner lachend.

»Und wie lange würde es dauern, alle Burgen und Weyr damit auszurüsten?« Tiefes Schweigen folgte auf F'lars Frage.

Fandarel sah dem Weyrführer in die Augen.

»Meine Männer hatten bisher alle Hände voll zu tun, Flammenwerfer zu schmieden und auszubessern. Es blieb ihnen kaum Zeit, sich mit meinen kleinen Spielereien zu befassen . . .«

»Wie lange?«

»Die Instrumente, die Schriftzeichen senden und aufnehmen, lassen sich rasch zusammensetzen, aber dazwischen muß Draht gezogen werden. Dazu benötigt man Zeit.«

»Und Helfer, nicht wahr?« fügte Lytol hinzu. Man merkte ihm seine Enttäuschung an.

»Nicht mehr als für die Wachfeuer«, entgegnete Fandarel ruhig. »Das heißt, wenn alle Burgherren und Weyrführer zusammenarbeiten. Einmal gelang das bereits —«, er sah F'lar herausfordernd an, »— als Benden dazu aufrief!«

Lytols Züge erhellten sich. Er umklammerte F'lars Arm. »Auf Sie hören die Barone, F'lar von Benden! Ihnen vertrauen sie.«

»Die anderen Weyrführer würden es als Einmischung betrachten«, widersprach Lessa, aber auch in ihren Zügen spiegelte sich Hoffnung wider.

»Was sie nicht wissen . . .«, meinte Robinton lächelnd. »F'lar! Wir können jetzt keine Rücksicht auf Prinzipien nehmen — besonders, wenn sie sich als unhaltbar erwiesen haben. Denken Sie an ganz Pern, nicht nur an einen Weyr! Das haben Sie schon einmal getan, vor sieben Planetendrehungen, und damals siegten wir. Nun gilt es, eine neue Krise zu überwinden.«

»Die ich heraufbeschworen habe«, murmelte Lessa.

Robinton wandte sich ihr zu. »Nur einfältige Menschen verschwenden ihre Zeit mit Selbstzerfleischung, Lessa! Sie wagten den Ritt in die Vergangenheit, *um Pern zu retten!* Heute stehen wir vor einem anderen Problem. Wir müssen es mit vereinten Kräften lösen. Vor uns liegt die Hochzeit von Telgar. Der Termin hätte nicht günstiger fallen können. Die meisten Barone und Gildemeister haben ihr Kommen zugesagt. Nutzen wir die Gelegenheit, um sie mit Bendens Denkweise vertraut zu machen. Wenn Benden mit gutem Beispiel vorausgeht . . .«

Robinton lehnte sich zurück und lächelte versonnen.

F'lar entgegnete ruhig: »Überall herrscht Unzufriedenheit. Wir werden mehr als Worte und ein gutes Beispiel brauchen, um die anderen umzustimmen.«

»Die Gilden stehen auf Ihrer Seite, Weyrführer, bis zum letzten Mann«, sagte Fandarel. »Man weiß, daß Sie Bendareks Antrag unterstützen. Und F'nor hat Terry gegen Drachenreiter verteidigt, die im Unrecht waren.« Der Schmied wandte sich fragend an Lessa: »Wie geht es F'nor eigentlich?«

»Nächste Woche soll er heimkommen.«

»Wir brauchen ihn sofort«, erklärte Robinton. »Seine Anwesenheit in Telgar käme uns sehr gelegen. Das Volk verehrt ihn wie einen Helden. Nun, was sagen Sie, F'lar? Wir stehen wieder einmal unter Ihrem Kommando!«

Alle wandten sich ihm zu. Lessa drückte unauffällig seine Hand. Ihre Augen leuchteten. Das war es, was sie gewollt hatte, daß er die Führung übernahm. Als er sie damals an die Alten abtrat, hatte er geglaubt, sie seien besser dafür geeignet als er. Ein Irrtum, wie sich immer deutlicher herausstellte ...

»Fandarel, glauben Sie, in der kurzen Zeit eine Ihrer Fernschrift-Maschinen auf Telgar errichten zu können?« fragte F'lar.

Der Schmied grinste breit und nickte.

»Wie geht das Ganze eigentlich vor sich? Ich kann mir keine Vorstellung davon machen.«

Fandarel deutete auf den Meisterharfner. »Durch Robinton besitzen wir einen Kode, der es uns gestattet, lange und komplizierte Botschaften zu senden. Man muß ein paar Leute ausbilden, diesen Kode richtig anzuwenden. Wenn Sie eine Stunde Zeit haben ...«

»Für Sie immer«, versicherte ihm F'lar.

»Wir kommen morgen zu Ihnen«, rief Lessa. »Ich glaube nicht, daß Benden von Fäden bedroht ist.«

»Gut, dann bereite ich alles vor.«

»Ich spreche mit Baron Sangel von Süd-Boll und mit Baron Groghe von Fort«, warf Lytol ein. »Vertraulich, das ist klar.« Er erhob sich. »Ich war Drachenreiter und Gildeangehöriger und verwalte nun eine Burg. Aber die Fäden machen keinen Unterschied. Wo sie hinfallen, versengen sie alles.«

»Ja, daran müssen wir das Volk erinnern«, sagte Robinton.

Lytol verbeugte sich vor Lessa. »Für mich wird es höchste Zeit zum Aufbruch. Darf ich Baron Jaxom holen und mich verabschieden ...?«

»Möchten Sie nicht zum Abendessen bleiben?«

Lytol schüttelte bedauernd den Kopf. »Es gibt jetzt soviel in die Wege zu leiten.« Aber dazu kam er nicht, denn Jaxom und Felessan waren spurlos verschwunden. Eine von Manoras Frauen erinnerte sich, daß sie durch die Küche gekommen waren, und schließlich meldeten sich die Kinder, welche die beiden auf dem Wege zu den hinteren Korridoren gesehen hatten.

»Gandidan«, fragte Manora den ältesten der Jungen streng, »hast du Felessan wieder wegen des Gucklochs gehänselt?« Der senkte den Kopf. Manora wandte sich F'lar und Lessa zu. »Hmm. Mir fehlen in letzter Zeit oft Kerzen. Ich nehme an, daß sie versucht haben, sich zur Brutstätte zu schleichen und einen Blick auf Ramoths Eier zu werfen.«

»Was!« rief Lessa erschrocken aus.

Aber F'lar lachte nur gutmütig. »Das haben wir in unserer Jugend alle mal getan, nicht wahr, Lytol? Kein Grund zur Aufregung!«

»Sie wußten von diesen Ausflügen, Manora?« fragte Lessa wütend.

»Natürlich, Weyrherrin«, entgegnete Manora, ohne sich einschüchtern zu lassen. »Und ich paßte auf, daß sie alle heil zurückkehrten. Wann brachen sie auf, Gandidan? Spielten sie vorher noch mit euch?«

»Kein Wunder, daß Ramoth so aufgeregt war; und ich dachte, sie bildete sich alles nur ein. Wie konnten Sie so etwas zulassen?«

»Aber, Lessa!« besänftigte F'lar sie. »Es gehört zum Stolz eines jeden Jungen, sich nicht vor dunklen, staubigen Gängen zu fürchten. Eine weitere Mutprobe ist es, möglichst kleine Kerzenstummel mitzunehmen, bei denen man nie sicher weiß, wann sie endgültig verlöschen.«

Der Harfner grinste, während die Jungen mit offenen Mäulern zuhörten. Lytols Wangenmuskel hatte wieder zu zucken begonnen.

»Wann brachen sie auf, Gandidan?« wiederholte Manora. Sie hob das Kinn des Jungen und sah ihm in die Augen. Als er nur ängstlich schluckte, drehte sie sich entschlossen um. »Wir schauen besser nach! Man kann sich leicht verirren, wenn man nicht genau den Fußspuren folgt.«

Es bildeten sich rasch Suchtrupps, die in die Korridore eindrangen und Stück für Stück des Labyrinths durchforschten. Aber F'lar und Lytol waren es, die das helle Licht schließlich entdeckten. Sobald sie die kleinen Gestalten am Boden liegen sahen, schickte F'lar nach Hilfe.

»Was ist denn los mit Ihnen?« fragte Lytol. Er stützte seinen Zögling und fühlte nach seinem Puls. »Blut?« Entsetzt sah er auf seine klebrigen Finger.

F'lar richtete seine Lampe auf die Brust des Jungen. Das Leinenhemd war zerrissen, und darunter kamen die Schürfwunden zum Vorschein. »Nur ein paar Kratzer. Sieht nicht weiter schlimm aus. Hat jemand Heilsalbe mitgenommen? Nun regen Sie sich doch nicht auf, Lytol! Sein Herzschlag ist kräftig.«

»Aber er wacht nicht auf!« Lytol schüttelte Jaxom.

»Felessan fehlt äußerlich überhaupt nichts«, meinte der Weyrführer, der sich nun über seinen Sohn beugte.

Manora und Lessa kamen herbeigerannt und gaben zwei Männern den Auftrag, Jaxom und Felessan nach oben zu tragen. Eine Menschenmenge hatte sich inzwischen angesammelt. Die Verwalterin der unteren Höhlen warf einen Blick auf F'lar und Fandarel, die sich dem geheimnisvollen Eingang näherten, gefolgt von Lessa und Lytol. Sie begann energisch die Zuschauer zu verscheuchen.

»Los, hinauf mit euch! Die Jungen sind gefunden. Und das Abendessen wartet, Herrschaften!«

Allmählich leerte sich der Korridor.

»Das Licht kommt nicht von Kerzen«, verkündete der Schmied, der vorsichtig in den hell erleuchteten Raum schaute. »Und den glatten Wänden nach zu urteilen, handelt es sich um ein Stück des ursprünglichen Weyrs.« Er sah F'lar mit gerunzelter Stirn an. »Wußten Sie, daß es hier solche Räume gab?« Es war fast eine Anklage.

»Man hörte natürlich allerlei Gerüchte«, entgegnete F'lar und betrat den Raum, »aber ich drang nie sehr weit in die unbenutzten Korridore vor. Sie, Lytol?«

Der Burgverwalter schüttelte den Kopf. Auch er konnte nicht widerstehen und warf einen Blick in den Raum. Jetzt, da sein Schützling gefunden war, wirkte er sichtlich ruhiger.

»Vielleicht sollten Sie ihm auf Ruatha mehr Freiheit geben«, meinte Robinton mit einem Blinzeln. »Wenn der Bursche solche Schatzkammern aufspürt . . .« Er verstummte und deutete mit dem Finger auf ein Wandgemälde, das aus bunten Stäben und Kugeln zusammengesetzt war und sich leiterähnlich vom Boden bis zur Decke erstreckte. »Was mag das bedeuten? Lessa, Sie sind unsere Expertin für Wandbehänge. Was sagen Sie dazu?«

»Ich halte es nicht für ein Kunstwerk, auch wenn die Farben recht hübsch sind«, meinte sie und fuhr vorsichtig mit dem Finger über die Wand. »Und sehen Sie hierher! Da wurde etwas über das Original gepinselt. Eine Art Schrift. Der Farbton stimmt nicht genau.«

Fandarel trat dicht vor die Wand und musterte die Malerei mit zusammengekniffenen Augen. »Merkwürdig, sehr merkwürdig«, murmelte er. Dann wandte er sich den anderen Wundern zu. Seine klobigen Finger strichen ehrfürchtig über die Borde und Hängeregale aus Metall. Lessa mußte ein Kichern unterdrücken, als sie seinen verzückten Gesichtsausdruck bemerkte.

F'lar rührte sich keinen Schritt von der Wanddarstellung weg. Etwas an der Schrift kam ihm quälend vertraut vor.

»Lessa, ich könnte schwören, daß ich so etwas schon einmal gesehen habe.«

»Aber das ist doch Unsinn! Seit Hunderten von Planetendrehungen hat kein Mensch die Räume hier benutzt.«

»Halt! Erinnerst du dich an die Metallplatte, die F'nor im Fort-Weyr fand? Da — dieses Wort . . .« Er deutete auf ein paar Schriftzeichen, die seine Vorfahren als »Heureka« gelesen hätten. »Es ist das gleiche, ich weiß es genau. Und es wurde nachträglich eingefügt.«

»Hm, du könntest recht haben«, entgegnete Lessa. »Aber weshalb kreisten sie diesen Teil der Leiter — und den dort — mit einer Schrift ein?«

»Es gibt so viele Geheimnisse in diesem Raum«, warf Fandarel ein. Er spielte mit dem Magnetverschluß einer Schranktür. Erst nach geraumer Zeit bemerkte er, daß sich im hintersten Winkel des Schrankes ein Gegenstand verbarg.

Verwundert schüttelte er den Kopf, als er das unförmige Gerät ans Licht geholt hatte. Zuerst sah man nur ein Metallrohr, etwa von der Länge eines Männerarms. »Völlig nahtlos hergestellt«, sagte der Schmied ehrfürchtig. »Und mit der gleichen Schicht überzogen wie die großen Kessel. Wohl eine Art Schutz.« Er drehte es hin und her und zuckte zusammen, als er die Deckplatte sah. »Glas, feines Glas. Das ist doch . . .« Fandarel streckte sich. »Erst vor kurzem brachte mir Wansor eine Skizze mit, die leider halb vermodert war. Ein Gerät, das Gegenstände hundertfach vergrößert zeigt. Aber dazu benötigt man Linsen und Spiegel, und es dauert so lange, sie zu schleifen. Hmm.« Er beugte sich über das Instrument und verstellte vorsichtig die beiden Drehknöpfe seitlich des Zylinders. Dann schaute er durch das Rohr auf das kleine Glasplättchen, das sich an der Unterseite befand. »Faszinierend. Ich kann jede Unebenheit erkennen.« Fandarel merkte gar nicht, daß ihm die anderen wie gebannt zusahen. Er riß sich eines seiner kräftigen Haare aus und legte es auf das Glasplättchen, direkt unter die winzige Öffnung im Zylinder. Wieder drehte er an den Knöpfen. Er stieß einen Schrei aus. »Da! Seht doch! Mein Haar! Wie groß es jetzt ist. Jede Schuppe kann man erkennen . . .«

Lessa beugte sich über das Rohr und zuckte zurück. Bevor F'lar ihrem Beispiel folgen konnte, hatte sich Robinton vorgedrängt und starrte die Vergrößerung an.

»Aber das ist ja einzigartig«, murmelte er.

»Darf ich?« fragte F'lar so betont, daß Robinton sich lachend entschuldigte.

Auch F'lar konnte kaum glauben, was er sah. Das Haar hatte sich in einen groben Strick verwandelt, an dem man sogar die feinen Wachstumslinien beobachten konnte.

Als der Weyrführer sich an Fandarel wandte, klang seine Stimme unterdrückt. »Wenn man kleine Dinge durch Linsen vergrößern kann, besteht dann auch die Möglichkeit, daß man ferne Dinge näher heranholt — um sie zu beobachten?«

Lessa hielt den Atem an, ebenso wie Robinton. Nach einer Pause, die ihnen endlos erschien, erwiderte der Schmied: »Ja, ich glaube, das müßte gehen.«

»F'lar?«

Er drehte sich um. In Lessas blassem Gesicht brannten riesige, angsterfüllte Augen. »Du kannst nicht zum Roten Stern gehen!« Ihre Stimme war kaum hörbar.

Er nahm ihre Hände und spürte, daß sie eiskalt waren. Aber seine Worte waren mehr für die anderen als für Lessa bestimmt.

»Unser Hauptproblem waren und sind die Silberfäden. Weshalb sollen wir sie nicht von der Wurzel her bekämpfen, im Ursprung ausrotten? Ein Drache kann jedes Ziel ansteuern, wenn er die Koordinaten kennt.«

Als Jaxom erwachte, merkte er sofort, daß er sich nicht auf der Burg befand. Er öffnete die Augen. Statt der erwarteten Dunkelheit war über ihm eine gewölbte Steindecke, an deren höchstem Punkt ein Korblicht hing. Der Junge seufzte erleichtert.

»Wie fühlst du dich?« Manora beugte sich über ihn. »Hast du noch Schmerzen?«

»Ihr habt uns gefunden! Was macht Felessan?«

»Der verschlingt bereits sein Abendessen.« Manora wiederholte ihre Frage: »Hast du noch Schmerzen?«

»Schmerzen?« Das Herz blieb ihm fast stehen, als ihm einfiel, wo er sich die Schürfwunden an der Brust geholt hatte. Aber Manora beobachtete ihn. »Nein, nicht mehr.«

Sein Magen dagegen machte sich laut bemerkbar.

»Ich glaube, du solltest auch etwas essen.«

»Dann ist mir Lytol nicht böse? Oder der Weyrführer?«

Manora lächelte begütigend und strich ihm über das wirre Haar. »Keine Sorge, kleiner Baron. Aber ich würde dir raten, in Zukunft keine verbotenen Ausflüge zu machen. Lytol war außer sich vor Angst.«

Jaxom überlegte, ob sie von dem Spalt wußte — ob sie wußte, daß die Weyr-Jungen heimlich die Drachenkönigin und ihr Gelege beobachteten. Aber sie hatte gesagt, daß Lytol ihm nicht böse war. Auf Manora konnte man sich verlassen. Wenn sie Bescheid wußte und nicht wütend war ...?

Wenn sie jedoch erst durch seine Fragen von dem Spalt erfuhr, wurde sie vielleicht ärgerlich.

»Schließlich hast du die alten Kammern entdeckt, Jaxom. Du kannst dich auf deinen Lorbeeren ausruhen.«

»Kammern?«

Sie streckte ihm lächelnd die Hand entgegen. »Ich dachte, du seist hungrig.«

Ihre Finger waren weich und kühl. Sie führte ihn an den Schlafräumen des Gesindes vorbei zur Küche. Es mußte bereits spät sein, denn die meisten Vorhänge waren zugezogen. Das Feuer in der Küche brannte niedrig. An einem Tisch saßen ein paar Frauen und nähten. Sie sahen lächelnd auf, als Manora mit Jaxom vorüberkam.

»Sie sagten Kammern?« beharrte Jaxom.

»Jenseits des Raumes, den du geöffnet hattest, lagen zwei weitere, dazu die Ruine einer nach oben führenden Treppe.«

Jaxom pfiff durch die Zähne. »Und was befand sich in den Kammern?«

Manora lachte leise. »Ich habe den Schmied noch niemals so erregt gesehen. Er entdeckte ein merkwürdig geformtes Instrument und ein paar Glasplättchen, aus denen ich nicht recht klug werde.«

»Ein Raum aus der Vorzeit?« Jaxom bedauerte nur, daß er keine Gelegenheit bekommen hatte, die Kammern zu durchstöbern.

»Aus der Urzeit«, verbesserte ihn Manora.

Als sie den Speisesaal betraten, stockte die Unterhaltung der Drachenreiter und ihrer Begleiterinnen. Jaxom war die Blicke anderer gewohnt. Er streckte sich, hielt die Schultern gerade und ging mit gemessenen Schritten weiter. Ebenso gemessen nickte er den Reitern zu, die er kannte.

Draußen herrschte jetzt Dunkelheit. Der Sternstein auf der Klippe hob sich schwarz gegen den etwas helleren Himmel ab. In der Tiefe des Kessels schimmerte der Badesee. Mnementh lag auf dem Felsensims, der zur Schlafhöhle der Drachenkönigin führte. Sein riesiges leuchtendes Auge schien sich mit einem Blinzeln auf Jaxom zu richten.

Besitzen die Drachen etwa Sinn für Humor? dachte er. Bei den Wachwheren hatte er diese Eigenschaft bis jetzt nicht feststellen können, obwohl sie der gleichen Rasse angehörten.

Die Verwandschaft ist sehr entfernt.

»Wie bitte?« Jaxom sah verwirrt zu Manora auf.

»Ich habe nichts gesagt.«

»Ich dachte . . .«, murmelte Jaxon. Er warf einen Blick auf den mächtigen Schatten auf dem Felsvorsprung, aber Mnementh hatte den Kopf abgewandt. Dann stiegen Jaxom Essensdüfte in die Nase, und er ging schneller.

Manora brachte ihn in Lessas Wohnraum. An der Schwelle stockte sein Fuß plötzlich. Seinen Vormund hatte er erwartet, ebenso F'lar und Lessa. Aber was machten Fandarel und der Meisterharfner hier?

Manora stupste ihn leicht an, und er trat mit einer Verbeugung ein. Lessa drückte ihn auf den leeren Platz neben Felessan. »Kein Wort, Lytol, bevor das Kind gegessen hat«, sagte die Weyrherrin energisch. Sie stellte dem Jungen einen Teller mit dampfendem Fleisch und Gemüse hin.

Felessan versuchte, dem Freund durch Grimassen etwas mitzuteilen, aber Jaxom begriff den Sinn nicht. Und dann beugte er sich über sein Essen und vergaß die Umwelt.

Eine modrige alte Wherhaut lag ausgebreitet auf dem Tisch, und die Männer beugten sich darüber. Der Schmied sagte: »Wenn ich diesen Plan richtig auslege, müßte über den Kammern, welche die Jungen entdeckten, noch eine Reihe von Räumen liegen.«

F'lar schüttelte den Kopf. »Ich habe noch nie etwas von einem Landzugang auf dieser Seite des Weyrs gehört.«

»Es gab einen Eingang zur Kesselsohle«, sagte Fandarel. »Wir fanden ihn. Er war versiegelt, vielleicht wegen jenes Bergrutsches.«

Jaxom sah ängstlich zu Felessan hinüber, der sich jedoch abgewandt hatte. Was bedeuteten die Grimassen? Das der Freund nichts verraten hatte? Oder daß sie alles wußten?

»Die Fuge war kaum sichtbar«, fuhr der Schmied fort. »Und die Versiegelungssubstanz erwies sich als äußerst wirksam. »Man konnte sie nicht einmal mit einem Messer anritzen«, knurrte Fandarel kopfschüttelnd.

»Weshalb versiegelten sie wohl den Eingang?« fragte Lessa.

»Weil sie diesen Teil des Weyrs nicht benutzten«, entgegnete F'lar. »Die Korridore waren in Vergessenheit geraten, bis die Kinder sie wieder entdeckten.«

Jaxom wagte nicht von seinem Teller aufzuschauen. Jetzt mußte das Donnerwetter kommen.

Aber der Weyrführer strich ihm über das Haar und fuhr fort: »Wir müssen ihnen dafür dankbar sein.«

Jaxom riskierte einen Blick. Lytols Miene verriet Strenge, aber in seinen Augen war ein ganz sonderbarer Ausdruck, eine Mischung aus Erleichterung und Stolz.

»Hoffentlich bleiben das nicht die einzigen Schätze, die wir ausgebuddelt haben«, meinte der Schmied mit seinem tiefen Baß. Geistesabwesend tätschelte er das glatte Metall des Vergrößerungsgerätes.

6

Der Sand juckte auf ihrer Haut, und sie schwitzte; aber das merkte sie in diesem Augenblick des Triumphs nicht. Kylara starrte auf das Gelege, das sie an der Küste aufgestöbert hatte.

»Sollen sie ihre sieben Biester behalten«, murmelte sie mit einem Blick zum Weyr hin. »Ich habe ein ganzes Nest. Und ein goldenes Ei dazu!«

Sie lachte auf. Meron von Nabol würde Augen machen, wenn

sie mit den Dingern ankam. Sie war sich völlig im klaren darüber, daß er die Drachenreiter um ihre stolzen, mächtigen Tiere beneidete. Mehr als einmal hatte er gesagt, daß die Gegenüberstellungen eine Ungerechtigkeit seien, da nur jene eine Chance bekämen, die zuvor von den Drachenreitern ausgewählt worden waren. Mal sehen, ob es dem mächtigen Meron gelang, eine Feuerechse für sich zu gewinnen.

Sie war nicht sicher, was ihr mehr Spaß machen würde — wenn er es schaffte oder wenn er versagte. Für ihre Zwecke konnte sie sowohl das eine wie auch das andere ausnützen. Aber angenommen, er holte sich eine Bronzeechse, und sie bekam die Königin, und die beiden paarten sich ... Ein sinnliches Lächeln spielte um Kylaras Lippen.

»Enttäuscht mich nicht!« sagte sie leise.

Sie packte die Eier zwischen Schichten von Feuerstein und hüllte sie in dicke Wolldecken. Das Ganze umschnürte sie mit Wherlederstücken. Sie wußte, daß der kurze Augenblick im *Dazwischen* ihre Pläne zunichte machen konnte, wenn sie nicht alle Vorsichtsmaßnahmen traf.

Über Nabol war eben die Morgendämmerung hereingebrochen, als Kylara mit Prideth auftauchte und den Wachwher kreischend auf sein Lager scheuchte. Der Wachtposten kannte die Weyrführerin zu gut, als daß er sie zurückgewiesen hätte. Er ließ seinem Herrn Meldung machen. Kylara übersah arrogant Merons ärgerlich gerunzelte Stirn, als er auf den Stufen des inneren Hofes erschien.

»Ich habe die Eier von Feuerechsen für dich, Meron«, sagte sie und deutete auf die Bündel neben sich. »Ich brauche sofort ein paar Zuber mit heißem Sand, sonst schlüpfen sie nicht.«

»Zuber mit heißem Sand?« wiederholte Meron mit sichtlicher Verärgerung.

Er schlief also nicht allein, was? Kylara hatte einen Moment lang Lust, mit ihren Schätzen umzukehren.

»Ja, du Schwachkopf! Ich habe ein Gelege mit Feuerechsen-Eiern entdeckt. Die Schalen sind bereits hart. Die Chance deines Lebens!« Kylara wirbelte herum. »He, du!« fuhr sie Merons Wirtschafterin an, die verschlafen und nur halb angezogen herbeigeeilt war. »Schütte kochendes Wasser über sämtliche Scheuersandvorräte, die du auf der Burg hast, und bringe das Zeug hierher!«

Sie stammte selbst aus einer Burg und wußte, mit welchem Tonfall man das Gesinde einschüchterte. Die Frau huschte hinaus, ohne Merons Zustimmung abzuwarten.

»Eier von Feuerechsen? Wovon redest du eigentlich?«

»Man kann die Tiere durch eine Gegenüberstellung an sich binden wie Drachen!« Kylara legte die Eier vorsichtig auf die warmen Herdsteine. »Und ich habe sie gerade noch rechtzeitig hergebracht«, fuhr sie triumphierend fort. »Hol deine Männer zusammen, rasch! Wir wollen so viele wie möglich für uns gewinnen.«

»Ich versuche zu begreifen, wozu das gut sein soll«, erwiderte Meron unwirsch.

»Mann, streng dein Gehirn an!« fauchte Kylara, ohne darauf zu achten, daß der Baron sehr verletzlich war. »Feuerechsen sind die Vorfahren unserer Drachen, *und sie besitzen alle ihre Fähigkeiten!«*

Es dauerte noch einen Moment, bis Meron die Bedeutung ihrer Worte verstand. Doch dann scheuchte er seine Leute auf und half Kylara, die Eier auf die Steine zu legen.

»Sie gehen ins *Dazwischen?* Sie stehen in Kontakt mit ihrem Besitzer?«

»Ja, ja.«

»Da — ein goldenes Ei!« Merons Augen glitzerten habgierig, als er die Hand danach ausstreckte.

Sie schlug ihm leicht auf die Finger. »Das gehört mir. Du siehst zu, daß du eine Bronzeechse erwischst. Das Ei hier — nein, das daneben — könnte das richtige sein.«

Der erhitzte Sand wurde hereingebracht und auf die Herdsteine geschüttet. Merons Männer strömten zusammen, zum Kampf gegen die Fäden gerüstet. Kylara befahl ihnen, die Flammenwerfer wegzulegen, und erklärte ihnen kurz, wie sie sich bei der Gegenüberstellung zu verhalten hatten.

»Keiner kann eine Feuerechse fangen«, murmelte einer im Hintergrund.

»Ich habe es geschafft, aber du bist vermutlich zu dämlich dafür«, fauchte Kylara.

Es stimmte schon, was die Alten sagten: die Bewohner der Burgen wurden so arrogant und aggressiv. Keiner hätte es gewagt, den Mund aufzutun, wenn ihr Vater Befehle erteilte.

»Ihr müßt rasch sein«, sagte sie. »Die Tiere schlüpfen hungrig aus und fressen sich gegenseitig, wenn man sie nicht daran hindert.«

»Ich möchte die meinen festhalten, bis die Jungen ausschlüpfen«, flüsterte Meron Kylara zu. Er hatte drei Eier auf die Seite gelegt.

»Die Handwärme reicht nicht aus«, erwiderte Kylara ruhig. »Wir brauchen rohes Fleisch, am besten frisch geschlachtetes.«

Meron gab den Befehl, einen Bock zu töten, und bald darauf wurden Schüsseln mit dampfendem rohem Fleisch hereingetragen. Der Blutgeruch vermischte sich mit dem Leder- und Fleischgestank der Männer. Die Erregung wuchs.

»Ich habe Durst, Meron«, beklagte sich Kylara.

Jemand brachte Wein und Obst und einen Korb mit Brot. Die Männer standen herum und wußten nicht recht, was sie tun sollten. Die Zeit verstrich langsam.

»Ich dachte, die Echsen seien kurz vor dem Ausschlüpfen«, meinte Meron unruhig. Er hatte immer noch seine Zweifel an Kylaras Vorhaben.

Kylara lächelte spöttisch. »Sie sind es, verlaß dich drauf! Ihr Burgbewohner solltet Geduld lernen. Die braucht man nämlich im Umgang mit Drachen. Man kann sie nicht schlagen, wie ihr es mit euren Landtieren tut.«

Eines der Eier begann leicht zu schaukeln, und Meron sprang von seinem Stuhl auf. Er winkte die Männer näher. »Sag ihnen noch einmal, was sie tun müssen!«

Kylara legte den Finger auf die Lippen und winkte ab. Sie konnte einem Mann wie Meron nicht klarmachen, daß die Tiere die Auswahl trafen und keineswegs die Menschen. »Man lockt sie zu sich heran, mit Gedanken der Zärtlichkeit und Zuneigung. Das ist eigentlich alles.«

»Ihr habt die Weyrherrin gehört! Macht eure Sache gut! Der Mann, der versagt . . .« Meron sprach den Satz nicht zu Ende, aber der Tonfall genügte.

Kylara lachte. Sie lachte über die Angst der Männer, über Merons finsteren Blick und seine Unsicherheit. Sie lachte, bis der Baron sie am Arm packte und heftig schüttelte.

»Hör auf damit! Du störst sie beim Ausschlüpfen.«

»Lachen ist besser als drohen!« Sie senkte ihre Stimme. »Und wenn du nun selbst versagst? Die Tiere sind unberechenbar. Willst du dich dann auch bestrafen?«

Meron umkrampfte ihren Arm. Feine Risse zeigten sich jetzt in den Eierschalen. Er ließ die Weyrherrin abrupt los und holte sich eine Schüssel mit Fleisch. Er kniete neben den Eiern nieder, die er auserwählt hatte.

Die übrigen Männer folgten seinem Beispiel. Kylara trat betont lässig in den Kreis. Sie spürte, wie die Erregung in ihr hochstieg. Sie mußte eines dieser kleinen Geschöpfe besitzen, das hatte sie sich fest vorgenommen. Sie würde nie verstehen, daß ihre herrische Natur sich unterbewußt gegen die Gefühls-Symbiose mit der Drachenkönigin sträubte. Instinktiv hatte Kylara gewußt, daß eine Frau auf Pern nur als Weyrherrin uneingeschränkte Macht und Freiheit besaß. Aber sie verschloß die Augen vor der Tatsache, daß Prideth das einzige Lebewesen war, das sie beherrschen konnte und auf dessen Meinung sie etwas gab. In der Feuerechse sah Kylara einen Miniaturdrachen, den sie dominierte.

Das goldene Ei geriet in Bewegung, und ein breiter Spalt zeigte sich an der Längsseite. Ein winziger goldener Schnabel tauchte auf.

»Gib ihr etwas zu fressen!« flüsterte Meron Kylara heiser zu. »Beeil dich!«

»Sag du mir nicht, was ich tun muß, du Narr! Kümmere dich um deine eigenen Eier!«

Der Kopf schob sich ins Freie, dann der zappelnde kleine Körper. Kylara zwang sich zu freundlichen, liebevollen Gedanken. Sie hieß das winzige Geschöpf willkommen, übermittelte ihm ihre Freude und Bewunderung, ohne auf die Schreie und Ermunterungen ringsum zu achten.

Die kleine Königin, kaum größer als ihre Hand, stolperte ins Freie und sah sich sofort nach Nahrung um. Kylara legte ihr einen Fleischbrocken zu Füßen, und das Tier stürzte sich gierig darauf. Das nächste Stück Fleisch behielt sie in der Hand. Mit einem schrillen Kreischen kam das Geschöpf näher. Die Flügel trockneten allmählich, und die Pfoten knickten nicht mehr bei jedem Schritt ein. Hunger, Hunger, Hunger, strömten ihr die Gedanken der goldenen Königin entgegen. Der Kontakt war geschaffen.

Kylara nahm das Tierchen auf die Hand und entfernte sich vom Herd und dem dort herrschenden Chaos.

Die Männer machten so ziemlich alles falsch, trotz ihrer eindringlichen Ermahnungen. Die drei Eier, die Meron beiseite gelegte hatte, platzten beinahe gleichzeitig. Zwei der Jungtiere gerieten sofort aneinander, während der Baron ungeschickt versuchte, Kylaras Handeln zu imitieren. In seiner Gier verliert er noch alle drei, dachte sie mit boshaftem Vergnügen. Dann sah sie, daß weitere Bronzeechsen auftauchten. Gut so. Noch war nicht alles verloren.

Zwei Männern war es gelungen, Echsen an sich zu locken, und sie traten nun zu Kylara.

»Wieviel fressen sie, Weyrherrin?« fragte einer. Seine Augen leuchteten vor Freude.

»Gebt ihnen, soviel sie wollen«, erwiderte sie. »Dann schlafen sie ein und bleiben bei euch. Sobald sie aufwachen, füttert ihr sie wieder. Falls sie sich über Hautjucken beklagen, badet ihr sie und reibt sie mit Öl ein. Eine schuppige Haut reißt im *Dazwischen* auf, und die Kälte kann die Tiere töten.« Wie oft hatte sie das den Jungreitern eingebleut? Nun, zum Glück nahm ihr Brekke diese Aufgabe jetzt ab.

»Aber was geschieht, wenn sie ins *Dazwischen* gehen? Wie halten wir sie zurück?«

»Einen Drachen *besitzt* man nicht. Er bleibt freiwillig. Anketten wie einen Wachwher kann man ihn nicht.«

Allmählich langweilte sie sich. Die Fragen der Männer gingen ihr auf die Nerven. Und es störte sie, daß so viele der kleinen Echsen zugrunde gingen. So betrat sie die Stufen zum inneren Hof. Sie beschloß, in Merons Suite zu warten — und wehe, die Schlampe, die er bei sich gehabt hatte, befand sich noch dort!

7

F'lar erhielt F'nors fünf Seiten langen Brief, als er eben im Begriff war, Fandarels neuen Fernschrift-Mechanismus zu besichtigen. Ramoth kreiste bereits über dem Weyr.

»F'nor sagte, es sei dringend. Es ist wegen . . .«, begann G'nag.

»Ich lese seine Zeilen, sobald ich dazukomme«, unterbrach ihn F'lar. Der Mann redete wie ein altes Waschweib. »Vielen Dank — und verzeihen Sie meinen raschen Aufbruch.«

»Aber, F'lar . . .« Mehr hörte er nicht, denn Mnementh hob mit mächtigen Flügelschlägen vom Felsensims ab. Der Bronzedrache nahm die Kurven betont vorsichtig, aber das besserte F'lars Laune nicht. Verdammt, Lessa hatte recht. Wenn Robinton zu Besuch kam, war an Schlaf nicht zu denken. Der Schmied war gegen Mitternacht aufgebrochen und hatte das Vergrößerungsgerät mitgenommen. Aber Robinton dachte gar nicht daran, seinem Beispiel zu folgen, auch nicht, nachdem Lessa sich zurückgezogen hatte. Der Mann soff wie ein Loch, aber er wußte soviel über die Burgen und anderen Weyr, und das war wichtig, wenn F'lar tatsächlich eine Revolution durchführen wollte.

Die kühle Morgenluft war gut gegen die Kopfschmerzen, aber sie erinnerte ihn gleichzeitig an die Ätzwunden, die er am Vortag davongetragen hatte. Er beugte sich dicht über Mnemenths Hals. Dabei spürte er F'nors Brief in der Brusttasche. Nun, er hatte im Moment keine Lust, sich mit Kylaras Eskapaden zu befassen.

Er warf einen Blick in die Tiefe. Ja, ein paar Männer unter N'tons Führung waren schon dabei, den versiegelten Eingang aufzubrechen. Wenn mehr Licht und frische Luft in die verlassenen Korridore strömte, konnte man sie besser erforschen. Hoffentlich regte sich Ramoth nicht darüber auf, daß die Leute ihrem Gelege zu nahe kamen.

Sie weiß Bescheid, informierte Mnementh seinen Reiter.

»Und?«

Sie ist neugierig.

Sie befanden sich jetzt über den Sternsteinen. F'lar runzelte die Stirn, als er die fingerförmige Spitze und darüber das Felsenöhr sah. Wenn man eine gute Linse in dieser Öffnung befestigte, würde man dann den Roten Stern sehen? Nein, denn zu dieser Jahreszeit hatte er einen anderen Winkel. Hm . . .

Mnementh setzte zum Sprung ins *Dazwischen* an. Die Kälte nahm ihm den Atem, und dann kreisten sie über Telgar mit seinen Terrassenseen, die herrlich blau in der Morgensonne glitzerten. Ramoth glitt in die Tiefe — ein prachtvoller Anblick. Sie war jetzt doppelt so groß wie jede andere Königin.

Je besser der Reiter, desto besser das Tier, unterbrach Mnementh seine Gedankengänge.

Ramoth wartete auf ihren Gefährten, und gemeinsam überflogen sie die Seengebiete. Hinter ihnen fiel das Gelände langsam zum Meer hin ab; der Fluß, der von den Seen gespeist wurde, schlängelte sich durch weites Acker- und Weideland, bis er sich mit dem Dunto vereinigte und ins Meer floß.

Als sie vor der Gildehalle landeten, kam ihnen Terry aus einem der Nebengebäude entgegengelaufen. Er verbeugte sich tief und grinste dabei von einem Ohr zum anderen.

»Herzlich willkommen!«

F'lar und Lessa erwiderten die Begrüßung. »Nun, hat Fandarel schon ein Fernrohr hergestellt?« fragte der Bronzereiter lachend.

»Noch nicht ganz — aber er hat uns die ganze Nacht herumgehetzt.« Terry unterdrückte ein Gähnen. Dann jedoch fuhr er lebhaft fort: »Faszinierend, was dieses Gerät alles sichtbar macht! Wansor ist abwechselnd selig und zutiefst niedergeschlagen. Er ärgert sich, daß er nicht das Geschick seiner Vorfahren besitzt.«

Sie hatten den Eingang fast erreicht, als Terry noch einmal stehenblieb. Seine Miene war ernst.

»Ich wollte Ihnen noch sagen, wie leid mir die Sache mit F'nor tut. Hätte ich ihnen das Messer doch gegeben! Aber es war als Hochzeitsgeschenk für Baron Asgenar bestimmt, und ich wußte, daß ich keine Zeit mehr haben würde, ein neues zu schmieden . . .«

»Das Recht war eindeutig auf Ihrer Seite«, sagte F'lar ruhig und legte dem Mann die Hand auf die Schulter.

Die Halle mit ihren hohen Fenstern bestand praktisch aus einem einzigen Saal. An einer der beiden Feuerstellen befand sich eine kleine Esse. Die schwarzen Steinwände, glatt und fugenlos, waren mit Skizzen und Zahlen bedeckt. Ein langgestreckter Tisch beherrschte den Raum. An den beiden Stirnseiten waren tiefe Sandgruben eingelassen, die Platte bedeckten Papiere, Aufzeichnungen und alle möglichen Geräte. Der Schmied stand in der Nähe der Tür, die Fäuste in die Hüften gestemmt, das Kinn vorgeschoben, ein paar senkrechte Falten über der Nasenwurzel. Sein Unmut galt einer Skizze auf dem schwarzen Stein.

»Es *muß* eine Frage des Blickwinkels sein, Wansor«, murmelte er. »Wansor?«

»Wansor ist so gut wie im *Dazwischen,* Meister«, sagte Terry leise und deutete auf die schlafende Gestalt in einer Ecke des Raumes. Jetzt erst bemerkte F'lar, daß entlang der Wände eine Reihe von Pritschen standen, die man notfalls als Schlaflager benutzen konnte. Der Schmied knurrte ärgerlich vor sich hin. Dann sah er F'lar und Lessa, und seine Miene erhellte sich.

»Ihr kommt früh. Dabei hatte ich gehofft, ich könnte bereits die ersten Erfolge vorweisen.« Er deutete auf die Zeichnung. F'lar und Lessa betrachteten gehorsam die Linien und Ovale an der Wand. »Tut mir leid . . .«

»Aber es ist doch erst Vormittag«, entgegnete F'lar mit gespieltem Ernst. »Ich gebe Ihnen noch bis heute abend Zeit, bevor ich Sie einen Stümper nenne.«

Fandarel lachte dröhnend, und die anderen stimmten ein. Allmählich löste sich die Spannung.

Nur Lessa betrachtete den Schmied besorgt. Sie wandte sich an Terry: »Er ist todmüde, das sieht man ihm an. Und wie ich ihn kenne, hat er seit gestern abend nichts mehr gegessen. Der Mann setzt seine Gesundheit aufs Spiel. Ich hole ihm jetzt eine kräftige Mahlzeit. Wo ist die Küche?«

»Nicht nötig.« Terry winkte ab und führte sie an einen kleinen Wandkasten. Er drückte auf den Knopf an der Unterseite und bestellte Essen für den Schmied und die anderen.

»Was war das?« fragte F'lar aufmerksam.

»Oh, ein Lautsprecher«, erklärte Terry grinsend. »Sehr nützlich, wenn man keine so kräftige Stimme wie unser Gildemeister hat. Wir haben die Dinger in jeder Halle angebracht. Das erspart uns manche Lauferei.«

Fandarel führte sie vor ein kompliziertes Gewirr aus Drähten und Keramiktiegeln. »Mein Fernschrift-Apparat«, erklärte er stolz.

Lessa und F'lar sahen einander skeptisch an. Schließlich meinte Lessa zaghaft: »Dieser Lautsprecher hat mir besser gefallen.« F'lar beugte sich über das Gerät und wollte den Finger in einen der Tiegel tauchen. Fandarel riß ihm die Hand zurück.

»Vorsicht!« warnte er. »Diese Wannen enthalten Blöcke aus Zink und Kupfer in einer Schwefelsäurelösung, die das Metall zersetzt. Dabei erhalten wir eine Form von Aktivität, die ich chemische Reaktionsenergie genannt habe. Diese Energie kann hier gesteuert werden . . .« Er fuhr mit dem Finger einen Metallhebel entlang, der über einer dünnen grauen Schicht schwebte. Man konnte erkennen, daß diese Schicht über zwei Walzen gespannt war. Der Schmied drehte an einem Knopf. Die Tiegel begannen leise zu blubbern. Er betätigte den Hebel, und eine Reihe roter Zeichen von verschiedener Länge zeigten sich auf dem grauen Stoff, der langsam nach vorne abrollte. »Sehen Sie, das ist eine Botschaft. Der Harfner änderte seinen Trommelkode für uns ab, ein anderer Rhythmus und eine andere Länge für jeden Laut. Ein wenig Übung, und man kann das Zeug ebensogut wie eine normale Schrift lesen.«

F'lar deutete kopfschüttelnd auf die Rolle. »Aber welchen Vorteil hat es, wenn Sie Ihre Botschaft *hierherschreiben . . .?«*

Der Schmied grinste breit. »Hah, während ich hier Zeichen für Zeichen auftrage, werden sie von einer Nadel in der Gildehalle von Crom oder Igen wiederholt.«

»Das wäre schneller als eine Drachenbotschaft«, meinte Lessa beeindruckt. »Und was bedeuten diese Zeilen?«

Sie berührte das graue Material mit dem Finger. Ein roter Abdruck blieb zurück. Sie sah erschrocken ihre Hand an, entdeckte aber nichts.

Der Schmied lachte gutmütig. »Harmloses Zeug. Reagiert lediglich auf die Säure Ihrer Haut.«

»Eine schöne Partnerin habe ich mir da ausgesucht!« neckte F'lar sie.

»Pah! Ich möchte nicht wissen, was geschieht, wenn du deine Finger hinhältst!«

»Das gleiche«, erklärte Fandarel. »Die Rolle ist mit Lackmus überzogen, einer Substanz, die sich bei Säureeinwirkung verfärbt.«

»Sagten Sie nicht etwas von einer Drahtverbindung? Wie war das gemeint?«

Der Schmied nickte und deutete auf einen dünnen Draht, der vom Apparat weg ins Freie führte. Jetzt erst bemerkten F'lar und Lessa die Steinpfosten, die in einer langen Kette die Landschaft durchschnitten. Sie verloren sich am Horizont.

»Dieser Draht hier verbindet uns mit Crom, der andere führt nach Igen. Wir können Botschaften zu den beiden Stationen senden, wenn ich diese Wählscheibe, die im Moment auf Empfang gestellt ist, herumdrehe. Sie sehen, es ist an alles gedacht.«

»Dann ist das Drähtelegen wohl die Hauptschwierigkeit«, sagte F'lar nachdenklich.

Terry zuckte mit den Schultern. »Nicht so schlimm. Die ersten Pfosten wurden von den Lehrlingen beider Gildehallen errichtet, und später schickten uns einige Barone Helfer. Aber wir mußten erst Draht auf die richtige Stärke und Länge ausziehen, und das war eine zeitraubende Angelegenheit.«

»Haben Sie mit Baron Larad gesprochen? Vielleicht stellt er Ihnen auch ein paar Leute zur Verfügung.«

Terry schnitt eine Grimasse. »Larad interessiert sich höchstens dafür, wie viele Flammenwerfer wir ihm liefern können.«

»Glauben Sie, es gelingt Ihnen dennoch, in zwei Tagen so einen Apparat in Telgar aufzubauen?«

»Vielleicht, wenn wir die Produktion von Flammenwerfern für diese Zeit ruhen lassen. Und ich kann die Lehrlinge von den Schmiedewerkstätten in Igen, Telgar und Lemos zusammentrommeln.« Fandarel warf F'lar einen Blick zu. »Wenn man ein paar Drachen zum Transport einsetzen könnte . . .«

»Abgemacht!« versprach F'lar.

Terry seufzte erleichtert. »Sie ahnen nicht, wie angenehm es ist, mit dem Benden-Weyr zusammenzuarbeiten.«

»Schwierigkeiten mit R'mart?« fragte F'lar besorgt.

»Das nicht, Weyrführer«, erwiderte Terry und beugte sich ernst vor. »Aber Sie kümmern sich noch um die Dinge, die auf Pern geschehen. Ihnen ist nicht alles gleichgültig.«

»Ich verstehe nicht . . .«

Der Gildemeister knurrte etwas, aber Terry ließ sich nicht einschüchtern. Er fuhr fort:

»Ich habe mit Drachenreitern aus allen Weyrn zu tun, und ich sehe die Sache so: Die Alten bekämpfen seit ihrer Geburt die Fäden. Etwas anderes kennen sie nicht. Sie sind müde, und das nicht nur von ihrem Sprung in die Zukunft. Sie sind ausgelaugt, völlig am Ende. Zu oft mußten sie aufsteigen, wenn die Wächter Alarm schlugen, zu viele ihrer Gefährten starben beim Kampf gegen die tückischen Sporen. Sie stützen sich auf das Hergebrachte, die Tradition, weil das am sichersten ist und nur wenig Energie kostet. Und sie sind überzeugt davon, daß sie auf Pern jedes Vorrecht für sich beanspruchen dürfen. Soweit es sie betrifft, hat es immer Fäden gegeben. Eine Spanne von vierhundert Planetendrehungen ohne Fäden können sie sich einfach nicht vorstellen. Wir wissen es anders. Unsere Vorfahren lebten frei von der alten Furcht und entwickelten daher ein neues Verhältnis zu den Weyrn. So etwas läßt sich nicht über Nacht abstreifen. Wir existieren nur, weil die Alten in ihrer *und* in unserer Zeit lebten. Weil sie für uns kämpften. Wir haben ein Ziel vor Augen, ein Leben ohne Fäden. Sie dagegen kennen nur eines,und das haben sie uns beigebracht — wie man die Sporen bekämpft. Sie sehen einfach nicht ein, daß man einen Schritt weitergehen kann, daß man versucht, die Gefahr für immer zu verbannen.«

F'lar erwiderte Terrys ernsten Blick.

»Von dieser Seite habe ich die Alten noch nie gesehen«, sagte er langsam. »Und Sie haben recht. Uns stecken schon die sieben Planetendrehungen Kampf tief in den Knochen.«

»Durch Reden geschehen keine Wunder«, meinte Fandarel ungeduldig. »Terry, Sie holen jetzt Wansor, und wir arbeiten das Problem noch einmal in aller Ruhe durch.«

Als F'lar sich mit Lessa erhob, um wieder aufzubrechen, raschelte F'nors Brief in seiner Tasche.

»Einen Augenblick, Lessa. Ich möchte noch rasch einen Blick auf F'nors Botschaft werfen.«

Er öffnete die eng beschriebenen Seiten und überflog sie.

»Feuerechsen!« rief er schließlich aus. »Verhalten sich ebenso wie Drachen!«

Er reichte Lessa die Zeilen.

»Bisher ist es keinem Menschen gelungen, eine Feuerechse zu fangen«, sagte Fandarel.

»F'nor augenscheinlich doch«, entgegnete F'lar. »Ebenso Brekke und Mirrim.«

»Wer ist Mirrim?«

»Brekkes Pflegetochter«, erklärte Lessa geistesabwesend, während sie den Brief las. »Ein Kind von L'trel, wenn ich mich nicht täusche. Na, ich kann mir denken, daß das Kylara nicht gepaßt hat.«

F'lar reichte die Seiten an Fandarel weiter, der neugierig geworden war.

»Sind Feuerechsen mit den Drachen verwandt?« erkundigte sich Terry.

»Offenbar stärker, als wir ahnten.« F'lar sah Fandarel an. »Was sagen Sie dazu?«

Der Schmied zog die Stirn kraus, doch mit einemmal grinste er breit. »Fragen Sie den Herdenmeister. Er züchtet Tiere. Ich züchte Maschinen.«

Er winkte Lessa zum Abschied zu und trat wieder vor die Skizze, an der er bei ihrem Eintreten gearbeitet hatte.

»F'lar?« meinte Lessa, als sie draußen waren. »Erinnerst du dich an das Metallplättchen mit dem sinnlosen Text? Darauf waren auch Feuerechsen erwähnt. Eines der wenigen Worte, die man verstehen konnte.«

»Und?«

»Es ist schade, daß wir das Ding an den Fort-Weyr zurückgegeben haben. Es war wichtiger, als wir ahnten.«

»Auf Fort könnte es noch mehr wichtige Aufzeichnungen geben.« F'lar sah düster vor sich hin. »Es war der erste Weyr. Wer weiß, was man finden würde, wenn man ihn einmal richtig durchsuchte!«

Lessa dachte an T'ron und Mardra und schnitt eine Grimasse.

»Mit T'ron werde ich vielleicht fertig«, meinte sie.

8

»Nein, Rannelly, ich habe Kylara den ganzen Vormittag nicht gesehen«, erklärte Brekke der alten Amme geduldig. Sie kam schon zum viertenmal mit ihrer Frage.

»Sie haben bestimmt noch keinen Blick auf Ihre arme Königin geworfen«, murmelte die Alte im Hinausgehen. »Alles wegen dieser — dieser lästigen kleinen Biester!«

Brekke hatte endlich Zeit gefunden, sich um Mirrims verletzten Braunen zu kümmern. Er war so mit Leckerbissen vollgestopft, daß er kaum ein Lid hob, als Brekke ihn untersuchte. Zum Glück half die Heilsalbe auch bei den Echsen.

»Es geht ihm ausgezeichnet, Liebes«, erklärte Brekke dem besorgten Mädchen. Sie warf einen Blick auf die beiden Grünen, die wie angewachsen auf den Schultern ihres Zöglings saßen. »Aber du darfst die Tiere nicht überfüttern, sonst bekommt ihre Haut Risse.«

»Glaubst du, daß sie bei mir bleiben werden?«

»Bei der Pflege ganz bestimmt, Herzchen. Aber vergiß deine anderen Pflichten nicht! Ich kann es nicht verantworten, daß du . . .«

»Alles wegen Kylara!«

»Mirrim!«

Beschämt ließ die Kleine den Kopf hängen. Aber sie konnte es nicht ändern, daß sie die Weyrherrin haßte. Immer kommandierte Kylara nur herum, ohne selbst einen Finger zu rühren. Brekke mußte die ganze Arbeit tun. Es war einfach ungerecht.

»Was meinte die alte Rannelly vorhin? Wirenth fehlt doch nichts. Es gibt selten eine Drachenkönigin, die besser gepflegt wird als sie.«

»Ich sehe gleich einmal nach. Als ich sie verließ, schlief sie noch.«

»Rannelly ist nicht besser als Kylara. Sie hält sich für besonders klug und versucht, allen am Zeug zu flicken.«

Brekke wollte ihren Zögling schon schelten, als draußen F'nor nach ihr rief.

»Was gibt es?«

»War kein Reiter von Benden hier?« fragte er.

»Nein. Ich hätte Ihnen sofort Bescheid gegeben.« Dann bemerkte sie, daß die kleine goldene Königin nicht wie sonst in F'nors Armschlinge saß. »Wo ist . . .?«

»Grall hat sich zwischen Canths Augenwülsten zusammengerollt und schläft. Sie ist so vollgefressen, daß sie sich nicht einmal rühren würde, wenn wir ins *Dazwischen* gingen. Gute Lust dazu habe ich ohnehin. Glauben Sie, dieser G'nag könnte meinen Brief verschlampt oder verloren haben?«

»Wenn er sagt, daß er ihn abgeliefert hat, dann stimmt das auch. Sie gehen mir mit dieser Wunde nicht ins *Dazwischen,* F'nor!« Sie zuckte mit den Schultern. »Irgend etwas wird ihn davon abgehalten haben, sofort zu antworten. Ein neuer Fädeneinfall vielleicht. Oder Schwierigkeiten mit den Baronen. Ihre Schuld ist es nicht, daß Sie ihm keine Unterstützung geben können. Diese Fort-Reiter besitzen einfach keine Disziplin. Ein Grüner, der sich in Hitze befindet . . .« Brekke schwieg erschrocken. »Kylaras Prideth – aber Rannelly sprach von Wirenth . . .«

Das Mädchen war so blaß, daß F'nor den gesunden Arm ausstreckte, um sie zu stützen.

»Was ist los? Hat Kylara etwa mit Prideth den Weyr verlassen? Die Königin steht dicht vor der Paarung . . .«

»Ich weiß nicht. Ich muß nach Wirenth sehen. Sie wird doch nicht . . .«

F'nor folgte Brekke durch die Abgrenzung aus Fellisbäumen zur Sandkuhle der Drachenkönigin.

»Wirenth ist doch eben erst ausgeschlüpft«, rief er ihr nach, doch dann fiel ihm ein, daß das schon eine ganze Weile her war. Es hing vielleicht damit zusammen, daß Brekke so jung wirkte.

Lessa war nicht älter, als Mnementh zum erstenmal mit Ramoth zum Paarungsflug aufstieg, erklärte Canth.

»Ist Wirenth denn schon bereit?« fragte der braune Reiter.

Bald. Bald. Die Bronzedrachen werden es merken.

F'nor ging im Geiste die Bronzereiter des Südkontinent-Weyrs durch. Das Ergebnis gefiel ihm gar nicht. Gewiß, es gab genug Bronzedrachen für die junge Königin, aber ihre Reiter hatten sich immer um Kylaras Gunst beworben, ob Prideth nun in der Hitze war oder nicht. Und der Gedanke, daß jemand, der Kylaras Bett geteilt hatte, nun Brekke bekommen sollte, verärgerte den braunen Reiter.

Canth war ebenso groß wie die kräftigsten Bronzedrachen hier im Süden, dachte F'nor. Aber dann unterdrückte er diesen Gedankengang. Er führte zu nichts.

F'nor blieb am Rande der Sandkuhle stehen und sah zu, wie Brekke sich mit Wirenth beschäftigte.

»Sie wird bald aufsteigen«, sagte er knapp.

»Ja, es sieht so aus.« Brekke strich dem Drachen zärtlich über die Augenwülste. Doch dann veränderte sich ihre Miene. Sie deutete auf die kleine Bronzeechse, die sich an Wirenths Vorderpfote geschmiegt hatte. »Ich möchte wissen, wie der kleine Bursche darauf reagiert.«

»Schwer zu sagen.« F'nor räusperte sich. »Wer wird der glückliche Reiter sein?« Es war nicht unhöflich, diese Frage zu stellen. Als F'lars Stellvertreter hatte er durchaus das Recht, sich nach solchen Dingen zu erkundigen. »Sie wissen, daß Sie auch die Bronzedrachen der anderen Weyr zu dem Wettbewerb auffordern dürfen?«

Einen Moment lang schloß sie die Augen, und er legte die Hand auf ihre Schulter. »Sehen Sie, das wäre vielleicht besser. N'ton von Benden und B'dor von Ista besitzen prachtvolle Tiere. Und beide sind tapfere Männer. Dann könnten Sie den Südkontinent verlassen . . .«

»Nein, nein«, entgegnete sie leise. »Ich gehöre hierher.«

»N'ton könnte sich zu T'bors Geschwader melden.«

»Nein, N'ton soll nicht in den Südkontinent kommen.«

»Er mag Kylara nicht. Es gibt tatsächlich Männer, die sie verabscheuen. Und — Sie werden ihm gefallen. Sie sehen nämlich entzückend aus.«

Unvermittelt sah Brekke zu ihm auf und lächelte. »Ja? Es ist schön, das zu wissen.«

Er wechselte das Thema, beschloß aber, insgeheim N'ton und B'dor zu verständigen.

»Haben Sie Ihrer Echse schon einen Namen gegeben?«

»Berd. Wirenth und ich entschieden uns dafür. Sie liebt den Kleinen.« Brekke deutete auf das ungleiche Paar.

In diesem Augenblick tauchte ein Drache über dem Weyr auf und trompetete laut zur Begrüßung.

»F'lar!« Diese Flügelspanne besaß nur Mnementh. F'nor lief seinem Halbbruder entgegen.

»Kein Mensch hier?« begrüßte F'lar den braunen Reiter. »Wo ist Kylara? Mnementh kann Prideth nirgends entdecken.«

»Sämtliche Weyrbewohner versuchen Feuerechsen einzufangen«, berichtete F'nor.

»Ausgerechnet jetzt, da die Fäden so unregelmäßig fallen? Das ist doch der Gipfel! Der Südkontinent ist keineswegs immun. Und wo treibt sich T'bor herum? Hat der Mann denn kein Verantwortungsgefühl?«

Der Ausbruch paßte so gar nicht zu dem ruhigen, ausgeglichenen F'lar. F'nor starrte den Weyrführer aufmerksam an. F'lar fuhr sich mit der Hand über die Schläfen. Die Kälte im *Dazwischen* hatte erneut seine Kopfschmerzen geweckt.

»Entschuldige, F'nor. Ich bin wohl ein wenig übermüdet.«

»Laß nur. Da kommt Orth gerade.« F'nor beschloß eine Weile zu warten, bevor er F'lar fragte, was ihn wirklich bedrückte. Er konnte sich vorstellen, wie Raid von Benden oder Sifer von Bitra die Forderung nach Wachtposten aufgenommen hatten. Vermutlich betrachteten sie die Verschiebung im Fädeneinfall als persönliche Kränkung, die ihnen der Weyr zufügte.

T'bor landete und trat auf die wartenden Männer zu. »Orth hat mir von Ihrer Ankunft berichtet, F'lar. Was bringt Sie in den Süden? Sie haben die Neuigkeit von den Feuerechsen gehört?« Im Gehen klopfte sich T'bor den Sand aus den Kleidern.

»Ja, allerdings«, entgegnete F'lar so formell, daß T'bors Begrüßungslächeln verschwand. »Und ich dachte, Sie hätten die unsere gehört — daß die Fäden sich nicht mehr an den Zeitplan halten.«

»Ich habe sämtliche Reiter entlang der Küste verteilt, F'lar. Es gibt also keinen Grund zu Vorwürfen.« Seine Miene hellte sich wieder auf. »Die Drachen müssen nicht unbedingt am Himmel kreisen, um die Fäden zu erspähen. Man hört das Zeug zischen, wenn es ins Wasser taucht.«

»T'bor, an Ihrer Stelle würde ich mich nicht unbedingt darauf verlassen, daß die Fäden vom Meer her kommen.«

»Aber das haben sie bisher immer getan — die wenigen, die uns erreichten.«

»Das ist keine Garantie. In Keroon fielen sie bisher auch immer im Süden — und diesmal mußten wir sie im Norden bekämpfen. Die alten Richtlinien gelten nicht mehr.«

T'bor sah ihn betroffen an. Dann sagte er gepreßt: »Ich lasse sofort Wachen aufstellen und schicke die Geschwader auf Patrouillenflug in den Süden, bis an die Grenze der erforschten Gebiete.« Der Weyrführer schwang sich auf Orth, und das Tier hob sich in die Lüfte. F'lar sah den beiden nach, bis sie verschwunden waren.

»Orth sieht gut aus«, meinte F'lar. Dann klopfte er seinem Halbbruder auf die gesunde Schulter. »Du übrigens auch. Was macht dein Arm?«

»Danke, er heilt.« F'nors Stimme klang geistesabwesend. »Fallen die Fäden tatsächlich so unregelmäßig?«

»Was weiß ich?« Der Bronzereiter sah finster vor sich hin. »Aber lassen wir das jetzt! Erzähle mir lieber von den Feuerechsen! Sind sie es tatsächlich wert, daß sämtliche erwachsenen Reiter des Weyrs ihre Zeit opfern? Komm, zeig mir rasch so ein Tier! Ich muß gleich wieder nach Benden zurück.«

»Beim Ei, der Weyr fällt nicht auseinander, wenn du einmal eine Stunde fort bist!« fauchte F'nor. F'lar starrte ihn verblüfft an, dann brach er in Gelächter aus. Er entspannte sich ein wenig. »So ist es besser«, fuhr F'nor fort. »Wir trinken jetzt einen Becher *Klah* und sehen uns die Echsen an. Oder ist dir der hiesige Wein lieber?«

»Pah!« F'lar winkte verächtlich ab.

Als sie die Halle betraten, stand Mirrim allein am Herd und rührte in den dampfenden Kesseln. Die beiden Grünen beobachteten sie vom Kaminsims aus. Den verwundeten Braunen trug sie auf dem Arm. Als sie die Männer näher kommen hörte, drehte sie sich ängstlich um und knickste.

»Du bist die junge Dame, die gleich drei Echsen für sich gewann?« fragte F'lar freundlich.

Sie nickte eifrig.

»Darf ich den Kleinen einmal sehen?« F'lar beugte sich über das verletzte Tier und strich ihm sanft über die Augenwülste. »Ein hübscher Kerl! Sicher hast du alle Hände voll zu tun, um die drei satt zu bekommen.«

»Ich schaffe es schon. Und ich verspreche auch, daß ich meine anderen Pflichten nicht vernachlässigen werde«, sagte sie atemlos. Mit einem kleinen Aufschrei nahm sie den Kochlöffel und rühte in einem Kessel. »Brekke ist nicht hier. Darf ich Ihnen *Klah* anbieten? Das Essen ist auch bald fertig. Oder . . .«

»Wir bedienen uns selbst«, beschwichtigte F'nor sie und holte zwei Becher.

»Oh, es wäre meine Aufgabe, Sir . . .«

»Bleib ruhig bei deinen Kesseln, Mirrim«, meinte F'lar.

Sie setzten sich an einen Tisch, der ein Stück vom Herd entfernt war, so daß sie sich ungestört unterhalten konnten.

»Du glaubst wirklich, daß die Echsen mit dem Mädchen in Kontakt stehen?« fragte F'lar.

»Natürlich. Du mußt nur ein wenig auf ihre Reaktionen achten. Warum?«

»Überflüssige Frage! Sie wurde nicht bei einer Suche entdeckt, oder?«

»Nein, sie stammt aus dem Weyr und ist Brekkes Pflegetochter.«

»Hmm. Schade.«

»Worauf willst du eigentlich hinaus?«

F'lar stützte die Ellbogen müde auf den Tisch. »Es wird Schwierigkeiten mit den Baronen geben. Sie sind unzufrieden und enttäuscht von den Alten, und sie werden sich sträuben, wenn wir noch mehr Mithilfe bei der Fädenbekämpfung verlangen.«

»Raid und Sifer?«

»Wenn es nur die beiden wären! Mit denen werde ich fertig.« F'lar berichtete seinem Halbbruder in groben Zügen, was er am Vortag von Lytol, Robinton und Fandarel erfahren hatte.

»Brekke hatte also recht, als sie sagte, etwas wirklich Umwälzendes habe sich ereignet«, meinte F'nor, als der Bronzereiter fertig war. »Aber . . .«

»Es muß uns gelingen, die Barone umzustimmen«, sagte F'lar fest. »Unser tüchtiger Fandarel hat einen Apparat entwickelt, der für eine vernünftige Nachrichtenverbindung zwischen Burgen und Weyrn sorgen könnte. Er führte mir das Ding heute vor, und ich war sehr beeindruckt. Wir beabsichtigen, eines dieser Geräte auf Telgar zu errichten, und es den Hochzeitsgästen zu zeigen . . .«

»Und du glaubst, daß die Fäden so lange warten?«

F'lar winkte ab. »Offen gestanden, im Moment halte ich die Fäden für das kleinere Übel. Die Sturheit der Alten und die Widerspenstigkeit der Barone bereitet mir mehr Kopfzerbrechen.«

»Daran dachte ich vorhin, als ich sah, daß die Kleine gleich drei Tiere für sich gewonnen hatte. Das ist wirklich erstaunlich, selbst wenn sie im Weyr großgezogen wurde.«

F'nor nickte. »Der Besitz von Feuerechsen würde bei den Baronen Verständnis für unsere Probleme wecken. Und wenn sich die Tiere tatsächlich abrichten lassen, kann man sie als Boten zwischen Burgen und Weyr verwenden.«

»Wenn – wenn! Wie groß ist eigentlich ihre Ähnlichkeit mit Drachen?«

F'nor zuckte mit den Schultern. »Wie gesagt, man kann sie durch eine Gegenüberstellung für sich gewinnen. Sie sind zwar nicht sonderlich kritisch, wie du an der kleinen Mirrim siehst, aber immerhin zeigten sie Kylara gegenüber eine deutliche Abneigung. Sie sind Sklaven ihres Hungers wie die Drachen auch. Und sie reagieren auf Zuneigung und Schmeichelein. Die Drachen selbst geben die Verwandschaft zu und scheinen keinerlei Eifersucht zu empfinden. Ich kann zumindest bei meiner kleinen Königin Gefühlsregungen erkennen. Und sie lösen im allgemeinen bei denen, die sie besitzen, Liebe aus.«

»Und sie gehen ins *Dazwischen?»*

»Grall hat es getan. Ob sie Feuerstein vertragen, weiß ich nicht. Das müssen wir erst ausprobieren.«

»Und dazu fehlt uns die Zeit.« F'lar ballte die Fäuste. Dann stand er entschlossen auf. »Darf ich einen Blick auf deine Königin werfen? Du nennst sie Grall? Glaubst du, daß sie herkommen würde, wenn du sie rufst?«

F'nor überlegte einen Moment, doch dann schüttelte er den Kopf. »Sie schläft. Sie hat sich bis zum Platzen vollgestopft.«

Das stimmte. Grall lag zusammengerollt in der Höhlung neben Canths linkem Ohr. Ihr Bauch war von der Morgenmahlzeit prall gespannt, und F'nor tupfte ihre Haut vorsichtig mit Öl ab. Sie ließ sich dazu herab, kurz die Lider zu heben, aber ihr Blick war so verschwommen, daß sie weder F'lar noch Mnementh bemerkte. Der Bronzedrache fand, daß sie ein faszinierendes Geschöpf war.

»Entzückend«, murmelte F'lar. »Das wäre ein Geschenk für

Lessa. Aber hoffentlich wächst Grall noch, sonst verschluckt Canth sie beim Gähnen.«

Niemals. Canth sagte noch mehr, aber Mnementh weigerte sich, diese Dinge weiterzugeben.

»Wenn sich nur abschätzen ließe, wie lange es dauert, sie abzurichten. Aber die Zeit ist ebenso unbeugsam wie die alten Weyrführer.« F'lar versuchte nicht länger, seine Sorgen vor F'nor zu verbergen.

Der helle Schrei eines Drachen schreckte sie auf. Fädeneinfall! F'nor stand einen Moment lang starr da, dann lief er zu Canth. Sein Halbbruder hielt ihn zurück.

»Mann, mit einer halb verheilten Wunde kannst du keine Fäden bekämpfen! Wo sind die Feuersteinvorräte?«

Wenn F'lar vorhin T'bor getadelt hatte, so kam er jetzt nicht umhin, die rasche Reaktion seiner Reiter zu bewundern. Drachen strömten von ihren Schlafmulden herbei, während die Männer in ihre Kampfanzüge schlüpften. Die Frauen und Kinder des Weyrs rannten in die Vorratsschuppen und füllten kleine Säcke mit Feuerstein. Ein Bote wurde zur Küste geschickt, wo Fischer aus Tillek und Ista eine Siedlung gegründet hatten. Ihre Aufgabe war es, die Fäden vom Land her zu bekämpfen. Als Mnementh sich in die Luft schwang, gab T'bor bereits die Koordinaten.

Die Fäden fielen im Westen, am Rande der Wüste, in einem Sumpfgebiet mit hartem Schilfgras, verkrüppelten Schwammbäumen und Beerensträuchern. Für die Sporen bot der schlammige Boden mit seinen unzähligen Mikroorganismen ausgezeichnete Nistplätze.

Die Geschwader, in ordentlichen Dreiecken ausgerichtet, gingen auf T'bors Kommando ins *Dazwischen.* Und Sekunden später tauchten sie in der stickigen Luft des Sumpfgebietes wieder auf. Die Drachen spien den dichten grauen Schwaden ihre Flammen entgegen.

Die Geschwader flogen in großen Höhen, um die Fäden möglichst früh zu erwischen. Weiter unten befanden sich Trupps mit Flammenwerfern, angeführt von den Königinnen. F'lar sah nur drei. *Wo blieb Kylara?*

Er befahl Mnementh, tiefer zu gehen. Die Bodenmannschaften trafen ein und richteten ihre Flammenwerfer auf jedes Grasbüschel, in dem sich etwas zu rühren schien. Der Bronzedrache hielt plötzlich mitten im Fluge an, und F'lar mußte sich festklammern, sonst wäre er abgestürzt. Mnementh schwebte an Ort und Stelle und starrte wie gebannt in die Tiefe.

Etwas hat sich bewegt. Und dann war es fort, erklärte der Drache.

Die Luftströme, die seine schweren Schwingen aufwirbelten, drückten das Gras flach. Mit einemmal entdeckte F'lar die winzigen schwarzen Löcher in den Blättern der Beerensträucher. Er starrte den Boden an, suchte nach vergilbten Pflanzen und ausgedörrter Erde. Nichts.

»Was hat sich bewegt?«

Etwas Glitzerndes. Ich kann es nicht mehr sehen.

Mnementh landete. Seine Pfoten versanken in dem schlammigen Gelände. F'lar sprang ab und untersuchte den Strauch ganz genau. Waren die Löcher bei einem früheren Fädeneinfall entstanden? Nein, dann hätten sich die Blätter längst abgelöst. Er musterte einen Grashügel in der Nähe. Keine Spur von Fäden, die sich eingegraben hatten. Und doch waren hier Sporen niedergegangen, hatten im weiten Umkreis Sträucher, Gras und Bäume gezeichnet und waren spurlos verschwunden. Nein, so etwas gab es nicht. Vorsichtig wühlte F'lar die Erde um den Strauch auf. Mnementh half ihm dabei. In dem aufgeworfenen Erdreich wimmelte es von Würmern. Aber er sah keinen einzigen Faden.

Kopfschüttelnd richtete sich F'lar auf. Erst jetzt bemerkte er die Jungreiter, die mit ihren Tieren dicht über ihm schwebten.

Sie wollen wissen, ob das die Grenze des Fädeneinfalls ist, berichtete Mnementh.

»Sie muß weiter im Süden liegen«, entgegnete F'lar. Er stocherte mit einem Stück Holz in der Erde herum. »Ich begreife das nicht.«

Er arbeitete sich nach Südosten vor und versuchte genau festzustellen, wo der Fädeneinfall begonnen hatte. Das Gelände trug deutliche Spuren, aber nirgends konnte er einen Nistplatz finden.

Als er schließlich die Überreste von Sporen in einem Sumpftümpel entdeckte, mußte er annehmen, daß an dieser Stelle die Grenze lag. Aber er gab sich damit nicht zufrieden. Immer weiter drang er vor, bis er in ein Schlammloch geriet und Mnementh ihn befreien mußte.

Die Rätsel dieses Fädeneinfalls beschäftigten ihn so stark, daß er die Zeit darüber vergaß. So verblüffte es ihn ein wenig, als

T'bor auftauchte und das Ende des Kampfes verkündete. Und beide Männer verrieten Besorgnis, als der Führer der Bodentrupps, ein junger Fischer von Ista namens Toric, bestätigte, daß der Einfall seit seiner Entdeckung knapp zwei Stunden gedauert hatte.

Der Instinkt sagte F'lar, daß hier etwas nicht stimmte. Konnten die Sporen ihre Gewohnheiten so drastisch geändert haben? Bisher hatte jeder Einfall vier Stunden gedauert — und doch, der Himmel war vollkommen klar.

»Ich brauche Ihren Rat, T'bor«, sagte er. Der Weyrführer des Südkontinents spürte seine Verwirrung und kam sofort zu ihm.

F'lar holte eine Handvoll Fäden aus dem Brackwasser des Tümpels.

»Ist Ihnen so etwas schon früher aufgefallen?«

»Ja, gewiß«, entgegnete T'bor, offensichtlich erleichtert, daß es sich um nicht Schlimmeres handelte. »Das sieht man hier oft. In den Tümpeln gibt es kaum Fische, die das Zeug fressen.«

»Dann gibt es in diesem Sumpfgebiet irgend etwas anderes, das die Arbeit für sie übernimmt.«

»Wie meinen Sie das?«

Wortlos bückte sich F'lar und bog das Schilfgras am Rande des Tümpels zurück. Dann deutete er auf das Gebiet, das die Bodenmannschaften durchstreift hatten, ohne einen einzigen Nistplatz zu finden.

»Wollen Sie damit sagen, daß es — überall so aussieht?« stieß T'bor hervor. »Wie weit?«

»Etwa eine Stunde Fußmarsch, wenn ich mich nicht täusche. Der Fädeneinfall hat doch länger gedauert, als wir annahmen.«

»Ich habe diese durchlöcherten Sträucher und Grasbüschel schon in der Nähe des Weyrs gesehen«, gab T'bor langsam zu. Die Farbe war aus seinem Gesicht gewichen. »Aber ich hielt es für eine Pflanzenkrankheit. Wir stellen hier so wenige Einfälle fest — und es hat sich noch kein einziger Faden eingenistet.«

T'bor war erschüttert. In diesem Augenblick gesellte sich F'nor zu ihnen. F'lar sah seinen Bruder tadelnd an, als er den Flammenwerfer in seiner Hand entdeckte.

»Das war der ungewöhnlichste Kampf gegen die Fäden, den ich je erlebte«, rief F'nor den beiden Bronzereitern zu. »Wir können nicht alle in der Luft erwischt haben, und doch grub sich kein einziger in das Erdreich ein. Dazu abgestorbene Sporen in jeder Pfütze. Wahrscheinlich müssen wir dankbar sein. Aber verstehen kann ich es nicht.«

»Mir gefällt die Sache nicht, F'lar«, meinte T'bor kopfschüttelnd. »Mir gefällt die Sache nicht. Die Fäden sollten erst in ein paar Wochen fallen, und nicht in diesem Gebiet.«

F'lar warf einen Blick zum Tropenhimmel. Die Sonne schien so hell, daß man den Roten Stern über dem Horizont nicht erkennen konnte.

»Was machen wir nun?« fuhr T'bor fort. Seine Stimme klang verzweifelt. »Fäden, die eindringen und nicht nisten!«

»Teilen Sie Patrouillen ein, und geben Sie mir Nachricht, wenn hier wieder Fäden fallen. Diese Sporen besitzen keinen eigenen Willen. Sie sind den Bahnschwankungen des Roten Sterns unterworfen. Vielleicht gelingt es uns, neue Regeln aufzustellen.«

Sie machten sich auf den Rückweg. Die Dächer des Weyrs tauchten zwischen riesigen Fellisbäumen auf. In der großen Lichtung neben der Haupthalle wartete Prideth. Sie begrüßte die Bronzedrachen mit einem lauten Trompeten.

»Wir fliegen noch eine Runde«, sagte F'lar zu Mnementh. Er wollte T'bor Gelegenheit geben, Kylara allein zur Rede zu stellen. Am liebsten hätte er der Weyrherrin eigenhändig eine Tracht Prügel verabreicht. Wieder einmal bedauerte er, daß er Lessa vorgeschlagen hatte, diese Frau zur Weyrherrin zu machen. Damals war es als die einzig logische Lösung erschienen. Und T'bor tat ihm aufrichtig leid. Es gelang dem Mann zwar, sie einigermaßen unter Kontrolle zu halten, aber daß sie sich einfach aus dem Weyr entfernte ... Nun, woher hätte Kylara wissen sollen, daß vorzeitig Fäden fielen? Aber wo war sie gewesen, daß sie den Alarm nicht hörte?

Er umkreiste den Weyr und stellte fest, daß keiner der Reiter die Pflegestation aufsuchte.

»Dieser Kampf ist ganz ohne Verletzungen abgegangen«, meinte er beunruhigt.

Das ist doch großartig, entgegnete Mnementh.

F'lar zuckte mit den Schultern. Er beschloß zu landen, auch wenn ihm der Gedanke, mit Kylara zusammentreffen zu müssen, nicht gerade behagte. Aber er war noch nicht dazu gekommen, T'bor von den Ereignissen im Norden zu berichten.

»Ich habe dir bereits erklärt, daß ich ein Gelege fand und diese Königin für mich gewann«, fauchte Kylara T'bor gerade an. »Als ich zurückkam, wußte kein Mensch, wohin ihr gegangen wart. Prideth brauchte schließlich Koordinaten.« Sie wandte sich mit glitzernden Augen F'lar zu. »Willkommen, F'lar von Benden«, und ihre Stimme nahm einen so zärtlichen Ton an, daß T'bor sich versteifte und die Zähne zusammenbiß. »Wie schön, daß Sie an unserer Seite kämpfen, wo der Benden-Weyr selbst Schwierigkeiten genug hat.« F'lar achtete nicht auf den Hieb. Er nickte ihr kurz zu.

»Sehen Sie sich meine Feuerechse an! Ist sie nicht prachtvoll?« Sie hielt die schlafende Königin hoch.

»Wirenth und Brekke waren hier«, warf T'bor ein. »Sie kannten die Koordinaten.«

»Ach, die!« Kylara winkte verächtlich ab. »Sie erzählte mir irgendeinen Unsinn von Fäden in den Sumpfgebieten. Dort hat es noch nie . . .«

»Diesmal eben doch!« fuhr T'bor sie an. Er war zornrot.

»Im Ernst?«

Prideth warf sich unruhig hin und her, und Kylara ging zu ihr, um sie zu streicheln. Einen Moment lang wirkten ihre harten, herrischen Züge zärtlich.

»Siehst du, nun hast du sie aufgeregt! Dabei steht sie dicht vor dem Paarungsflug.«

T'bor schien dem Platzen nahe. Aber als Weyrführer durfte er sich nicht gehen lassen. Kylaras Taktik war so offensichtlich, daß F'lar nicht begriff, wie der Mann darauf hereinfallen konnte. Ob es besser wäre, den Bronzereiter zu ersetzen? Aber der Weyr hier war ganz allein T'bors Leistung, und es fiel ihm sicher nicht leicht, die Früchte seiner Arbeit aufzugeben. Andererseits — ein Reiter aus der strengen Zucht der Alten, der die Führung anstrebte und sich von Kylara nicht beeinflussen ließ . . .

»Eine Karte dieses Kontinents befindet sich in der Halle, nicht war, T'bor?« fragte F'lar, um den Bronzereiter abzulenken. »Ich würde mir gern die Koordinaten des heutigen Fädeneinfalls ansehen . . .«

»Gefällt Ihnen meine Königin nicht?« fragte Kylara. Sie trat einen Schritt vor und streckte ihm die Echse entgegen.

Das kleine Geschöpf, erschreckt durch die plötzliche Bewegung, verkrallte sich in Kylaras Arm. Mit einem Aufschrei ließ sie es los. Und mitten im Sturz verschwand das Tier. Kylara fauchte vor Zorn.

»Da, sehen Sie, was Sie angerichtet haben! Sie verscheuchen meine Königin!«

»Nicht ich, Kylara«, entgegnete F'lar hart. »Ich warne Sie! Treiben Sie Ihr Spiel nicht zu weit! Jeder Mensch hat seine Grenzen.«

»Ich auch, F'lar von Benden!« kreischte sie. »Ich auch. Lassen Sie mich in Ruhe, verstanden?« Sie schrie ihm immer noch Beschimpfungen nach, als er sich bereits auf dem Weg zur Halle befand.

Die beiden Weyrführer studierten aufmerksam die Karte, aber F'lar spürte, daß T'bor andere Dinge im Kopf hatte. Er legte ihm die Hand auf die Schulter.

»Sie hatten mehr als genug unter dieser Frau zu leiden, T'bor. Weshalb lassen Sie den nächsten Paarungsflug nicht für offen erklären?«

»Nein!« stieß T'bor hervor.

F'lar sah den Weyrführer erstaunt an.

»Nein, F'lar. Ich werde sie zügeln. Und mich ebenfalls. Aber solange Orth Prideth fliegen kann, gehört Kylara mir!«

F'lar konnte die Qual in den Augen des Mannes nicht mitansehen.

»Noch eines«, fuhr T'bor leise fort. »Kylara hat ein ganzes Gelege gefunden. Sie brachte es zu einer Burg. Prideth erzählte Orth davon.«

»Welche Burg?«

T'bor schüttelte müde den Kopf. »Prideth mag den Ort nicht, deshalb weigerte sie sich, den Namen zu nennen.«

F'lar strich sich mit einer verärgerten Geste die Haare aus der Stirn. Diese Entwicklung gefiel ihm gar nicht. Eine Drachenkönigin, die mir ihrer Reiterin unzufrieden war? Ihre einzige Hoffnung war es gewesen, daß Kylara sich Prideth zuliebe zusammennehmen würde. Kannte denn die Frau in ihrem Egoismus, ihrer Gier, keine Grenzen mehr?

Prideth will nicht auf mich hören, informierte ihn Mnementh plötzlich. *Sie spricht auch nicht mit Orth. Sie ist unglücklich.*

Ein unerwarteter Fädeneinfall, Feuerechsen in der Hand eines Barons, ein schmollender Drache und ein anderer, der Fragen beantwortete, noch bevor man sie stellte!

»Ich muß das alles erst verdauen, T'bor! Bitte, teilen Sie Wachen ein, und sagen Sie mir Bescheid, sobald sich etwas Neues ereignet. Wenn Sie noch ein Gelege finden, denken Sie an mich!

Ich wäre für ein paar Eier sehr dankbar. Berichten Sie mir auch, ob die kleine Königin zu Kylara zurückkehrt.«

F'lar verabschiedete sich von T'bor und bestieg Mnementh. Der Besuch hatte ihn alles andere als beruhigt. Und er konnte den Baronen gegenüber den Trumpf mit den Feuerechsen nicht mehr ausspielen. Im Gegenteil, Kylaras voreiliges Geschenk würde nur neue Unruhen hervorrufen.

Als Mnementh höher stieg, in die kälteren, dünnen Luftschichten, mußte er wieder an den Fädeneinfall denken. Die Sporen waren in den Erdboden eingedrungen, davon zeugten die Löcher in den Pflanzen und die Überreste in den Sumpftümpeln. Aber sie hatten sich nirgends eingenistet. Hmm. Igens Sandwürmer vermochten die Fäden ebenso wirksam zu vernichten wie Salpetersäure. Aber sie hatten nicht die geringste Ähnlichkeit mit den glitschigen weißen Geschöpfen, die er beim Aufgraben des Erdreichs entdeckt hatte.

F'lar wollte den Südkontinent nicht verlassen, ohne sich noch einmal in dem Sumpfgebiet umzusehen, das von den Sporen heimgesucht worden war. Der Bronzedrache brachte ihn gehorsam zu dem Fleck, an dem er schon einmal gelandet war. F'lar stieg ab und öffnete seine Wherlederjacke, um der feuchten Hitze zu entgehen. Ringsum hörte er ein Glucksen, Surren und Zwitschern, das er zuvor nicht wahrgenommen hatte. Wenn er genau darüber nachdachte, war es außergewöhnlich still gewesen, so als hätten die Fäden die Tiere eingeschüchtert.

Als er sich noch einmal über den Grashügel beugte und das aufgeworfene Erdreich untersuchte, fand er einen Klumpen Larven. Aber die weißen Würmer waren verschwunden. Jetzt erst sah er auch, daß die Löcher in den Pflanzen sich mit einer feinen Haut überzogen hatten. Er schüttelte ungläubig den Kopf. Dann wandte er sich entschlossen an Mnementh.

»Wir machen einen Zeitsprung zurück zum Beginn des Fädeneinfalls. Das sind etwa sechs Stunden. Die Sonne müßte im Zenit stehen.«

Mnementh murrte nicht, aber seine Gedanken waren klar. F'lar sollte sich nach Benden begeben und ausruhen, anstatt neue Strapazen auf sich zu laden. Der Zeitsprung stellte an einen Reiter große Anforderungen.

Aber F'lar ließ sich nicht umstimmen. Sie gingen ins *Dazwischen.* Die Kälte erfaßte den Drachenreiter und fraß sich in sein

Inneres, bis er nichts mehr spürte außer Angst und Entsetzen. Dann, ebenso abrupt, ließ sie ihn wieder los. Er zitterte am ganzen Körper, als sie über dem Sumpf schwebten, und es dauerte ein paar Minuten, bis er den Schock überwunden hatte. Mnementh glitt ein Stück nach Norden und zog dort seine Kreise.

Sie mußten nicht lange warten. Hoch oben verdunkelte das drohende Grau, das die Fäden ankündigte, den Himmel. So oft F'lar dieses Schauspiel beobachtet hatte, es erfaßte ihn immer wieder von neuem ein Schauder. Und dann löste sich das Grau in silbrige Schwaden und Flocken auf und trudelte in die Tiefe. Er konnte kaum mitansehen, wie sich die Sporen in den Boden gruben. Selbst Mnementh verriet Unruhe.

Ohne ein Kommando abzuwarten, landete der Bronzedrache kurz vor der Front der fallenden Sporen. Und F'lar nahm seine ganze Willenskraft zusammen und hob ein Rasenbüschel hoch, das vom Eindringen eines Fädenklumpens noch rauchte. Weiße Würmer stoben in alle Richtungen auseinander und versuchten sich in die dunkle Erde zu graben. Offensichtlich waren sie sehr lichtempfindlich.

F'lar versuchte es an einer anderen Stelle, wo die Sporen sich in das Erdreich gebohrt hatten. Das gleiche Bild ...

Er kniete nieder und packte, von Ekel geschüttelt, eine Handvoll Würmer in seinen Reithandschuh. Dann bestieg er Mnementh und gab ihm die Koordinaten des Herdenmeisters von Keroon.

Herdenmeister Sograny, ein hochgewachsener, kahlköpfiger Mann mit wettergegerbten Zügen, zeigte sich über den unerwarteten Besuch alles andere als erfreut. Wie F'lar von einem seiner Leute erfuhr, überwachte er gerade ein Geburt, und es handelte sich um eine neue Züchtung, von der er sich sehr viel versprach.

»Sie haben ein Problem für mich, Weyrführer?« fragte Sograny, nachdem er F'lar mit einem kurzen Nicken begrüßt hatte. Er ließ keinen Blick von dem Tier. »Wie ist das möglich?«

Seine Haltung war so abweisend, daß F'lar sich überlegte, was D'ram von Ista wohl getan hatte, um den Mann zu verärgern.

Aber der Bronzereiter blieb höflich. »Fandarel meinte, daß Sie mir vielleicht einen Rat geben könnten.«

»Der Schmied?« Sograny verengte die Augen und musterte ihn mißtrauisch. »So?«

Ah, auch Fandarel schien ins Fettnäpfchen getreten zu sein.

»Zwei Dinge sind mir aufgefallen, Herdenmeister, die ungewöhnlich erscheinen. Zum einen kam einer meiner Reiter zufällig an einen Platz, wo gerade Feuerechsen ausschlüpften. Er lockte die Königin zu sich . . .«

Sograny starrte ihn ungläubig an. »Kein Mensch kann eine Feuerechse fangen!«

»Das behaupte ich auch nicht. Es geschah in der gleichen Weise wie bei einer Gegenüberstellung. Wir glauben, daß eine direkte Verwandtschaft zwischen Feuerechsen und Drachen besteht.«

»Das läßt sich nicht beweisen!«

»Durch Rückschlüsse vielleicht. Die Ähnlichkeit jedenfalls ist verblüffend. Insgesamt gelang es, sieben Echsen zu gewinnen. Ich sah die Königin mit eigenen Augen bei meinem Stellvertreter, F'nor . . .«

»F'nor? Der Mann, der in der Gildehalle der Schmiede gegen die diebischen Weyrleute kämpfte?«

F'lar nickte. Der bedauerliche Vorfall hatte auch seinen Nutzen, wie er nicht zum erstenmal feststellte. Sograny wurde ein wenig freundlicher.

»Ich hoffte, daß Sie als Herdenmeister mehr über diese Tiere wüßten. In Igen wimmelt es doch sicher von ihnen.«

Sograny winkte ungeduldig ab. »Nutzlose Geschöpfe. Ich habe keine Zeit für Spielereien . . .«

»Alles deutet darauf hin, daß sie von unschätzbarem Wert für uns sein könnten. Sie besitzen alle Eigenschaften der Drachen.«

»Und Sie glauben nun, daß die Drachen direkt von ihnen abstammen? Unmöglich!« Der Herdenmeister preßte die Lippen zusammen und schüttelte den Kopf. »Man kann durch Zucht viel erreichen, aber das nicht! Bedenken Sie allein den Größenunterschied! Nein, das geht nicht.«

F'lar sah, daß es keinen Zweck hatte, mit dem Mann über dieses Thema zu diskutieren. So holte er vorsichtig die Würmer aus dem Handschuh und hielt sie Sograny entgegen.

»Haben Sie so etwas schon einmal gesehen, Sograny?«

Die Reaktion des Herdenmeisters verblüffte ihn. Mit einem Angstschrei packte Sograny seine Hand, schüttelte die Würmer in einen Steintrog und rief nach Salpetersäure. Er stampfte wie ein Irrer mit seinem schweren Stiefel auf den Tieren herum, als verkörperten sie das Böse schlechthin.

»Wie können Sie — ein Drachenreiter — dieses ekelhafte Geschmeiß ausgerechnet zu mir bringen?«

»Herdenmeister, nun reicht es!« fuhr F'lar ihn an. Er packte den Mann hart an der Schulter. »Diese Tiere fressen Fäden. Wie die Sandwürmer!«

Sograny starrte F'lar mit weit aufgerissenen Augen an. Dann schüttelte er langsam den Kopf.

»Nur Flammen können Fäden verschlingen, Drachenreiter!«

»Ich sagte Ihnen doch, daß diese Würmer es ebenfalls tun«, entgegnete F'lar kühl.

»Eines der widerlichsten Ungeziefer von ganz Pern? Sie verschwenden meine Zeit mit solchem Unsinn!«

»Das tut mir aufrichtig leid«, sagte F'lar mit einer knappen Verbeugung. Aber der Herdenmeister verstand seine Ironie nicht einmal. Er wandte sich dem kalbenden Tier zu, als hätte F'lar ihn nie unterbrochen.

F'lar ging. Als er die Handschuhe anzog, spürte er im Futter einen der schlüpfrigen weißen Würmer.

»Fragen Sie den Herdenmeister, hah!« murmelte er. »Er entwickelt zwar neue Tierrassen, aber keine neuen Ideen. Sie könnten sich als Zeitverschwendung erweisen.«

9

Brekke möchte dich sprechen, informierte Canth seinen Reiter, als sie im Weyr landeten.

»Wahrscheinlich, um mir eine Strafpredigt zu halten.« F'nor täschelte liebevoll die Schnauze des braunen Drachen. Er wartete, bis Canth es sich in seiner Sandkuhle bequem gemacht hatte.

Grall schob sich aus der Armschlinge. Ihre Gedanken verrieten, daß sie Hunger hatte. F'nor setzte die kleine Königin auf seine Schulter und ging rasch zu Brekkes Räumen hinüber.

Brekke fütterte eben Berd, als der braune Reiter eintrat, und Grall begann schrill zu kreischen. Lächelnd schob die Jung-Weyrherrin F'nor die Schüssel mit dem rohen Fleisch zu.

»Ich hatte Angst, daß Sie ins *Dazwischen* gehen würden.«

»Ich wollte, aber Canth ließ es nicht zu.«

»Canth ist vernünftig. Was macht Ihr Arm?«

»Er hat keinen Kratzer davongetragen. Es gab nicht viel zu tun.«

»Ich hörte es bereits.« Brekke runzelte die Stirn. »Alles gerät in Unordnung. Ich habe so ein merkwürdiges Gefühl . . .«

»Weiter«, sagte F'nor, als sie stockte. »Was für ein Gefühl?« War es mit Wirenth etwa schon soweit? Brekke ließ sich von dem Trubel im Weyr praktisch nie erschüttern. Wenn sie also eingestand, daß sie beunruhigt war, dann mußte etwas Besonderes dahinterstecken.

Sie schien seine Gedanken zu erraten, denn sie schüttelte den Kopf und preßte die Lippen zusammen.

»Nein, es ist nichts Persönliches. Nur der Eindruck, daß sich alles verändert, verschiebt . . .«

»Quält Kylara Sie wieder?«

Brekke verneinte, aber sie sah ihn dabei nicht an.

»Ich sagte Ihnen schon, Brekke, Sie können Bronzedrachen von einem anderen Weyr verlangen, wenn Wirenth aufsteigt. N'ton von Benden oder B'dor von Ista . . . Dann hätten Sie Ruhe vor Kylara.«

Brekke schüttelte heftig den Kopf. »Drängen Sie mir doch nicht Ihre Freunde auf!« Ihre Stimme klang hart. »Mir gefällt es im Südkontinent. Ich werde hier gebraucht.«

»Gebraucht? Sie werden schamlos ausgenutzt und nicht nur von den Weyrbewohnern!«

Sie starrte ihn an, ebenso erstaunt über den plötzlichen Ausbruch wie er selbst. Dann senkte sie den Blick. »Mir macht schwere Arbeit nichts aus«, sagte sie leise und begann wieder die Echse zu füttern.

»Brekke, Ihr Fehler ist, daß Sie nicht kämpfen. Sie verdienen sehr viel mehr, als Sie hier bekommen. Sie wissen nicht, was für ein liebes, großzügiges . . .« F'nor brach verwirrt ab.

». . . tüchtiges, nützliches Geschöpf ich bin?« entgegnete Brekke. »O doch, F'nor, ich kenne die ganze Litanei. Ich weiß genau, was ich bin.«

Ihre Stimme klang so bitter, und in ihren grünen Augen lag solcher Schmerz, daß F'nor ihr tröstend den Arm um die Schulter legte. Er hob ihr Kinn und küßte sie leicht auf die Lippen. Der braune Reiter hatte sich kaum etwas bei dieser Geste gedacht, und so war er weder auf seine noch auf Brekkes Reaktion gefaßt.

Gefühle, wie er sie nie gekannt hatte, brodelten in seinem Innern und verwirrten ihn. Und Brekke schmiegte sich an ihn und sah mit so vertrauensvollen Augen zu ihm auf, daß er keinen Ton herausbrachte. Er las etwas in ihrem Blick . . .

»Du hast nie mit T'bor geschlafen«, sagte er schließlich rauh. »Du hast auch nie mit einem anderen Mann geschlafen.«

Sie vergrub den Kopf an seiner Schulter. Er zwang sie, ihn anzusehen. »Weshalb hast du die anderen in dem Glauben gelassen, daß T'bor . . .?« Er wußte die Antwort, noch bevor er den Satz zu Ende gesprochen hatte. »Um andere Männer von dir fernzuhalten? Wer ist denn der Glückliche, dem du die Treue hältst?«

Tränen standen in ihren Augen. »Ich . . . ich habe dich von dem Tag an geliebt, als ich dich zum erstenmal sah. Du warst so freundlich zu uns, so verständnisvoll, als wir auf den Weyr kamen, schüchtern und ohne zu wissen, wie die Gegenüberstellung verlaufen würde.« Brekke stockte. »Wie konnte ich damals ahnen, daß nur Bronzedrachen mit der Königin zum Paarungsflug aufsteigen?«

F'nor preßte das Mädchen an sich und küßte ihr weiches Haar. Nun verstand er manches.

»Aber du weißt doch, daß für die Drachenreiter nicht die Moral des gewöhnlichen Volkes gilt. Eine Weyrherrin muß in erster Linie auf ihre Königin Rücksicht nehmen, selbst wenn das bedeutet, daß sie mit einem Mann das Lager teilt, den sie nicht liebt. Aber sobald die Paarungszeit der Drachen vorüber ist, kann sie den Partner wählen, der ihr zusagt.«

»Oh, das weiß ich alles.«

»Hat Wirenth etwas gegen mich?«

»Nein.« Brekke sah ihn verwirrt an. »Ich meine — ach, ich weiß selbst nicht, was ich meine. Gewiß, ich liebe Wirenth, aber begreifst du denn nicht? Ich stamme nicht aus dem Weyr. Ich . . . ich bin gehemmt. Und ich habe entsetzliche Angst, daß sich meine Hemmungen auf Wirenth übertragen werden. Aber ich kann nicht mein ganzes Wesen ändern.«

»Das erwartet doch auch niemand. Dann wärst du nicht mehr unsere Brekke. Aber Drachen üben keine Kritik. Und . . .«

»Du begreifst immer noch nicht.« Sie begann zu schluchzen. »Ich will mein Lager mit keinem Mann außer dir teilen. Ich — ich werde kalt bleiben. Es wird mir nicht gelingen, Wirenth zurückzuholen. Aber ich liebe sie. Ich liebe sie so, und sie steigt bald auf, und ich kann nicht . . .«

Sie versuchte sich von ihm zu lösen, aber er gab sie nicht frei. »Du bist jetzt so verkrampft, mein Liebes, daß du nicht mehr klar denken kannst. Komm . . .«

Ohne auf ihren Widerspruch zu achten, zog er sie mit sich ins Freie. Hinter Canths Sandkuhle gab es eine kleine Lichtung, von Farnen und Fellisbäumen abgeschirmt, wo niemand sie stören würde.

Später lagen sie nebeneinander im Gras; Brekke hatte die Augen geschlossen. Ein verträumtes Lächeln umspielte ihre Züge. F'nor beugte sich über sie und strich ihr das Haar aus der Stirn. Sie schlug mit einem Seufzer die Augen auf.

»Keine Reue, Brekke?«

Das Mädchen wandte sich ab. »Oh, F'nor, was mache ich nur, wenn Wirenth aufsteigt?«

Hilfloser Zorn erfaßte F'nor. Er wollte sie schütteln und anschreien. Aber da spürte er Canths beruhigende Gedanken: *Ich bin so groß wie die meisten Bronzedrachen.* Es klang fast, als sei er überrascht, seinen Reiter daran erinnern zu müssen.

F'nors Ausruf erschreckte Brekke.

»Natürlich! Warum soll Canth Wirenth nicht erobern? Beim Ei, er ist stärker als jeder Bronzedrache hier, einschließlich Orth.«

»Canth und Wirenth?«

»Weshalb nicht«

»Aber ein Brauner hat noch nie eine Königin erobert . . .«

»Weil sie im allgemeinen kleiner und schwächer als Bronzedrachen sind und beim Paarungsflug nicht durchhalten. Aber Canth ist der stärkste, schnellste Braune von ganz Pern.«

»Hat sich so etwas schon einmal abgespielt?«

»Wenn nicht, dann wird es höchste Zeit!« entgegnete F'nor ungeduldig.

»Oh, F'nor, ich wünsche es mir so sehr, aber ich habe Angst, eine Angst, die bis ins Mark geht!«

Kylara bebte vor Zorn, als die Männer sie einfach stehenließen. Das sollte F'lar ihr büßen! Er allein trug die Schuld daran, daß die kleine Echsenkönigin ins *Dazwischen* geflohen war. Die Weyrherrin strich sich über den zerkratzten Arm. Die Wunde brannte wie Feuer. Wo war denn etwas Heilsalbe? Wo steckte diese Brekke?

Überhaupt, weshalb standen alle Räume leer? Wich man ihr etwa aus? Himmel, wo steckte Brekke?

Sie füttert ihre Echse. Ich habe auch Hunger, erklärte Prideth so feindselig, daß Kylara sie erschrocken ansah.

»Beim Ei, deine Farbe ist ja ganz stumpf!« Reuevoll begann sie Prideth zu streicheln.

Nun, sie wollte Brekkes grobes Bauerngesicht jetzt ohnehin nicht sehen. Und sie wollte schon gar nicht an die Echsen erinnert werden. Nicht jetzt. Widerliche Geschöpfe. Kannten keine Dankbarkeit. Und hatten keinen Verstand, sonst wäre das alberne Biest nicht so erschrocken gewesen. Prideth flog mit ihrer Reiterin zur Futterstelle und landete so unsanft, daß Kylara einen Schmerzensschrei ausstieß. Prideth etwa auch?

Aber die Königin stürzte sich so hungrig auf einen Bock, daß Kylara erst zu Bewußtsein kam, wie sehr sie das Tier vernachlässigt hatte. Sie wartete, bis Prideth satt war. Dann kehrten sie in den Weyr zurück, und sie rieb den Drachen gründlich mit Sand ab.

»Verzeih mir, Prideth! Ich habe mich in letzter Zeit wirklich zu wenig um dich gekümmert. Aber sie kränken mich so! Ich halte das nicht mehr aus. Warte nur ab, bald werden sie es nicht mehr wagen, auf dich und mich herabzusehen! Wir bleiben nicht in diesem trostlosen Weyr. Die schönsten Männer und die kräftigsten Bronzedrachen werden sich um unsere Gunst reißen!«

Prideth hatte die Augen geschlossen und atmete in kurzen Stößen. Sie bekam kaum Luft, so vollgestopft hatte sie sich. Kylara sah ihre Königin besorgt an. Das durfte sie nicht mehr zulassen. Es war schlecht, wenn ein Drache zuviel fraß.

Ihr Arm begann wieder zu schmerzen. Sie hatte ihre Wherlederjacke ausgezogen, um Prideth abzureiben, und Sand und Staub war in die frische Wunde gedrungen. Plötzlich fühlte sich Kylara verschwitzt und schmutzig. Sie mußte ein Bad nehmen und sich von Rannelly einölen lassen. Aber zuerst wollte sie sich etwas Heilsalbe von der kleinen Samariterin Brekke besorgen.

Sie kam an den Räumen der Jung-Weyrherrin vorbei und hörte ein helles, fröhliches Lachen. Erstaunt warf sie einen Blick durchs Fenster.

F'nor! Und Brekke?

Der braune Reiter strich so zärtlich über Brekkes Haar, daß es für Kylara keinen Zweifel gab. Die beiden hatten sich gefunden!

Kylaras Zorn flammte von neuem auf. Brekke und F'nor! Wie oft hatte dieser braune Reiter ihre Einladung mißachtet? Brekke und F'nor, das durfte nicht sein!

Da Kylara nach einiger Zeit weiterging, hielt es Canth nicht für nötig, seinem Reiter Bescheid zu sagen.

10

Robinton hatte sein neues Festgewand angelegt und starrte aus dem Fenster. Die Sonne stand jetzt über den Bergen von Fort. Das hieß, daß in Telgar der Nachmittag hereingebrochen war und sich die Gäste allmählich versammelten. T'ron vom Fort-Weyr hatte sich nur zögernd bereiterklärt, für seinen Transport zu sorgen, obwohl es Tradition war, daß der Meisterharfner von jedem Weyr Unterstützung fordern durfte.

Ein Drache tauchte im Nordwesten auf.

Robinton griff nach seinem Umhang, den Handschuhen und dem Kasten mit dem Instrument. Auf dem Wege nach draußen bemerkte er zu seiner Überraschung, daß ein zweiter Drache zur Landung ansetzte. Und dann, als er auf den Platz hinaustrat, schüttelte er verwundert den Kopf. Im Osten zeigte sich noch ein Reiter mit seinem Tier. Das fing ja gut an! Und er hatte gehofft, daß die Probleme warten würden, bis er nach Telgar kam.

»Sebell, Talmor, Brudegan und Tagetarl, werft euch in Schale!« befahl er mit weithin schallender Stimme. »Aber beeilt euch, sonst ziehe ich euch die Haut ab!«

Mit vier eigenen Harfnern und den drei Männern von Telgar hatte er eine starke Gruppe. Robinton warf einen Blick auf die kreisenden Drachen und grinste. Fast erwartete er, daß sie alle wieder verschwinden würden.

Welchen sollte er wählen? Der Blaue von Telgar war zuerst erschienen. Aber der Grüne kam vom Fort-Weyr, zu dem seine Gilde gehörte. Benden hingegen ließ ihm eine besondere Ehre zuteil werden, indem er einen Bronzedrachen schickte.

Die beiden Männer von Telgar und Fort begannen sofort zu streiten, wessen Aufgabe es sei, den Meisterharfner zu befördern. Als sie sich gemeinsam gegen den Bronzereiter wandten (der Harfner erkannte N'ton), fühlte sich Robinton zum Eingreifen verpflichtet.

»Es ehrt meine Gilde, daß ihr darum wetteifert, ihr zu dienen.« Und Robinton verbeugte sich ironisch vor den beiden Zankhähnen. »Aber das ist nicht nötig, denn ich habe Verwendung für alle drei Tiere. Um das glückliche Ereignis auf Telgar gebührend zu feiern, beabsichtige ich, vier meiner Harfner als Unterstützung mitzunehmen.« Er sah die wütenden Blicke, die zwischen dem grünen und dem blauen Reiter hin und her gingen. N'ton hielt sich im Hintergrund. Er besaß bessere Manieren als die beiden anderen, obwohl er nicht aus einem Weyr stammte.

Seine Männer kamen ins Freie gerannt. Sie verstauten noch ihre Instrumente und warfen die Umhänge aus Wherleder über. Robinton deutete unauffällig auf Talmors verrutschten Gürtel und flüsterte Tagetarl zu, daß er sich frisieren solle.

»Wir sind bereit, meine Herren«, erklärte er kurz darauf den Drachenreitern. »Brudegan, Tagetarl, ihr nehmt den Grünen . . .«

»Ich hätte gute Lust . . .«, begann der grüne Reiter.

»Ich sehe es«, unterbrach ihn Robinton kühl. »Sebell, Talmor, auf den Blauen — und vergeßt nicht, euch bei D'ram für diese Aufmerksamkeit zu bedanken!«

Er selbst trat zu N'ton. »Wenn Sie gestatten . . .«

Der Bronzereiter half ihm beim Aufsteigen. Er tat, als habe er von der feindseligen Stimmung nichts gemerkt. Die beiden anderen Reiter spürten, daß es wenig Sinn hatte, zu protestieren.

Banner wehten, als Robinton mit N'ton über der Burg von Telgar auftauchte. Der große Außenhof war mit frischem Grün und Fellisblüten geschmückt, und der Blumenduft vermischte sich mit den appetitlichen Gerüchen aus der Küche, wo das Festmahl zubereitet wurde. Offensichtlich strömten die Gäste schon seit Stunden herbei, denn auf dem Vorplatz drängten sich die angepflockten Reittiere. Heute nacht gab es mit Sicherheit auf Telgar kein freies Zimmer, und Robinton war nur froh, daß ihm sein Rang gewisse Vorrechte verschaffte.

Er wandte sich an den Bronzereiter: »Sie bleiben, N'ton?«

Der junge Mann lächelte dem Harfner zu, aber seine Augen blieben ernst. »Lioth und ich haben noch einen Patrouillenritt vor, Meister Robinton«, erwiderte er und versetzte seinem Tier einen liebevollen Klaps. »Aber ich wollte mir das Festgepränge gern anschauen, und als Baron Asgenar mich bat, Sie abzuholen, tat ich ihm gern den Gefallen.«

»Vielen Dank«, entgegnete Robinton. »Auch dir Lioth, für den ruhigen Ritt.« Er tätschelte die Schnauze des Tieres.

Gern geschehen.

Verwirrt sah der Harfner N'ton an, aber der Junge hatte keinen Ton gesagt. Lioth? Der Bronzedrache breitete die Schwingen aus, und Robinton mußte einen Schritt zurücktreten. Nun, der Tag fing mit Überraschungen an!

»Sir?« Brudegan verbeugte sich vor ihm.

»Ach, ihr seid da.« Er grinste sie an. Talmor war zum erstenmal mit einem Drachen geflogen und wirkte ein wenig grün um die Nase. »Brudegan, du kennst Telgar. Zeig den anderen den Harfner-Raum und stelle bitte mein Instrument dort ab. Dann mischt ihr euch unters Volk. Hört euch um, und wenn etwas wichtig ist, verständigt mich! Ihr kennt den Kode der Trommler. Wendet ihn an! Brudegan, du nimmst Sebell mit, es ist sein erstes öffentliches Auftreten. Nein, Sebell, wenn ich kein Vertrauen zu dir hätte, wärst du nicht mitgekommen. Talmor, geh nicht bei jedem Wort hoch, das dir nicht gefällt! Und Tagetarl, du hast nach dem Bankett immer noch Zeit, die Mädchen mit deinem Charme zu beglücken. Und trinkt nicht zuviel! Der Wein ist stark.«

Damit ließ er sie allein und betrat den Großen Hof. Am Bronzeportal des Hauptsaals standen Larad von Telgar in einem honiggelben Gewand und der Bräutigam Asgenar in Mitternachtsblau. Die Frauen von Telgar trugen weiße Kleider, mit Ausnahme der Braut Famira. Sie hatte den traditionellen Hochzeitsstaat in genau abgestuften Rottönen angelegt, und das blonde Haar fiel offen bis zu ihren Hüften.

Robinton blieb einen Moment lang seitlich des Eingangs stehen und warf einen Blick auf die Gäste, die in kleinen Gruppen zusammenstanden. Er entdeckte Sograny, den Herdenmeister, in der Nähe der Ställe. Der Mann machte ein Gesicht, als habe er etwas Ekelerregendes gesehen. Webermeister Zurg und seine lebhafte Frau wanderten von einer Gruppe zur nächsten. Robinton hatte das Gefühl, daß sie Qualität und Paßform der Kleider prüften.

Baron Corman von Keroon hielt neun jungen Leuten, die ihn umringten, offensichtlich eine letzte Predigt; es schien sich um seine Kinder zu handeln, denn die meisten hatten die gleiche muffige Miene wie er. Baron Raid von Benden unterhielt sich gerade mit dem Gastgeber. Als er Corman näherkommen sah, verbeugte er sich und trat zur Seite. Baron Sifer von Bitra winkte ihn zu sich. Von den übrigen Baronen, Groghe von Fort, Sangel von Boll, Meron von Nabol und Nessel von Crom, sah Robinton nichts. Drachen trompeteten hoch in der Luft, und ein halbes Geschwader landete im Außenhof. Der Harfner zählte fünf Königinnen. Sie setzten ihre Reiter ab und erhoben sich wieder. Robinton ging hastig auf den Gastgeber zu, bevor die Neuankömmlinge ihm den Weg versperren konnten.

Baron Larad legte eine polternde Herzlichkeit an den Tag, die seine innere Unruhe jedoch nicht ganz zu verbergen vermochte. Immer wieder suchten seine Blicke den Hof ab. Der Baron von Telgar war ein gutaussehender Mann, obwohl kaum eine Ähnlichkeit zwischen ihm und seiner einzigen Blutsschwester Kylara bestand. Kylara schien die Sinnlichkeit ihres Vaters geerbt zu haben. Nun ja ...

»Willkommen, Meisterharfner, wir freuen uns alle auf Ihre Balladen!« Larad verbeugte sich tief vor Robinton.

»Ich werde sie auf den Anlaß abstimmen«, erwiderte der Harfner lächelnd. Dann wandte er sich dem Brautpaar zu.

»Baron Asgenar, meinen Glückwunsch, Lady Famira, möge die Freude des heutigen Tages Ihnen lange erhalten bleiben!«

Das Mädchen errötete und warf Asgenar einen schüchternen Blick zu. Sie hatte die gleichen blauen Augen wie ihr Halbbruder. Das Paar kannte sich schon seit geraumer Zeit, und Robinton hatte den Eindruck, daß es glücklich miteinander werden würde.

Der Harfner mischte sich unter die Gäste. Er nahm ein paar Happen am kalten Büfett und ergatterte einen Krug mit Apfelwein. Das Bankett fand erst bei Sonnenuntergang statt, und so lange hielt er mit trockener Kehle nicht durch. Robinton wanderte hierhin und dorthin, horchte auf jedes Wort und beobachtete jede Geste. Als ihm nach einiger Zeit auffiel, daß noch kein Vertreter der Schmiedegilde erschienen war, begann er sich Sorgen zu machen. War es Fandarel nicht rechtzeitig gelungen, den Fernschreiber aufzustellen? Er sah sich um. Nirgends konnte er die Pfosten erkennen, über die der Draht laufen sollte. Nachdenklich biß er sich auf die Unterlippe.

»Hallo, Meisterharfner! Haben Sie F'lar oder Fandarel gesehen?« Lytol trat neben ihn. In seinem Schlepptau befand sich der junge Baron Jaxom.

»Nein, noch nicht.«

Lytol zog die Stirn kraus. Er wandte sich an Jaxom und sagte betont: »Willst du nicht ein wenig mit deinen Altersgenossen plaudern?«

Der Junge verstand den Wink sofort und verschwand. Lytol zerrte Robinton ein Stück von den Gästen weg. »Wie werden Ihrer Meinung nach die Gäste auf Meron von Nabol reagieren?«

Robinton sah ihn verwundert an. »Was hat die Frage zu bedeuten? Sie wissen doch, daß der Mann kaum noch Einfluß besitzt.«

»Sie — Sie haben das Neueste noch nicht erfahren?« Der Burgverwalter starrte ihn an. »Baron Meron besitzt eine Feuerechse.«

»Sie sagen das so merkwürdig. Eine Feuerechse? Ich habe selbst schon versucht, eines der Tiere zu fangen. Ist mir nie geglückt. Wie hat Meron es geschafft?«

Lytols Wangenmuskel begann wieder zu zucken. »Man kann sie gleich nach dem Ausschlüpfen für sich gewinnen wie die Drachen. Es gab ja immer die Legende, daß die Feuerechsen die Vorfahren der Drachen sind.«

»Und Meron von Nabol bekam Kontakt mit einem der Tierchen?«

»Ja.« Lytol lachte hart. »Die Biester beweisen keinen besonders guten Geschmack, was? Aber darum geht es nicht. Meron hätte sich die Mühe bestimmt nicht gemacht, wenn für ihn nichts dabei herausschauen würde.«

Robinton dachte darüber nach und zuckte dann mit den Schultern. »Ich glaube, die Sorgen sind verfrüht. Aber wie kam Meron zu dem Tier? Und woher kannte er den Trick mit der Gegenüberstellung?«

Lytols Miene verfinsterte sich. »Kylara brachte ihm ein ganzes Gelege. Natürlich, sie verloren einen Großteil der Echsen gleich beim Ausschlüpfen, weil Merons Leute zu unerfahren waren, aber die wenigen, die sie durchbrachten, erregen in Nabol ungeheures Aufsehen. Der Bote, der mir davon erzählte, hatte ganz glänzende Augen. ›Ein echter kleiner Drache!‹ sagte er, und seiner Begeisterung nach zu schließen, war er drauf und dran, am Strand von Boll oder Fort selbst nach einem Gelege zu suchen.«

»›Ein echter kleiner Drache!‹« wiederholte er und nickte vor sich hin. Er verstand nun die Befürchtungen des Burgverwalters. Ein echter kleiner Drache, das war der Traum eines jeden Jungen von Pern. Und dieser Traum schlummerte in den Erwachsenen weiter . . .

»Nun, wenn Kylara die Eier nach Nabol brachte, wird F'lar Bescheid wissen«, meinte der Harfner. »Sie beobachten die Frau ziemlich genau.«

Lytols Ausdruck blieb ernst. »Ich hoffe es. Meron von Nabol läßt sicher keine Gelegenheit aus, um F'lar Scherereien zu machen. Wir müssen versuchen, den Weyrführer zu warnen.«

Sie spähten beide in der Menge umher. Dabei bemerkte Robinton eine vertraute Gestalt, die sich auf ihn zuschob. Er stöhnte. »Oh, da kommt der alte Baron Raiden. Ich kann mir schon denken, was er will. Aber ich habe wirklich keine Lust, die Ballade von den edlen Burgherrn noch einmal zu singen. Bis später, Lytol!«

Robinton mischte sich unauffällig in die Menge, bis ihn Raiden aus den Augen verloren hatte. Lytol würde mit dem Mann schon zurechtkommen. Die Barone zeigten sich in Gegenwart des ehemaligen Drachenreiters meist ein wenig unsicher.

Der Harfner suchte sich einen Fleck, der ein wenig abseits des Trubels lag. Er mußte die Neuigkeit erst verdauen. Feuerechsen? Natürlich, das war geeignet, Zwietracht zu säen. Jeder Baron würde versuchen, es Meron gleichzutun. Meron hatte die Absicht, Kapital aus halb vergessenen Jugendträumen zu schlagen.

Robinton lag das Essen plötzlich schwer im Magen. Eine Gestalt löste sich aus der Menge und kam auf ihn zu. Es war Brudegan.

»Merkwürdiges Fest!« murmelte der junge Mann. »Alle bemühen sich so krampfhaft um Fröhlichkeit. Und wenn man die feinen Nuancen beachtet, fällt einem allerhand auf.« Der Harfner errötete, als ihm sein Lehrmeister anerkennend zunickte. »Zum Beispiel nennen sie die Alten ganz schlicht Weyrführer. Ist dagegen von F'lar die Rede, sagen sie *unser* Weyrführer. *Unser* Weyrführer versteht das Volk. *Unser* Weyrführer müht sich um eine Lösung. *Sie* — damit meinen sie Lessa. Ist das wichtig?«

»Sehr. Und aufschlußreich. Wie denkt man über die anomalen Fädeneinfälle?«

Brudegan schlug eine Dissonanz an, die Robinton einen Schauer über den Rücken jagte. Dann entfernte sich der junge Harfner mit einer fröhlichen kleinen Melodie.

Robinton wünschte F'lar und Lessa herbei. Er sah, wie D'ram von Ista ernsthaft auf G'narish, den Weyrführer von Igen, einsprach. Von den beiden hatte er eine hohe Meinung. G'narish war noch jung genug, um Veränderungen einzusehen, und D'ram besaß einen unbestechlichen Gerechtigkeitssinn. Das Schwierige bei ihm war nur, daß er sich kaum um die Dinge kümmerte, die außerhalb seines Weyrs geschahen.

Keiner der beiden Männer schien sich sonderlich wohl zu fühlen. Sie spürten, daß sie von den übrigen Gästen gemieden wurden, und waren erleichtert, als Robinton sich zu ihnen gesellte.

»Ein schönes Fest, nicht wahr?« begrüßte er sie. »Haben Sie etwas von F'lar gehört?«

»Nein. Sind etwa wieder Fäden gefallen?« fragte G'narish beunruhigt.

»Nicht daß ich wüßte.«

»Ist Ihnen T'ron oder T'kul begegnet? Wir sind eben erst angekommen.«

»Nein. Keiner der Westbewohner außer Lytol scheint anwesend zu sein.«

D'ram biß die Zähne zusammen. »R'mart von Telgar kann nicht kommen«, sagte er. »Seine Verletzungen machen ihm noch zu schaffen.«

»Ich hörte, daß es in Crom böse aussah«, entgegnete Robinton mitfühlend. »Man konnte einfach nicht ahnen, daß die Fäden zu dieser Zeit fallen würden.«

»Ich sehe, Baron Nessel und seine Leute sind vollzählig erschienen«, bemerkte D'ram mit einer gewissen Bitterkeit. »Er hat den Schock offenbar gut überstanden.«

»Er konnte dem Fest nicht gut fernbleiben, ohne Baron Larad zu kränken. Wie viele Verletzte gab es im Telgar-Weyr? Und wer hat die Führung übernommen, solange R'mart krank ist?«

D'ram schien die Frage als ungehörig zu empfinden, aber G'narish antwortete bereitwillig.

»Der Geschwader-Zweite, M'rek, sieht nach dem Rechten, aber der Weyr ist so geschwächt, daß D'ram und ich uns allen Ernstes überlegen, ob wir mit einigen unserer Reiter aushelfen sollen.« Er zuckte mit den Schultern. »Es geschah früher häufig, daß ein Weyr Unterstützung von den anderen erhielt. Ich entsinne mich, daß ich selbst als Jungreiter eine Zeitlang in Benden diente.«

»Crom und die übrigen Burgen des Telgar-Weyrs werden Ihnen zu Dank verpflichtet sein«, sagte Robinton. Doch dann wechselte er das Thema. »Igen und Ista sind doch sicher ideale

Brutstätten für Feuerechsen. Haben Sie es schon mit einer Gegenüberstellung versucht?«

»Feuerechsen? Gegenüberstellung?« D'ram starrte ihn verwirrt an. Doch bevor er weitere Fragen stellen konnte, kündete G'narish Ramoth und Mnementh an.

Die beiden Drachen, die über den Feuerhängen schwebten, waren unverkennbar. Ebenso unverkennbar war, daß ihnen die übrigen Tiere bereitwillig Platz machten.

Der Harfner beobachtete mit geheimer Freude, wie Lessa und F'lar die Stufen zum Eingang heraufkamen, um die Gastgeber zu begrüßen. Ein prachtvolles Paar. Beide trugen das sanfte Grün junger Blätter, das ihre Jugend und Energie nur unterstrich. Robinton verabschiedete sich hastig von den beiden Weyrführern und strebte auf die Neuankömmlinge zu.

Wieder tauchten zwei Drachen auf, goldene neben bronzeschimmernden Flügeln. Sie zogen so niedrig über den Außenhof hinweg, daß sie Staub aufwirbelten und die Gäste mit ärgerlichen Ausrufen zur Seite wichen.

Robinton sah, wie Baron Larad, der sich gerade mit Lessa unterhielt, plötzlich stockte. Auch Baron Asgenar und seine Braut verrieten Unsicherheit. Der Harfner konnte nicht erkennen, wodurch die plötzliche Unruhe entstand. Er begann sich rücksichtslos durch die Menge zu schieben. Und dann bemerkte er am Fuß der Treppe Kylara, in einem leuchtendroten Gewand, das blonde Haar offen, obwohl diese Frisur jungen, unverheirateten Mädchen vorbehalten war. Sie hatte ihre Rechte leicht auf Merons Arm gelegt und lächelte boshaft. All diese Einzelheiten fielen Robinton erst später wieder ein. Im Augenblick sah er nur die beiden Feuerechsen — die Königin auf Kylaras und das Bronzetier auf Merons freiem Arm — und ein Gefühl des Neides überkam ihn. Der Harfner schluckte.

Das Raunen der Gäste schwoll an, als sie die Besucher erkannten und näher betrachteten.

»Beim ersten Ei, sie besitzen tatsächlich Feuerechsen!« rief Baron Corman von Keroon. Er trat aus der Menge, um besser sehen zu können. Die goldene Echse begann zu kreischen, als er Kylara zu nahe kam, und auch Merons Bronzetier zischte warnend. Meron grinste selbstzufrieden.

»Wußten Sie, daß Meron eine hatte?« flüsterte D'ram dem Harfner zu.

Robinton hob die Hand, um weitere Fragen zu unterbinden.

»Und hier kommen Kylara vom Südkontinent und Baron Meron von Nabol«, sagte F'lar mit lauter Stimme, »um dem glücklichen Paar zu zeigen, welches Geschenk wir ihm zugedacht haben!« Vollkommene Stille herrschte, als er und Lessa Baron Asgenar und Lady Famira zwei Filzbündel überreichten. »Die Eier sind hart und müssen bis zum Ausschlüpfen der Jungtiere in heißem Sand gelagert werden. Toric, ein junger Fischer aus dem Südkontinent, entdeckte sie vor ein paar Stunden und läßt sie euch mit den besten Wünschen überreichen, denen sich auch sein Weyrführer T'bor anschließt.«

Robinton warf einen Blick auf Kylara. Auf ihren Wangen brannten rote Flecken. Meron sah aus, als wollte er sich auf F'lar stürzen. Lessa wandte sich der Weyrherrin vom Südkontinent mit einem freundlichen Lächeln zu.

»F'lar erzählte mir, daß er Ihren Liebling schon bewundert habe . . .«

»Pah, Liebling!« fauchte Kylara. »Die Echse ist mehr als ein Spielzeug. Gestern fraß sie auf dem Hochland Fäden . . .«

Sie konnte nicht weitersprechen, denn die Gäste begannen bei ihrer letzten Feststellung erregt zu diskutieren. Die beiden Echsen schlugen aufgeregt mit den Flügeln. Kylara und Meron hatten alle Hände voll zu tun, ihre Tiere zu beruhigen. Für Robinton stand es fest, daß Merons Pläne ins Wasser gefallen waren. Er konnte sich jetzt nicht mehr als der einzige Baron bezeichnen, der eine Feuerechse besaß. Zwei unbedeutende Barone von Nerat schoben sich auf D'ram und G'narish zu.

»Wenn Sie Ihre Drachen lieben, dann tun Sie so, als hätten Sie von den Echsen gewußt!« flüsterte Robinton ihnen eindringlich zu. D'ram wollte protestieren, aber da drangen auch schon die beiden Männer auf den Weyrführer ein und bestürmten ihn mit Fragen, wie sie sich diese Tierchen beschaffen könnten.

G'narish erholte sich zuerst von dem Schock und begann die Barone zu beschwichtigen. Robinton schob sich inzwischen unauffällig an die Gruppe um F'lar heran.

Der Wachkommandant von Telgar schlug auf einen riesigen Messing-Gong. »HÖRT, BARONE VON PERN, HÖRT, BARONE VON PERN! VERSAMMELT EUCH ZUM KONKLAVE, WIE ES BRAUCH IST SEIT LANGER ZEIT!« Das Trompeten der Drachen unterstrich seinen Aufruf.

Die Menge bildete eine Gasse, um die Barone durchzulassen.

Baron Asgenar drückte Famira das Filzbündel in die Hand, das ihm F'lar überreicht hatte. Er flüsterte seiner Braut etwas ins Ohr und schloß sich den Baronen an, die in den Beratungssaal strömten. Robinton versuchte sich durch Gesten mit F'lar zu verständigen, aber der Drachenreiter ging auf Kylara zu. Sie hatte ein heftiges Wortgefecht mit Meron, das der Baron schließlich beendete, indem er sie einfach stehenließ.

Nicht nur die Barone versammelten sich. Robinton fiel auf, daß die Gildemeister in der Nähe des Küchengebäudes standen und erregt diskutierten.

F'lar braucht den Harfner.

Robinton sah sich verwundert um. Wer hatte gesprochen? Er hörte schrille Saitenklänge und hob den Kopf. Brudegan schlenderte mit Chad, dem Harfner von Telgar, über den Wachpfad. Hatte der Harfner von Telgar eine Möglichkeit gefunden, das Konklave mitanzuhören?

Als Robinton zum Wachpfad hinüberschlendern wollte, trat ihm ein Drachenreiter entgegen.

»F'lar braucht Sie, Meisterharfner!«

Robinton zögerte und sah zu den beiden Harfnern hinüber, die ihm zu verstehen gaben, daß er sich beeilen solle.

Lessa hört mit.

»Sagten Sie etwas?« fragte Robinton den Reiter.

»Ja, Sir. F'lar möchte, daß Sie zu ihm kommen. Es ist sehr dringend.«

Der Harfner sah zu den Drachen hinüber. Er hatte den Eindruck, daß Mnementh ihm zunickte. Ein durchdringender Pfiff erreichte ihn vom Wachtturm.

Er spitzte die Lippen und gab das »Weitermachen!«-Signal. Leiser fügte er eine Melodie an, die bedeutete: »Berichtet später!«

Der Drachenreiter führte ihn zu dem Wachtturm, der rechts vom Eingang aufragte. Der untere Teil dieses Turms bestand aus einem einzigen riesigen Raum. Die Stufen zum Wachpfad befanden sich an der Außenmauer. Man hatte in aller Eile Felle und Decken hierhergebracht, um unerwarteten Gästen wenigstens eine Notunterkunft bieten zu können. Durch die beiden hohen, schmalen Fensterschlitze drang kaum Licht. G'narish von Igen entzündete eben die Kerzen des Deckenleuchters, als Robinton eintrat. Kylara stand mitten im Raum und starrte T'bor wutentbrannt an.

»Ja, ich ging nach Nabol. Meine Echsenkönigin war dort. Und gut, daß ich es tat, denn Prideth sah unterwegs die Anzeichen für einen Fädeneinfall über dem Hochland!« Alle hörten ihr jetzt zu. Ihre Augen leuchteten, und sie hob stolz den Kopf. Eine schöne Frau, dachte der Harfner, wenn sie nur nicht so hart und ehrgeizig wäre!

»Ich flog sofort zu T'kul.« Ihre Miene war wutverzerrt. »Der Mann ist kein Drachenreiter! Er glaubte mir einfach nicht. *Mir!* Als ob eine Weyrherrin die Zeichen nicht kennen würde! Ich bezweifle, ob er überhaupt Patrouillen ausgeschickt hatte. Er beharrte darauf, daß sechs Tage zuvor in Tillek Fäden gefallen waren. Also erzählte ich ihm von den anderen Verschiebungen. Aber er glaubte mir immer noch nicht.«

»Brachen die Geschwader rechtzeitig auf?« unterbrach F'lar sie kühl.

»Natürlich!« Und wieder richtete Kylara sich auf. *»Ich* befahl Prideth, den Alarm zu geben.« Sie lächelte hart. »T'kul mußte handeln. Eine Königin lügt nicht. Und es gibt keinen männlichen Drachen, der ihr nicht gehorchen würde.«

F'lar biß die Zähne zusammen. T'kul vom Hochland galt als finsterer, verbissener alter Mann. So gerechtfertigt Kylaras Eingreifen war, ihren Methoden fehlte es an diplomatischem Geschick. Nun ja, mit T'kul sah es ohnehin schlecht aus. F'lar musterte verstohlen D'ram und G'narish, um zu sehen, welche Wirkung T'kuls Benehmen auf sie hatte. Sie schienen immer noch zu schwanken.

»Sie sind eine gute Weyrherrin, Kylara. Und Sie haben richtig gehandelt, vollkommen richtig«, lobte F'lar. Kylara warf ihm ein strahlendes Lächeln zu. Dann jedoch runzelte sie die Stirn.

»Und was soll mit T'kul geschehen? Wir können nicht zulassen, daß er durch seine starre Haltung ganz Pern in Gefahr bringt!«

F'lar wartete. Er hoffte, daß D'ram darauf antworten würde oder ein anderer der Alten ... Niemand kam ihm zu Hilfe. So sagte er schließlich mit einem Seufzer: »Es sieht so aus, als müßten auch die Weyrführer eine Sitzung einberufen.«

»Sitzung!« fauchte Kylara ungeduldig. »Es wäre eure Pflicht, T'kul auf der Stelle zur Rechenschaft zu ziehen und . . .«

»Und was, Kylara?« fragte F'lar, als sie plötzlich abbrach.

»Und — nun irgend etwas muß doch geschehen.« Sie wandte sich den anderen Männern zu.

In einer Situation, die beispiellos war? Wieder warf F'lar einen hilfesuchenden Blick auf D'ram und G'narish.

»Die Weyr sind nach alter Tradition autonom . . .«

»Eine schöne Ausrede, hinter der Sie sich da verstecken, D'ram!«

D'ram zuckte mit den Schultern. »Sie haben recht. Etwas muß geschehen. Sobald T'ron eintrifft . . .«

F'lar überlegte, ob der Mann Zeit zu gewinnen versuchte. Er wandte sich an Kylara. Es gab in dieser Angelegenheit weit mehr zu klären als T'kuls unglaubliches Verhalten. »Sie erwähnten, daß Ihre Echse Fäden frißt? Und darf ich fragen, woher Sie wußten, daß sie nach Nabol zurückgekehrt war?«

»Prideth sagte es mir. Wenn man die Tierchen erschreckt, fliegen sie an die Stelle zurück, wo sie ausgeschlüpft sind.«

»Und Sie nahmen das Tier zum Hochland-Weyr mit?«

»Nein. Ich sah, wie gesagt, Fäden über den Hochlandbergen und begab mich zu T'kul. Sofort! Sobald ich den Alarm gegeben hatte, flog ich nach Nabol weiter.«

»Sie erzählten Meron von dem unvorhergesehenen Fädeneinfall?«

»Natürlich.«

»Und dann?«

»Nahm ich die Echse mit. Ich wollte sie kein zweitesmal verlieren. Aber ich besorgte mir einen Flammenwerfer und schloß mich Merikas Geschwader an. Die Frau bedankte sich nicht einmal für meine Hilfe.«

Ihre Augen blitzten. F'lar fühlte, daß sie die Wahrheit sagte.

»Als meine Echse die Fäden fallen sah, schien sie plötzlich wie von Sinnen. Es gelang mir nicht, sie festzuhalten. Sie stürzte sich auf einen der Klumpen — und fraß ihn.«

»Gaben Sie ihr Feuerstein?« fragte D'ram. Sein Interesse war erwacht.

»Ich hatte gar keinen bei mir. Außerdem möchte ich, daß sie sich paart.« Kylara sah mit einem sonderbaren Lächeln auf das Tier herunter. Dann fuhr sie fort: »Sie gräbt auch Nistplätze auf. Ich sah es nicht selbst, aber die Boden-Suchtrupps beobachten sie dabei.«

»Ist das Hochland jetzt frei von Fäden?«

Kylara zuckte gleichmütig mit den Schultern. »Wenn nicht, werdet ihr es erfahren.«

»Wie lange dauerte der Fädeneinfall an, nachdem Sie ihn entdeckt hatten? Und konnten Sie seine Grenze ausmachen?«

»Knappe drei Stunden, würde ich sagen. Das heißt, nachdem die Geschwader *endlich* eingetroffen waren. Und meiner Schätzung nach befand sich der vorderste Ausläufer tief in den Bergen.« Sie schaute die Männer an, als erwartete sie einen Einspruch. »Dort gibt es zum Glück nur Schnee und kahlen Fels. Ich überflog anschließend Nabol, aber Prideth entdeckte nichts.«

»Sie haben ganze Arbeit geleistet, Kylara, und dafür sind wir Ihnen wirklich dankbar«, sagte F'lar, und die anderen Weyrführer nickten.

»Wir hatten bis jetzt innerhalb von acht Tagen fünf unvorhergesehene Einfälle«, fuhr er fort. »Angesichts dieser Tatsache kann es sich kein Weyr mehr leisten, seine Patrouillen auf die traditionellen Sechs-Tage-Abstände zu beschränken.« Er machte eine Pause. »Überhaupt wird es Zeit, daß wir mit einigen Traditionen brechen.«

D'ram schien Einspruch erheben zu wollen, aber F'lar sah ihm in die Augen, bis er zögernd nickte.

»Das ist leicht gesagt«, warf Kylara ein. »Aber was wollt ihr konkret gegen T'kul unternehmen? Oder gegen T'ron? Er ist nicht besser. Er will nicht einsehen, daß sich die Zeiten geändert haben . . .«

Es klopfte und gleich darauf ging die Tür auf. Fandarels hünenhafte Gestalt verdeckte den Eingang. »Ich erfuhr, daß ich Sie hier finden würde, F'lar. Wir sind soweit.«

F'lar bedauerte die Unterbrechung, aber er ließ sich nichts anmerken.

»Die Barone halten im Moment ihr Konklave ab«, begann er. »Und es haben sich neue Gesichtspunkte ergeben . . .«

Fandarel deutete auf Kylaras Feuerechse. »Ich hörte schon davon. Natürlich gibt es viele Möglichkeiten, die Fäden zu bekämpfen, aber nicht alle sind wirksam. Es bleibt abzuwarten, welchen Wert diese Geschöpfe für uns besitzen.«

»Welchen Wert . . .«, fuhr Kylara auf, aber Robinton trat neben sie und flüsterte ihr etwas ins Ohr.

F'lar warf dem Harfner einen dankbaren Blick zu. Dann folgte er Fandarel, der sich zum Gehen wandte. Es war eine denkbar ungünstige Zeit, den Drachenreitern den Fernschreib-Apparat vorzuführen. Er würde nicht die Aufmerksamkeit erhalten, die er verdiente. Das Gerät war für die augenblickliche Lage viel wichtiger als irgendwelche unzuverlässigen Echsen. Und doch, wenn sie Fäden fraßen ...

Er blieb an der Schwelle stehen und drehte sich nach Robinton und Kylara um. Der Harfner lächelte die Frau gewinnend an, obwohl F'lar wußte, daß er sie verabscheute.

»F'lar, halten Sie es für richtig, daß Kylara sich unter das ordinäre Volk mischt? Die Leute werden das Tierchen erschrecken«, sagte der Harfner.

»Aber ich habe Hunger ...«, widersprach Kylara. »Und ich liebe Musik ...« Draußen klang eine Gitarre auf.

»Das wird Tagetarl sein.« Robinton strahlte. »Ich hole ihn her, damit er Ihnen Gesellschaft leistet. Und ich lasse Ihnen aus der Küche ein paar Leckerbissen bringen.« Er rückte ihr mit einer tiefen Verbeugung den Stuhl zurecht und scheuchte F'lar durch eine heimliche Geste aus dem Zimmer.

Unterwegs begegnete F'lar dem fröhlichen jungen Mann mit der Gitarre unter dem Arm, den der Harfner zu Kylaras Unterhaltung bestellt hatte. Robinton besaß einen scharfen Blick. Der Musikant entsprach dem Geschmack der Weyrherrin.

Fandarel hatte seine Ausrüstung eine Drachenlänge von der Treppe entfernt aufgebaut. Drei Männer kauerten auf der Mauer des Außenhofs und reichten der Gruppe, die den Apparat installierte, vorsichtig etwas herunter.

Erneut kreisten Drachen über der Burg. F'lar seufzte, als er T'rons Fidranth und die Königin von Mardra erkannte. Er wollte zuerst Fandarels Erfindung sehen, bevor er sich mit T'ron beschäftigte.

»Mnementh, wie sieht es im Konklave aus?«

Leeres Gewäsch. Sie erwarten noch zwei Barone.

F'lar versuchte zu erkennen, ob die Weyrführer Baron Groghe von Fort und Baron Sangel von Süd-Boll mitgebracht hatten. Die beiden waren sicher gekränkt, wenn das Konklave ohne sie stattfand. Wenn andererseits Baron Groghe die Neuigkeit über das Hochland gehört hatte ...

F'lar murmelte eine Entschuldigung, als er sich durch einen Menschenknäuel schob. Die Weyrherrinnen bildeten eine

Gruppe in der Nähe des Fernschreib-Apparates und täuschten lebhaftes Interesse vor, aber selbst Nadira, die hübsche Gefährtin von G'narish, wirkte niedergeschlagen und besorgt. Bedella zeigte ihre Verwirrung offen, aber von ihr konnte man kaum etwas anderes erwarten. Es war allgemein bekannt, daß sie keine große Geistesgaben besaß.

In diesem Augenblick hatte Mardra die Gruppe erreicht und erkundigte sich gebieterisch, was hier vorging. Sie hielt nach T'kul und Merika Ausschau, wollte wissen, wo die Gastgeber steckten und empörte sich über die schlechten Manieren, die in den modernen Burgen herrschten . . .

Vom Eingangsportal drang ein dumpfes Dröhnen herüber. F'lar schaute auf. Baron Groghe von Fort, das feiste Gesicht zorngerötet, hieb mit dem Knauf seines Dolches gegen das Tor. Hinter ihm stand der schmächtige Sangel von Süd-Boll. Seine eisige Miene verhieß nichts Gutes. Das Portal öffnete sich einen Spalt, und die beiden wurden eingelassen. Sicher dauerte es eine Weile, bis sie sich beschwichtigen ließen.

»Wie lange dauert es noch?« fragte F'lar, als er neben den Schmied trat. Er versuchte sich an das Aussehen des Fernschreib-Apparates in der Gildehalle zu erinnern. Die Ansammlung von Rohren und Drähten hier erschien ihm viel zu groß.

»Wir müssen nur noch diesen Draht anschließen«, erklärte Fandarel, »so — und den hier. Geschafft! Nun den Hebel mit der Schreibnadel über die Rolle, und wir können anfangen. Ich setze mich erst einmal mit der Gildehalle in Verbindung.« Fandarel tätschelte liebevoll das Gerät.

F'lar spürte jemanden dicht hinter sich. Als er sich umdrehte, entdeckte er Robinton. Der Harfner nickte ihm zu, deutete aber gleich darauf zu dem Fernschreib-Apparat hinüber.

Der Schmied bediente den Hebel mit geschickten Fingern. Unregelmäßige rote Linien zeichneten sich auf der Rolle ab.

»›Anschluß rechtzeitig fertiggestellt‹«, murmelte der Meisterharfner. »›Wartet weitere Nachrichten ab!‹«

Der Schmied stellte die Wählscheibe auf Empfang und sah F'lar erwartungsvoll an. In diesem Moment stieß Mnementh auf den Klippen einen schrillen Schrei aus.

Groghe erzählte den Baronen, daß T'ron auf Fort ein Fernrohr entdeckt hat, mit dem man den Roten Stern beobachten kann. Sie sind erregt — laß dich warnen!

Das Portal des Großen Saales schwang auf, und die Barone traten ins Freie. Ein Blick von Groghe von Fort bestätigte Mnemenths Bericht. Die Burgherren kamen langsam auf die Drachenreiter zu, eine geschlossene Front. Ein erschreckter Ausruf Fandarels durchbrach die drohende Stille.

Der Schmied deutete mit zitterndem Finger auf die Nadel, die eine Botschaft niederschrieb.

»›Igen berichtet von einem Fädeneinfall. Die Übertragung brach mitten im Satz ab.‹«

Robinton las die Zeilen laut vor. Seine Stimme verriet eine gewisse Unsicherheit.

»Was bedeutet dieser Unsinn?« fragte Baron Groghe ärgerlich. Er schien das Gefühl zu haben, daß es sich um ein Ablenkmanöver handelte. »Erst gestern fielen im Hochland Fäden. Heute in Igen — das wäre ein Ding der Unmöglichkeit. Und was stellt dieses Gerät dar?«

»Ich begreife das nicht«, rief G'narish nervös und sah Baron Laudey von Igen an, der wie erstarrt auf der Treppe stand. »Meine Reiter befinden sich ständig auf Patrouille . . .«

Im gleichen Moment tauchte ein grüner Drache über der Burg auf. Seine Botschaft lautete: *Fäden im Südwesten von Igen!*

»Wohin wollen Sie, F'lar?« herrschte Groghe den Drachenreiter an, als er G'narish zum Tor folgte. Die Luft war jetzt erfüllt vom Rauschen der Drachenschwingen und von den spitzen Angstschreien der weiblichen Gäste.

»Nach Igen, wohin denn sonst?« entgegnete F'lar scharf. »Haben Sie nicht gehört? Es fallen Fäden.«

G'narish wandte sich dem Weyrführer von Benden überrascht zu. »Igen ist mein Problem.« Aber seine Stimme verriet eher Dankbarkeit als Tadel.

»G'narish, warten Sie! Wo in Igen?« Baron Laudey drängte sich an dem wütenden Groghe vorbei und lief zu seinem Weyrführer.

»Und Ista? Ist die Insel in Gefahr?« wollte Warbret wissen.

»Wir werden nachsehen«, versicherte ihm D'ram. Er eilte zum Tor.

»Seit wann kümmert sich Benden um Igen und Ista?« T'ron stellte sich F'lar breitbeinig in den Weg. Die Drohung in seiner Stimme war nicht zu überhören. Die Drachenreiter blieben zögernd stehen. »Seit wann geht sie Nabol etwas an?«

F'lar erwiderte seinen düsteren Blick. »Fäden fallen, Drachenreiter! Die Geschwader von Igen und Ista sind geschwächt, da sie Leute nach Telgar geschickt haben, um R'mart zu unterstützen. Sollen wir feiern, während andere kämpfen?«

»Igen und Ista können für sich selbst sorgen!«

Ramoth kreischte hoch oben auf der Klippe. Die anderen Königinnen antworteten. Was sie den anderen mitgeteilt hatte, wußte niemand, aber plötzlich verschwand sie im *Dazwischen.* F'lar hatte keine Zeit, sich darüber zu wundern, denn er sah, daß T'rons Hand auf dem Gürtelmesser ruhte.

»Wir können unsere Meinungsverschiedenheit später beilegen, T'ron. Privat! Wenn Fäden fallen ...« Die Bronzedrachen landeten vor dem Tor, dicht gedrängt, um ihre Reiter aufzunehmen. Aber T'ron ließ sich dadurch nicht beirren.

»So, Fäden fallen, F'lar? Und der edle Weyrführer von Benden eilt zur Rettung herbei! Obwohl es Benden nichts angeht!« Er lachte verächtlich.

»Nun reicht es, Mann!« D'ram packte T'ron hart am Arm und deutete auf die schweigende Mauer der Zuschauer.

T'ron achtete nicht auf die Warnung. Er riß sich so heftig los, daß D'ram stolperte.

»Ich kann den Namen Benden nicht mehr hören! Bendens Ansichten! Bendens Überlegenheit! Bendens Selbstlosigkeit! *Und* Bendens Weyrführer ...«

Damit riß T'ron das Messer aus der Scheide und stürzte sich auf F'lar.

Ein Aufschrei ging durch die Menge. F'lar blieb stehen, bis er erkannte, daß es T'ron wirklich ernst war. Dann wich er mit einem Sprung zur Seite und zog seine eigene Klinge.

Es war ein neues Messer, ein Geschenk von Lessa. F'lar wog es in der Hand, ohne T'ron eine Sekunde aus den Augen zu lassen. Eine Vielzahl von Eindrücken drang auf ihn ein. Da war die Sonne, die ihm heiß in den Nacken brannte; das angespannte Schweigen im Großen Hof, der Geruch zertrampelter Fellisblüten, das Gefühl der Angst . . .

T'ron bewegte sich für einen Mann seiner Größe und seines Alters erstaunlich leichtfüßig. F'lar ließ den Gegner kommen. Blitzschnell wechselte T'ron die Waffe in die linke Hand und hieb F'lar mit der Rechten über das Gelenk. Im nächsten Moment warf er sich zurück. F'lars Klinge verfehlte ihn um Millimeter.

Der Weyrführer von Benden zog sich ein paar Schritte zurück. Sein Arm war von dem unerwarteten Schlag halb gelähmt.

Für einen Mann, der blind vor Zorn war, zeigte sich T'ron eine Spur zu berechnend. Weshalb brach er gerade hier und jetzt einen Streit vom Zaun? Anders konnte man sein Verhalten nicht nennen, denn D'ram und G'narish waren froh über das Hilfsangebot gewesen.

Und dann ging F'lar ein Licht auf. T'ron hatte von T'kuls krassem Versagen gehört und erkannt, daß die übrigen Weyrführer so etwas nicht stillschweigend dulden konnten, vor allem nicht, wenn der Benden-Weyr auf T'kuls Rücktritt beharrte. Falls es jedoch gelang, F'lar auszuschalten, hatten die modernen Weyr ihre Hauptstütze verloren und er, T'ron, konnte sich an die Spitze vorschieben. Zudem bedeutete F'lars Tod einen schweren Schlag für die Barone, für deren Anliegen er immer wieder gekämpft hatte.

F'lar verscheuchte gewaltsam die Gedanken, die auf ihn einströmten. Er mußte sich jetzt konzentrieren. T'ron war ein ebenbürtiger Gegner, und er kämpfte mit List.

Er sah T'rons Arm vorstoßen, wich instinktiv zur Seite, sprang vor . . .

»Ja, Alter«, keuchte er mit gezückter Klinge. »Benden kümmert sich um Igen und Ista. Und um die Burgen von Nabol, Crom und Telgar. Die Drachenreiter von Benden haben nicht vergessen, daß die Fäden alles versengen, sei es nun Weyr, Hof oder Gildehalle. Und wenn wir allein gegen diese Gefahr kämpfen müssen — wir werden es tun!«

Er warf sich auf T'ron. Sein Messer zertrennte das Wherlederwams des Gegners, aber da traf T'rons Faust ihn unterhalb des Gürtels, und er krümmte sich vor Schmerzen. Jemand schrie ihm eine Warnung zu. Mit letzter Willenskraft richtete er sich auf. T'rons Messer glitt an seiner Hüfte entlang; er spürte einen stechenden Schmerz, und einen Moment lang wurde ihm schwarz vor den Augen. Er umklammerte den Griff seiner Klinge mit beiden Händen und stach zu.

T'ron verzerrte das Gesicht zu einer starren Grimasse. Dann sank er in die Knie und rollte zur Seite. Er rührte sich nicht mehr.

F'lar konnte sich kaum noch auf den Beinen halten, aber er wußte, daß er jetzt, in diesem Augenblick, keine Schwäche zeigen durfte.

»Benden ist jung, Fort!« stieß er hervor. »Es wird höchste Zeit, daß wir das Erbe antreten! Sofort!« Er drehte sich schwerfällig um. »Und auf Igen regnet es Fäden!« rief er den erstarrten Zuschauern entgegen. »Auf Igen regnet es Fäden!«

Er sah an sich herunter. So konnte er nicht kämpfen. Sein Festgewand war zerrissen, und er hatte keine Ahnung, wo sich sein Wherleder-Umhang befand. Er beugte sich zu T'ron herunter. Der Mann trug ein Lederwams . . .

Jemand warf sich kreischend auf ihn. Es war Mardra.

»Sie haben ihn getötet! Reicht das noch nicht? Lassen Sie ihn in Ruhe!«

F'lar starrte sie mit gerunzelter Stirn an.

»Er ist nicht tot, sonst wäre Fidranth ins *Dazwischen* gegangen.« Das Wissen, daß der Mann am Leben geblieben war, verlieh ihm irgendwie neue Kraft. »Holt Wein und einen Heiler!«

Jemand reichte ihm seinen Umhang. Als er ihn festschnallte, bemerkte er die Menschenmenge, die sich um ihn scharte. Alle starrten ihn erwartungsvoll an.

»Nun?« rief er. »Steht ihr auf der Seite von Benden?«

Tiefes Schweigen. Die Blicke der Gäste richteten sich auf die Barone, die immer noch am Fußende der Treppe standen.

»Jene, die es nicht tun, verkriechen sich am besten tief in ihre Burgen!« rief Larad von Telgar und trat herausfordernd einen Schritt nach vorn.

»Die Schmiede unterstützen F'lar von Benden!« dröhnte Fandarels Baß über den Hof.

»Und die Harfner!« erklärte Robinton vom Wachpfad her.

»Die Bergwerksleute!«

»Die Weber!«

»Die Färber!«

Die Barone riefen den Namen ihrer Burg und nahmen neben Larad von Telgar Aufstellung. Die Gäste begannen zu jubeln, aber F'lar hob die Hand und wandte sich den anderen Weyrführern zu.

»Ista!« erklärte D'ram trotzig.

G'narish nickte ihm zu. »Igen!«

»Der Südkontinent!«

Baron Asgenar trat auf F'lar zu. »Was können wir tun?« fragte er besorgt. »Hat es noch Sinn, wenn ich meine Läufer und Suchtrupps nach Igen schicke?«

F'lar wehrte ab. »Sie feiern heute Hochzeit, Mann! Kümmern Sie sich um Ihre Braut, alles andere übernehmen wir! D'ram, Sie fliegen voraus. Ramoth hat bereits die Geschwader von Benden verständigt. T'bor, Sie holen Ihre Kämpfer aus dem Südkontinent. Jeder Drachenreiter, der kämpfen kann, kommt mit!«

T'bor spürte, daß F'lar mehr verlangte als eine völlige Mobilisierung, und er zögerte.

Lessa war an F'lars Seite getreten und warf einen Blick auf sein blutdurchtränktes Gewand. Er schob sie sanft weg. »Sieh ein wenig nach Mardra! Robinton, ich brauche Ihre Hilfe! Verkünden Sie in ganz Pern —«, er hob die Stimme, »daß diejenigen Reiter, die mir die Gefolgstreue verweigern, auf den Südkontinent verbannt werden. Das gleiche gilt für Burgen, Höfe und Gilden, die meine Herrschaft nicht anerkennen. Im Süden fallen kaum Fäden, so daß ihre Gleichgültigkeit dem Allgemeinwohl gegenüber niemanden in Gefahr bringen wird.«

Er wandte sich an den Reiter von Igen, der immer noch am Tor wartete. »Wo wurden die Fäden gesehen?«

»Im Süden.« Die Stimme des Mannes enthielt eine unausgesprochene Bitte. »Jenseits der Bucht von Keroon. Über dem Wasser.«

»Wann?«

»Ich bringe Sie zurück zu dem genauen Zeitpunkt.«

Die Menge begann zu jubeln. Viele der Gäste hatten vergessen, daß es den Drachenreitern möglich war, nicht nur den Raum, sondern auch die Zeit zu überbrücken, wenn sie die nötigen Koordinaten besaßen.

Auf dem Außenhof entwickelte sich eine fieberhafte Aktivität. Jungreiter schleppten Säcke mit Feuerstein an. Die Mägde verteilten Wherleder-Umhänge. Flammenwerfer wurden herbeigebracht. D'ram und seine Gefährtin Fanna kreisten auf ihren Drachen bereits über der Burg. Sie warteten auf Mnementh.

»Du kannst mich nicht begleiten, Mädchen«, sagte F'lar zu Lessa, als er merkte, daß sie ihm folgte. Sie allein kam mit Mardra zurecht. Er konnte nicht überall gleichzeitig sein.

»Mnementh startet erst, wenn ich Heilsalbe auf deine Wunde gestrichen habe«, erklärte sie fest und öffnete seinen Gürtel. F'lar starrte sie an. Sie meinte es ernst.

»Aber — er kann doch nicht . . .«

O doch.

Dann schwieg F'lar und biß die Zähne zusammen, als er die eiskalte Salbe auf der Wunde spürte. »So, nun kannst du gehen«, erklärte Lessa, nachdem sie ihm einen provisorischen Verband angelegt hatte. »Der Schnitt ist lang, aber zum Glück nicht sehr tief.« Damit wandte sie sich rasch ab und mischte sich unter die Gäste.

Sie macht sich Sorgen. Aber sie ist zu stolz, um es einzugestehen. Starten wir!

Als F'lar mit Mnementh aufstieg, hörte er die Ballade, die Robintons Harfner angestimmt hatten:

Rührt die Trommeln für den Krieg,
Schlagt die Harfe für den Sieg,
Feuer, friß dich tief ins Land,
Bis der Rote Stern gebannt.

Stunden später kehrten sie nach Telgar zurück. Lessa erwartete F'lar mit besorgter Miene und brachte ihn sofort in die Gäste-Suite, die man ihnen zugewiesen hatte. In der Wanne dampfte bereits heißes Wasser.

Der Weyrführer zog die Augenbrauen hoch. »Was ist los? Du behandelst mich wie einen Schwerkranken. Hast du etwa wieder Mnementh ausgehorcht?«

Lessa nickte. Während er badete, berichtete sie ihm, was inzwischen alles vorgefallen war. Man hatte T'ron in warme Filzdecken gehüllt und auf den Südkontinent gebracht, noch bevor er das Bewußtsein wiedererlangte. Mardra hatte sich zwar gesträubt und erklärt, F'lar besitze nicht das Recht, sie ins Exil zu schicken, aber ihre Proteste waren auf taube Ohren gestoßen. Insgeheim hatte sie wohl gehofft, daß sie ihre Drachenreiter zum Kampf gegen die übrigen Weyr aufstacheln könnte, aber als sie, begleitet von Lessa und Kylara, in Fort auftauchte, mußte sie erkennen, daß sie kaum noch Anhänger besaß. So war sie schließlich freiwillig zum Südkontinent gegangen.

»Robinton konnte gerade noch einen Kampf zwischen Kylara und Mardra verhindern; Kylara zeigte allzu deutlich, daß sie sich bereits als Herrin von Fort betrachtete.«

F'lar stöhnte.

»Keine Sorge«, beruhigte ihn Lessa. »Sie änderte ihre Meinung in dem Augenblick, als sie erfuhr, daß T'kul und seine Leute den

Hochland-Weyr verlassen wollten. Es ist günstiger, wenn T'bor mit seinen Südkontinent-Reitern den Hochland-Weyr übernimmt, vor allem, da die Mehrzahl der Fort-Reiter hier blieb.«

»Ich weiß nicht. Das bringt Kylara in gefährliche Nähe von Nabol.«

»Gewiß, aber dadurch wird für P'zar, Roths Reiter, der Weg zum Weyrführer von Fort frei. Er ist zwar nicht allzu stark, aber er wird den Burgen in seinem Schutzbereich nicht so viel Kummer bereiten wie T'ron.« Lessa lächelte. »Ich schlug P'zar N'ton als Geschwader-Zweiten vor, und er hatte keine Einwände.«

F'lar schüttelte den Kopf über so viel Eigenmächtigkeit, aber in diesem Moment löste sie die Heilsalbe von seiner Wunde, und er preßte die Zähne zusammen.

»Weißt du, daß Mardra insgesamt nur zwanzig Reiter folgten?« fuhr Lessa fort, als bemerkte sie seine Schmerzen nicht. »Leider nahm T'kul die Mehrzahl seiner Leute mit. Die vierzehn, die zurückblieben, sind junge Reiter . . .«

»Wir müssen einen klaren Trennungsstrich zwischen uns und dem Südkontinent ziehen.«

»Aber wenn sie ihre Feindseligkeiten fortsetzen?«

»Lessa, wie viele Königinnen befinden sich jetzt im Süden?«

»Loranth vom Hochland und die beiden — oh!«

»Genau. Alles alte Tiere, die kaum noch für Nachwuchs sorgen. Ich bezweifle, daß Loranth noch einmal zum Paarungsflug aufsteigt. Und wie ich Pilgra kenne, blieb sie mit Segrith hier. Sie hatte genug unter Mardra zu leiden.«

Lessa nickte.

»Wie ist die Stimmung bei Baronen und Gildeangehörigen?«

»Sie scheinen erleichtert. Ich gebe zu, daß in ihrem Lachen noch ein wenig Hysterie mitklang, aber Lytol und Robinton hatten recht. Pern wird Benden folgen . . .«

11

»Wenn du das nächstemal die soziale und politische Strukur des Planeten umstößt, könntest du mich ruhig warnen«, sagte F'nor, als er am nächsten Morgen F'lars Wohnraum in Benden betrat. Sein lachendes, gebräuntes Gesicht verriet jedoch keinerlei Mißbilligung. »Wer ist jetzt wo?«

»T'bor hat das Hochland übernommen . . .«

»Kylara dort oben?« warf F'nor zweifelnd ein.

»Ja, gewiß, das hat seine Nachteile. Aber von T'kuls Reitern blieben nur vierzehn zurück, während die meisten Fort-Bewohner sich weigerten in den Süden zu ziehen.«

F'nor lachte vor sich hin. »Sicher eine böse Überraschung für Mardra! Dann führt P'zar also den Fort-Weyr, bis eine der Königinnen zum Paarungsflug aufsteigt?« Er machte eine Pause und sah F'lar fragend an. »Du hoffst wohl auf N'tons Bronzedrachen?«

F'lar zuckte vielsagend mit den Schultern.

»Nun, du scheinst alles zu deiner Zufriedenheit geregelt zu haben«, stellte F'nor fest.. »Mir paßt es allerdings ganz und gar nicht, daß ich den Südkontinent verlassen mußte. Ich hatte nämlich in einer Bucht ein vielversprechendes Feuerechsen-Gelege entdeckt. Leider waren die Schalen noch nicht hart genug, so daß ich die Eier zurücklassen mußte. Ein paar Tage . . .« Er unterbrach sich. »Sag mal, du hörst ja gar nicht zu!«

»Er hat eine ziemlich scheußliche Wunde an der Hüfte und kann sich kaum aufrechthalten, aber das würde er nie im Leben zugeben«, entgegnete Lessa energisch. »Er gehört ins Bett!«

F'lar winkte ab. F'nor betrachtete ihn besorgt: »Wenn du . . .«

»Wenn ich was?« fauchte F'lar.

Der braune Reiter lehnte sich lachend zurück. »Und da behauptet Brekke, ich sei ein widerspenstiger Patient! Seht mal her . . .« Und er beugte vorsichtig den Arm. »Meine Pflegerin hat mir erlaubt, wieder ins *Dazwischen* zu fliegen. Ich werde also deine Aufgaben übernehmen, solange du im Bett liegst.«

F'lar lachte über den Eifer seines Halbbruders. »Hast du T'kul gesehen, als er im Südkontinent ankam?«

»Nein, nur *gehört!«* F'nor ballte die Rechte zur Faust. »Die Geschwader waren ausgeflogen, um in Igen mitzuhelfen. T'kul befahl, daß alle, einschließlich der Verwundeten, den Südkontinent binnen einer Stunde verlassen müßten. Was sie nicht sofort mitnehmen konnten, beschlagnahmte er. Er hat den gesamten Südkontinent zu seinem Machtbereich erklärt. Seine Patrouillen erhielten den Befehl, jeden fremden Drachenreiter anzugreifen, der sich in sein Territorium wagt!«

»Kamen die Bewohner des Fort-Weyrs ebenfalls an?«

»Ja, Brekke untersuchte T'rons Wunde.«

»Wird er durchkommen?«

»Ja, aber . . .«

»Gut. Offen gestanden, ich rechnete damit, daß T'kul auf diese Weise reagieren würde.« Er machte eine Pause. »Glaubst du, daß es dir gelingen könnte, seine Patrouillen zu überlisten?«

»Kein Problem. Es gibt in T'kuls Geschwader nicht einen Bronzedrachen, der es mit Canth aufnimmt. Da fällt mir ein . . .«

»Wunderbar. Dann habe ich zwei Aufgaben für dich. Erstens holst du dir das Gelege, das du entdeckt hast. Laß dir von Manora warme Decken geben! Wir benötigen im Moment jedes Ei, das wir bekommen können. Zum zweiten — erinnerst du dich an die Koordinaten des letzten Fädeneinfalls?«

»Natürlich, aber ich wollte dich bitten . . .«

»Du hast die vielen Würmer im Boden gesehen?«

»Ja . . .«

»Nimm ein fest verschließbares Gefäß mit! Ich möchte, daß du mir ein paar Exemplare davon besorgst. Kein angenehmer Auftrag, ich weiß, aber ich kann hier nicht weg, und das Projekt soll vorläufig geheim bleiben.«

»Würmer! Ein Projekt?«

Mnementh stieß einen Begrüßungsschrei aus.

»Ich erkäre es dir später«, entgegnete F'lar und deutete zum Weyr-Eingang.

F'nor erhob sich achselzuckend. »Deine Gedanken sind unerforschlich, großer Bruder, aber ich beeile mich, deinen Befehlen Folge zu leisten!« Mit einem Grinsen verabschiedete er sich.

An der Schwelle stieß er fast mit T'bor zusammen. Der neue Weyrführer des Hochlands sah aus, als hätte er in dieser Nacht kein Auge zugetan. Dennoch versuchte er seinen Kummer zu verbergen.

»Kylara . . .«, begann F'lar, denn er erinnerte sich, daß sie und Meron den ganzen Abend unzertrennlich gewesen waren.

»Nicht Kylara. T'kul.« Er schüttelte müde den Kopf. »Der große Weyrführer, hah! Sobald meine Geschwader vom Süden eingetroffen waren, schickte ich sie auf einen Erkundungsflug, damit sie das neue Gelände rasch kennenlernen. Beim Ei, es gefällt mir nicht, daß die Bewohner von Pern vor Drachenreitern die Flucht ergreifen. Oder sich verstecken.« T'bor setzte sich und nahm geistesabwesend den Becher mit *Klah,* den Lessa ihm reichte. »Es gibt nirgends Wachfeuer oder Warnposten. Aber eine Menge Spuren von Fäden, die in den Boden eingedrungen sind. Ich verstehe nicht, wie die Sporen so viel Schaden anrichten konnten. Selbst Jungreiter müssen besser aufpassen. Also landete ich auf Tillek und bat um eine Unterredung mit Baron Oterel.« T'bor pfiff leise durch die Zähne. »Das war ein Empfang! Beinahe hätte ich einen Pfeil in die Rippen bekommen, bevor ich den Anführer der Wache davon überzeugen konnte, daß ich nicht T'kul war.«

T'bor holte tief Atem. »Es dauerte eine Zeit, bis Baron Oterel sich soweit beruhigt hatte, daß ich ihm die veränderten Verhältnisse erklären konnte.« Er warf F'lar und Lessa einen nervösen Blick zu. »Irgendwie mußte ich sein Vertrauen gewinnen, und so — so ließ ich ihm einen Bronzedrachen dort und stationierte zwei Grüne in den beiden kleinen Burgen an der Bucht. Zu den Feuergruben auf den Tillek-Höhen schickte ich ein paar Jungreiter. Dann bat ich Oterel, mich zu Baron Bargen zu begleiten. Der eine Empfang hatte mich gewarnt. Nun hatten wir noch sechs Eier vom Gelege übrig, das Toric uns gebracht hatte. Ich gab Oterel und Bargen je zwei und die beiden restlichen dem Gildemeister der Fischer. Es schien die einzige Lösung. Sie wußten, daß Baron Meron eine Feuerechse besaß.« T'bor richtete sich auf, als er den Namen des Burgherrn von Nabol erwähnte.

»Sie haben völlig richtig gehandelt«, versicherte ihm F'lar. »Ich beabsichtige noch heute, auch auf den übrigen Burgen Drachen zu stationieren.«

»Und D'ram und G'narish haben nichts dagegen?« T'bor warf Lessa einen ungläubigen Blick zu.

»Nun . . .«, begann Lessa, aber die Ankunft der übrigen Weyrführer enthob sie einer Antwort.

D'ram, G'narish und der Geschwaderzweite von Telgar traten ein, dicht gefolgt von P'zar, dem augenblicklichen Weyrführer von Fort. Der Telgar-Vertreter stellte sich als M'rek, Zigeths Reiter, vor. Er war ein schlaksiger, blonder Mann mit ernsten Gesichtszügen, etwa in F'lars Alter. Als sie um den großen Tisch Platz nahmen, versuchte F'lar, D'rams Stimmung zu erkennen. Von ihm konnte immer noch die Entscheidung abhängen. Er war der Älteste der zurückbleibenden Weyrführer, und wenn er die Sache überschlafen und seine Meinung geändert hatte, bestand die Gefahr, daß er F'lars Vorschläge ablehnte. F'lar setzte sich zu den Männern. Er strahlte eine Ruhe aus, die er nicht empfand.

»Ich habe Sie hierhergebeten, weil wir gestern abend kaum Gelegenheit zu einem klärenden Gespräch hatten. M'rek, wie geht es R'mart?«

»Er erholt sich rasch, besonders seit die Reiter von Ista und Igen ihm den Großteil seiner Sorgen abnehmen.« M'rek warf D'ram und G'narish einen dankbaren Blick zu.

»Wie viele Leute von Telgar wollen in den Süden?«

»An die zehn, aber es handelt sich durchwegs um alte Reiter. Schaden mehr, als sie nützen, da sie den Jungreitern nur Unsinn beibringen. Übrigens, da wir gerade von Unsinn reden — Bedella kam mit ein paar merkwürdigen Neuigkeiten heim. Von Feuerechsen und sprechenden Drähten und daß wir zum Roten Stern fliegen könnten. Ich befahl ihr, über diese Dinge zu schweigen. Der Telgar-Weyr kann im Moment Gerüchte solcher Art schlecht vertragen.«

D'ram lachte ein wenig verächtlich, und F'lar warf ihm einen raschen Blick zu, aber der Weyrführer von Ista hatte sich M'rek zugewandt. F'lar nickte Lessa unauffällig zu.

»Es war tatsächlich die Rede von einer Expedition zum Roten Stern«, erwiderte F'lar beiläufig. »Aber es gibt im Moment wichtigere Dinge. Die Barone und Gildemeister werden bald herkommen, um mit uns über die veränderte Lage zu sprechen. D'ram, sagen Sie mir offen: Haben Sie etwas dagegen, daß wir Drachenreiter in den Burgen und Gildehallen stationieren, solange wir kein Schema für den Fädeneinfall kennen?«

»Nein, F'lar«, entgegnete der Weyrführer von Ista langsam, ohne die anderen anzusehen. »Seit gestern abend . . .« Er hob ruckartig den Kopf. »Ich glaube, ich habe gestern erkannt, wie groß Pern ist und wie engstirnig ein Mensch werden kann, wenn er ständig über die Dinge nachdenkt, die er haben will, und darüber vergißt, was er hat. Und was er tun muß. Die Zeiten haben sich geändert, und das wollten wir nicht wahrnehmen, vielleicht, weil wir ein wenig Angst vor all dem Neuen hatten. Vierhundert Planetendrehungen sind nicht so einfach zu überbrücken.« D'ram nickte vor sich hin. »Vermutlich klammerten wir uns an das Hergebrachte, weil alles, was wir sahen, von den ausgedehnten Wäldern zu den zahllosen neuen Gilden und Höfen, vertraut und doch — so anders war. T'ron besaß früher den Ruf eines tüchtigen Weyrführers, F'lar. Ich kann nicht sagen, daß ich ihn gut kannte. Während der kurzen Pausen, in denen wir keine Fäden zu bekämpfen hatten, blieben wir am liebsten auf unseren Weyrn. Aber Drachenreiter sind und bleiben Drachenreiter. Daß einer versucht, seinen Gefährten umzubringen . . .« D'ram schüttelte langsam den Kopf, dann sah er F'lar in die Augen. »Sie hätten ihn töten können. Sie taten es nicht. Und nach dem Duell ritten Sie mit Ihrem Geschwader nach Igen, obgleich Sie verwundet waren.«

Mnementh informierte seinen Reiter, daß ganz Pern auf dem Wege nach Benden sei und der Landevorsprung allmählich nicht mehr ausreiche. Insgeheim fluchte F'lar. Ihm blieb zu wenig Zeit, um das neue Einverständnis mit D'ram auszubauen. Wenn er den Mann nun wieder vor vollendete Tatsachen stellen mußte . . .

»Ich glaube nicht, daß die Weyr heutzutage autonom bleiben können«, entgegnete er knapp. Die glatten, wohlklingenden Worte, die er sich zurechtgelegt hatte, waren vergessen. »Vor sieben Planetendrehungen ging Pern beinahe zugrunde, weil Drachenreiter den Kontakt zur übrigen Welt verloren hatten. Und wir haben gestern erlebt, was geschieht, wenn Drachenreiter den Kontakt zu ihresgleichen verlieren. Wir brauchen offene Paarungsflüge, den Austausch von Königinnen und Bronzedrachen zwischen den einzelnen Weyrn, um das Blut aufzufrischen und den Nachwuchs zu kräftigen. Wir brauchen Geschwader, die von Weyr zu Weyr wechseln, um das ganze Land kennenzulernen. Nichts ist gefährlicher für eine Patrouille als allzu vertrauter Grund. Wir brauchen öffentliche Gegenüberstellungen . . .«

Sie alle hörten jetzt die Stimmen und Schritte draußen im Felskorridor.

»Ista hat sich gestern auf die Seite von Benden gestellt«, unterbrach ihn D'ram mit einem schwachen Lächeln. »Aber achten Sie genau darauf, welche Traditionen Sie über den Haufen werfen. Gewisse Dinge sind unantastbar . . .«

Sie erhoben sich, als die Barone und Gildemeister hereinstömten. Es herrschte eine fieberhafte, hektische Atmosphäre; jeder versuchte die Fragen zu klären, die am Vorabend unbeantwortet geblieben waren. Erst als die Männer den Beratungsraum betraten, glätteten sich die Wogen der Erregung.

Als erster meldete sich Baron Larad von Telgar zu Wort:

»Weyrführer, wo und wann müssen wir mit dem nächsten Fädeneinfall rechnen?«

»Aller Voraussicht nach auf Ruatha und den Westgebieten von Telgar«, entgegnete F'lar. »In ein paar Stunden vielleicht. Keine Sorge, ich bin hier bald fertig . . .«

»Und wie lange bleiben die Drachenreiter, die auf unseren Burgen stationiert sind?« erkundigte sich Corman von Keroon. Er sah dabei D'ram an, der links von F'lar saß.

»Bis wir sie durch ein besseres Nachrichtensystem ersetzen können.«

»Ich brauche mehr Leute«, meldete sich der Schmied zu Wort. »Benötigt ihr wirklich alle diese Flammenwerfer, die ihr in Auftrag gegeben habt?«

»Nicht, wenn uns die Drachenreiter in der Gefahr tatkräftig unterstützen!« Baron Sangels Stimme klang verbittert.

Larad hatte immer noch nicht Platz genommen. »Sind die Geschwader von Telgar schon wieder einsatzbereit?«

M'rek warf F'lar einen zögernden Blick zu. Dann nickte er.

»Der Hochland-Weyr hilft Telgar gern aus«, sagte T'bor.

»Ista ebenfalls!« fügte D'ram hinzu.

Die Einigkeit schien die Barone zu verblüffen. Larad von Telgar setzte sich wortlos.

»Stimmt es, daß wir unsere Wälder niederbrennen müssen?« Baron Asgenar sah die Weyrführer beinahe flehend an.

»Drachenreiter vernichten Fäden, aber keine Wälder«, entgegnete F'lar ruhig. »Wir haben genug Leute, um Perns kostbares Holz zu schützen . . .«

»Wir reden am Kern vorbei, und ihr alle wißt es!« rief Groghe von Fort und sprang erregt auf. »Es ist genug Zeit verschwendet worden. Weshalb bekämpfen wir die Fäden nicht auf dem Roten Stern selbst? Ihr behauptet doch, daß die Drachen euch überall hinbringen, wenn ihr es ihnen befehlt!«

»Ein Drache muß sein Ziel *kennen,* bevor er es ansteuert!« widersprach G'narish.

»Speisen Sie mich nicht damit ab, junger Mann! Man kann den Roten Stern in diesem Fernrohr sehen — so deutlich wie meine Hand!« Er hob die Pranke und ballte sie zur Faust. »Vernichtet die Fäden an ihrem Ursprung! Jawohl, an ihrem Ursprung!«

D'ram war ebenfalls aufgesprungen und wehrte sich zornig gegen dieses Ansinnen. Ein Drache auf dem Landevorsprung brüllte so laut, daß man einen Moment lang kein Wort verstand.

»Wenn das der Wunsch der Barone und Gildeangehörigen

ist«, sagte F'lar, »dann rüsten wir sofort eine Expedition aus.« D'ram und G'narish saßen wie vom Donner gerührt da. Baron Groghe versteifte sich mißtrauisch. F'lar fuhr rasch fort, solange die Stille anhielt: »Sie haben den Roten Stern gesehen, Baron Groghe? Könnten Sie mir die Landmassen beschreiben? Welches Ausmaß besitzen die Gebiete, die freizuräumen sind? Lassen sie sich in etwa mit dem Nordkontinent vergleichen? Hmm. Um solche Flächen zu überqueren, benötigt ein Drache an die Sechsunddreißig Stunden, nicht wahr, D'ram? Oder mehr? Wir müßten viele Geschwader einsetzen, da wir keine Boden-Suchtrupps zur Verfügung haben. Welche Feuersteinvorräte besitzen wir, Bergwerksmeister? Auf jedem Weyr lagern an die fünf Drachengewichte. Das reicht natürlich nicht aus. Dann wäre es wichtig, sämtliche Flammenwerfer von Pern zu konfisizieren . . .«

»Genug!« schrie Groghe. Sein Gesicht war zorngerötet, und die Augen schienen ihm aus den Höhlen zu treten.

»Wenn so ein Unternehmen Erfolg bringen soll, Baron Groghe, müssen wir sämtliche Kräfte einsetzen. Das bedeutet aber, daß in der Zwischenzeit Pern ungeschützt bleibt. Eine schwerwiegende Entscheidung, die ich nicht zu treffen wage!« Er machte eine Pause. »Vielleicht sollten wir einen Kompromiß schließen. Ich möchte mir den Roten Stern genau ansehen, bevor ich Pern aufs Spiel setze. Sobald wir vernünftige Koordinaten besitzen, Baron Groghe, senden wir eine Forschungsgruppe aus. Ich habe mich schon oft gefragt, weshalb unsere Vorfahren den Sprung nicht wagten. Oder, wenn sie ihn wagten, was aus ihnen wurde.« Bei den letzten Worten senkte er die Stimme. Eine Zeitlang herrschte im Raum vollkommene Stille.

Die Feuerechse auf Merons Arm flatterte nervös.

»Vor sieben Planetendrehungen rief ich euch schon einmal zum Kampf gegen die Fädenplage zusammen«, fuhr F'lar fort. »Mit vereinten Kräften und unter verzweifelten Anstrengungen gelang es uns damals, die Gefahr zu überleben. Unsere Lage hat sich seither weit gebessert, aber Mißverständnisse brachten es mit sich, daß die Einheit wieder zerfiel und wir von unserem eigentlichen Ziel abgelenkt wurden.

Wir besitzen nicht mehr das Wissen und die handwerklichen Fähigkeiten unserer Vorfahren; deshalb hat es wenig Sinn, wenn wir unsere Hoffnung auf Geräte setzen, die sie entwickelt haben. Sehr viel wichtiger ist es, daß wir erneut die Schranken überwinden, die Weyr und Burgen, Gildehalle und Hof willkürlich trennen. Wir können so viel voneinander lernen . . .«

Die Männer waren von ihren Plätzen aufgesprungen und jubelten ihm begeistert zu. D'ram zupfte an seinem Ärmel und versuchte sich verständlich zu machen. G'narish redete auf den Geschwader-Zweiten von Telgar ein, der immer noch düster und unentschlossen wirkte. Groghe von Fort schien ein wenig unsicher und ängstlich, aber das war besser als offene Feindseligkeit. In diesem Moment bemerkte F'lar, daß Lessa hinausging, offenbar, um einen verspäteten Besucher zu empfangen. – Es war F'nor.

»Ich habe Feuerechsen-Eier!« rief er in den Lärm. »Feuerechsen-Eier!« Man machte ihm eine Gasse frei.

Triumphierend legte er das unförmige Bündel auf den Tisch. Mit einemmal war es still im Raum. »Ich habe sie T'kul direkt vor der Nase weggeschnappt«, erzählte der braune Reiter lachend. »Zweiunddreißig Stück!«

»Nun, Benden«, fragte Sangel von Süd-Boll in das angespannte Schweigen, »wer soll sie bekommen?«

F'lar sah ihn mit gespielter Überraschung an. »Diese Entscheidung überlasse ich selbstverständlich Ihnen.« Seine Geste umschloß alle Anwesenden.

Und während die Barone und Gildeangehörigen um die kostbaren Eier zu streiten begannen, verließ F'lar den Beratungsraum. Niemand würde seine Abwesenheit bemerken – und er hatte eine Ruhepause dringend nötig.

12

Sobald es ihm möglich war, holte F'nor das dicht verschlossene Gefäß aus einer Korridornische und machte sich auf die Suche nach F'lar.

Er ist in seinen Räumen, informierte ihn Canth.

Grall, die zwischen den Pfoten des Braunen geschlafen hatte, flatterte hoch und setzte sich auf seine Schulter.

Der Weyrführer kam ihm entgegen. »Du hast die Würmer! Wunderbar! Komm mit!«

»Moment mal!« F'nor hielt seinen Halbbruder zurück. »Wohin willst du?«

»Rasch! Bevor uns jemand sieht . . .« Er strebte auf die Rampe zu, die in die unteren Höhlen führte. Sie gelangten ungesehen hin. F'lar betrat den alten Korridor, der an Ramoths Brutstätte grenzte. »Nun, wie wurden die Eier verteilt?« fragte er grinsend.

F'nor lachte ebenfalls. »Groghe führte das große Wort, wie es nicht anders zu erwarten war. Die Barone von Ista und Igen, Warbret und Laudrey, verzichteten freiwillig, weil sie meinten, daß es an ihren Küstengebieten genug Echsen-Gelege gäbe. Sangel von Boll nahm zwei, Lytol dagegen keines.«

F'lar schüttelte seufzend den Kopf.

Sie befanden sich jetzt am Ende des Felsenkorridors. Der Spalt, durch den die Jungen Ramoths Gelege beobachtet hatten, war frisch vermauert.

»Das ist gemein«, stellte F'nor fest.

»Was?« F'lar sah ihn verwirrt an. »Ach so. Lessa sagte, daß die Kinder Ramoth unnötig aufregen, und Mnementh pflichtete ihr bei.« Er wies auf den Eingang, den Felessan und Jaxom entdeckt hatten. »Da hinten befindet sich eine Kammer, die sich für meine Zwecke hervorragend eignet . . .«

»Das klingt so geheimnisvoll. Willst du dich nicht deutlicher ausdrücken?«

»Gleich.«

F'lar ließ seinem Halbbruder keine Zeit, das Wandgemälde oder die herrlichen Schränke und Regale aus der Vergangenheit genauer zu betrachten. Er zerrte ihn durch mehrere Räume zu einer Kammer. Rechteckige Steintröge standen auf dem Boden, und darin befanden sich normale Feldpflanzen und Sträucher. F'nor entdeckte sogar einen jungen Hartholzbaum.

F'lar nahm das Gefäß mit den Würmern an sich. »Ich werde die Dinger jetzt in allen Trögen bis auf einen verteilen.«

»Und was möchtest du damit beweisen?«

»Zum ersten, daß diese Würmer aus dem Südkontinent auch in unserem Erdreich gedeihen . . .«

»Und zweitens?«

»Daß sie Fäden vernichten — wie sie es in den Sumpfgebieten dort unten taten!«

Sie beobachteten beide mit einer Mischung aus Ekel und Faszination, wie die glitschigen Tiere sich in das Erdreich schlängelten.

»Aber —woher weißt du das?«

»Ich bin in die Zeit vor dem Fädeneinfall zurückgekehrt. Er dauerte vier Stunden, daran besteht kein Zwiefel. Du hast außerdem selbst die durchlöcherten Blätter und Grashalme gesehen. Und du hast gesehen, wie es zwischen den Wurzeln von Würmern wimmelte. Wetten, daß es dir heute schwerfiel, überhaupt welche zu finden. Sie kommen nämlich nur nach oben, wenn Sporen fallen.«

F'nor nickte langsam. »Und woher willst du die Fäden holen, um deine Theorie zu beweisen?«

»Das ist deine Aufgabe«, sagte F'lar. »Du wirst dich heute nachmittag in Telgar einfinden, wo man den nächsten Sporenregen erwartet. Mnementh hat Canth und Grall bereits alles erklärt.«

»Das hilft«, entgegnete F'nor bissig.

»Ich würde dich nicht darum bitten, wenn ich es selbst tun könnte!« fuhr F'lar auf.

»Ist ja gut, aber wie hast du dir die Sache vorgestellt? Ich halte es nicht für ratsam, zu nahe an die Fäden heranzukommen.«

»Du fliegst etwa in Höhe des Königinnen-Geschwaders. Halte nach einem kräftigen Fädenknäuel Ausschau und verfolge es nach unten! Canth ist geschickt genug, um dich in seine Nähe zu bringen, so daß du es mit einer langstieligen Pfanne auffangen kannst. Und falls sich wirklich ein Teil davon in den Boden bohrt, ist immer noch Grall da, um die Gefahr zu beseitigen.«

»Also schön, nehmen wir einmal an, ich könnte ein paar lebende Sporen erwischen —«, unwillkürlich schüttelte sich der braune Reiter, »— und hierherbringen. Nehmen wir weiterhin an, daß die Würmer sie vernichten. Was dann?«

»Dann, Sohn meines Vaters, züchten wir uns Unmengen dieser anmutigen Tierchen und verteilen sie auf ganz Pern.«

F'nor stemmte die Arme in die Hüften und schüttelte den Kopf. »Bist du wahnsinnig geworden?«

»Nein, F'nor. Bei dieser Art von Schutz könnten die Fäden fallen, wo und wann sie wollten, ohne gleich eine Katastrophe anzurichten.

Weißt du, ich habe mir oft die Frage stellt, *warum* es so lange dauerte, bis wir uns auf diesem Kontinent ausbreiteten. Nimm einmal unseren normalen Bevölkerungszuwachs und wende ihn auf eine Spanne von einer paar tausend Planetendrehungen an!

Warum gibt es nicht mehr Menschen? Und *warum,* F'nor, hat noch nie zuvor jemand versucht, auf den Roten Stern zu gelangen? Zumindest gibt es keine Aufzeichnungen davon.«

»Lessa erzählte mir von Baron Groghes Forderung«, meinte F'nor langsam.

»Unsere Vorfahren besaßen die Instrumente, um den Roten Stern sichtbar zu machen«, fuhr F'lar fort. »Sie waren also in der Lage, ihren Drachen die nötigen Koordinaten zu geben. Sie bewahrten diese Instrumente sorgfältig auf. Für uns vielleicht? Für eine Zeit, in der es möglich sein würde, das letzte Hindernis zu überwinden?« Er machte eine Pause und fuhr ein wenig unsicher fort: »Könnte es sein, daß wir auf dem Höhepunkt einer langen, langen Entwicklung angekommen sind? Vieles deutet darauf hin. Die Bevölkerung wächst; Männer wie Fandarel erleichtern uns das Leben durch ihre Erfindungen; wir entdecken Vermächtnisse unserer Vorfahren; wir stoßen auf Würmer, die Fäden fressen ...«

»Du vergißt eines, Bruder«, warf F'nor langsam ein.

»Was?«

Der braune Reiter holte tief Atem. Es fiel ihm nicht leicht, seine Gedanken auszusprechen. »Was wird aus den Drachenreitern, wenn es keine Fäden mehr zu bekämpfen gibt?«

Brekke schrak aus dem Schlaf. Es war tiefe Nacht im Hochland-Weyr, aber der Südkontinent lag jetzt im ersten Frühlicht da, und ihr Körper hatte sich auf den veränderten Rhythmus noch nicht eingestellt.

Berd beobachtete sie mit glitzernden Augen, und sie streichelte das Tierchen. Wirenth schlief noch fest. Mit einem Seufzer erhob sich Brekke und ging zu dem kleinen Badeteich neben ihrem Schlafgemach. Berd begleitete sie. Die kleine Echse spritzte vergnügt im warmen Wasser umher und flog dann auf einen Sims, um sich zu putzen.

Eigentlich war es gut, daß sie jetzt schon mit der Arbeit anfangen konnte, wo niemand sie störte. Denn zu tun gab es mehr als genug. T'kul hatte kaum etwas Brauchbares zurückgelassen. Es fehlte an frischer Kost, Möbeln, Stoffen, Leder und Wein. Da er die Bewohner des Südkontinents gezwungen hatte, auf der Stelle den Weyr zu verlassen, war es ihnen auch nicht möglich gewesen, Vorräte mitzunehmen. Wenn sie wenigstens zwei Stunden vorher Bescheid gewußt hätte ...

Sie schüttelte den Kopf. Offensichtlich war Merika eine noch schlechtere Weyrherrin als Kylara gewesen, denn der Hochland-Weyr befand sich in einem vernachlässigten Zustand. Auf die Höfe und Burgen konnte sie nicht zählen — die Leute waren heilfroh, daß sie nicht mehr so hohe Abgaben wie unter T'kul entrichten mußten. Vielleicht ein kleiner Wink F'nor gegenüber — nein, das war verfrüht. Zuerst wollte sie eine Bestandsaufnahme machen, feststellen, was am dringendsten fehlte und was sie selbst beschaffen konnten.

Selbst beschaffen? Brekke seufzte. Sie befanden sich nicht mehr auf dem Südkontinent, wo die Natur sie freigebig versorgt hatte. Hier waren sie auf den Tribut der Landbesitzer und Gilden angewiesen . . .

Mit einem Achselzucken streifte Brekke ihre Reitkleider über. Sie mußte sich an die Kälte des Nordens erst wieder gewöhnen. Die unteren Höhlen kamen ihr wie Eiskeller vor.

Wirenth zuckte mit dem Schwanz, als Brekke an ihr vorüberging, aber sie wachte nicht auf. Das Tier hatte gestern schwer gearbeitet. War das wirklich alles erst einen Tag her?

Berd summte so selbstzufrieden, als sie an Wirenth vorbeiflatterte, daß Brekke lächeln mußte. Die Gedanken des Tierchens waren klar wie Quellwasser — halt, was hatte Rannelly über den Weyr-See gesagt? Daß er verschmutzt war, absichtlich? Sie mußte das nachprüfen.

Als vier Stunden später allmählich Leben in den Weyr kam, war Brekke voller Verachtung für Merikas Haushaltführung, aber auch sehr erleichtert, denn sie hatte einige Höhlen mit Vorräten entdeckt, die T'kuls Leuten in der Eile wohl entgangen waren. An Tuch, Leder und Weinen herrschte zumindest kein Mangel.

Aber der See war tatsächlich verunreinigt und mußte abgelassen werden. Das bedeutete, daß sie während der nächsten paar Tage kein Wasser hatten. Sie berichtete T'bor und Kylara davon.

»Ich hole ein paar Fässer von Nabol«, verkündete Kylara, sobald sie sich einigermaßen beruhigt hatte.

Brekke sah deutlich, daß T'bor diese Lösung nicht paßte, aber er hatte so viele andere Dinge zu entscheiden, daß er keine Einwände machte. Zumindest erweckte Kylara den Eindruck, als sei sie wieder bereit, einen Teil ihrer Pflichten zu übernehmen.

So verließ sie den Weyr, und bald danach brach auch T'bor mit seinem Geschwader auf, um das neue Gelände zu erforschen und für die Patrouillen aufzuteilen. Brekke und die beiden anderen Jung-Weyrherrinnen, Vanira und Pilgra, begannen mit vereinten Kräften, im Weyr für Ordnung zu sorgen. Brekke war so darin vertieft, die Mehlsäcke zu zählen, daß sie Wirenths ersten Schrei nicht hörte. Erst Berd machte sie darauf aufmerksam. Die kleine Echse schnarrte erregt und flatterte hoch.

Als Brekke ihre Gedanken zu Wirenth aussandte, war sie verwirrt über die widersprüchlichen, heftigen Gefühlsregungen, die ihr entgegenströmten. Was mochte geschehen sein? Brekke rannte nach oben.

Unterwegs kam ihr Pilgra entgegen. »Wirenth steigt zum Paarungsflug auf, Brekke!« stammelte das Mädchen. »Sie ist schon auf dem Wege zur Futterstelle. Du weißt doch, was du zu tun hast, oder?«

Brekke war wie betäubt. Sie ließ sich von Pilgra zur Futterstelle zerren. Wirenth kreiste mit lautem Geschrei über der Herde, bis sich die Tiere verängstigt in einer Ecke zusammendrängten.

»Los, Brekke!« rief Pilgra und schob sie vorwärts. »Sieh zu, daß sie nur Blut trinkt! Sie darf nichts fressen, sonst fliegt sie nicht hoch genug!«

»Hilf mir doch«, bat Brekke.

Pilgra legte ihr beruhigend den Arm um die Schultern. »Keine Angst«, sagte sie mit einem versonnenen Lächeln. »Es ist wunderbar.«

»Ich — ich kann nicht . . .«

Pilgra schüttelte sie. »Natürlich kannst du! Du mußt! Ich habe die Reiter bereits verständigt. Und jetzt ziehe ich mich mit Segrith zurück. Vanira hat ihr Tier bereits weggebracht.«

»Weggebracht?«

»Stell doch keine so einfältigen Fragen! Die Königinnen würden im Moment nur stören. Ein Glück, daß sich Kylara in Nabol befindet. Prideth wird nämlich selbst bald in der Hitze sein.«

Damit ließ Pilgra sie stehen.

Plötzlich war Rannelly neben Brekke und schlug nach der Feuerechse, die aufgeregt umherflatterte.

»Weg da! Husch! Los, Mädchen, kümmere dich um deine Königin, sonst bist du keine Weyrherrin! Laß nicht zu, daß sie sich vollfrißt!«

Schwingen peitschten plötzlich die Luft auf — die Bronzedrachen kehrten zurück. Und unvermittelt spürte Brekke den Drang in sich, Wirenth zu beschützen. Das Summen der Bronzedrachen erregte sie.

Und dann sah sie, daß Wirenth sich mit einem herausfordernden Kreischen auf einen Bock gestürzt hatte. Die Königin war in ihrem Taumel, in ihrem Blutrausch, nicht wiederzuerkennen.

»Sie darf nicht fressen!« schrie jemand Brekke zu. »Sie darf nicht fressen!«

Aber Brekke war jetzt bei Wirenth, fühlte das gierige Verlangen nach rohem, rauchendem Fleisch, den Geschmack von Blut. Sie merkte nicht, was rings um sie vorging.

Wirenth hatte jetzt den Bock gerissen, und Brekke zwang sie mit ganzer Willenskraft, nur das Blut auszusaugen. Als die Königin endlich von dem Kadaver abließ und erneut über der Futterstelle kreiste, bemerkte Brekke die Bronzereiter, die sie in einem dichten Ring umstanden. Sie warteten auf Wirenths Entscheidung.

Sie stöhnte. F'nor! Er hatte gesagt, daß er kommen würde. Er hatte versprochen, daß nur Canth Wirenth fliegen würde ... *Canth! Canth!*

Wirenth stürzte sich auf den zweiten und dritten Bock.

Wieder siegte Brekkes eiserner Wille. Nach dem vierten Bock begann Wirenths Haut plötzlich zu glänzen. Mit einem mächtigen Satz schnellte sie in die Luft und stieg auf. Die Bronzedrachen folgten ihr. Ihre Schwingen wirbelten den Sand am Boden des Weyrkessels auf.

Brekke verschmolz mit ihrer Königin. Sie verachtete die Bronzedrachen, die sie einzuholen versuchten; sie jagte nach oben, immer höher, über die Berggipfel, wo die Luft dünn und kalt war.

Und dann schoß aus der Wolkendecke unter ihr eine Rivalin. Eine Königin. Wollte sie ihr die Bronzedrachen streitig machen?

Kreischend warf sich Wirenth der Nebenbuhlerin entgegen, kampfbereit, mit ausgestreckten Krallen.

Die andere Königin — es war Prideth — wich mühelos aus und hieb ihre Klauen in Wirenths Weichteile. Wirenth fiel, fing sich wieder und flog tapfer höher, bis die Wolkenschicht sie einhüllte. Die Bronzedrachen waren herangekommen und schrien hilflos. Sie wollten sie paaren. Prideth glaubte, daß ihre Gegnerin geschlagen war. Sie begann die Verfolger zu locken.

Diese Demütigung konnte Wirenth nicht ertragen. Ohne auf ihre Schmerzen zu achten, jagte sie aus der Wolkendecke, die Flügel eng an den Körper gelegt. Der Angriff kam so unerwartet, daß Prideth den Zusammenprall nicht mehr vermeiden konnte. Die junge Königin verkrallte sich mit dem Mut der Verzweiflung in ihre Rivalin. Gemeinsam stürzten sie in die Tiefe, auf die Berggipfel zu.

In diesem Augenblick tauchten die anderen Königinnen auf. Sie teilten sich in zwei Gruppen. Unerbittlich rissen sie Wirenth und Prideth auseinander und kreisten sie ein wie eine lebende Mauer. Wirenth dachte nur daran, daß man ihr die Rache versagen wollte. Und während die Königinnen sie abzudrängen versuchten, erkannte sie die einzige Fluchtmöglichkeit. Sie ließ sich ein Stück in die Tiefe sacken und griff ihre Rivalin dann von unten her an. Sie riß Prideth aus dem Kreis ihrer Beschützerinnen und schlug ihre Fänge in den ungeschützten Nacken der feindlichen Königin.

Wirenth achtete nicht auf die Schreie der Bronzedrachen, nicht auf die Befehle der anderen Königinnen. Sie zerrte Prideth immer tiefer.

Doch plötzlich wurde sie grob gepackt und nach oben gerissen. Sie blinzelte durch einen roten Schleier. Über ihr —Canth! Canth? Sie fauchte ihn an, ohne zu erkennen, daß er sie vor dem Sturz auf die gefährlich nahen Klippen bewahren wollte. Auch Ramoth war da und versuchte Prideth zu stützen.

Aber die Hilfe kam zu spät. Spitze Zähne gruben sich in Wirenths Schulter, dicht neben der Hauptschlagader. Sie schrie auf. Verwundet von der Gegnerin, behindert von den Freunden, gab es für sie keine andere Wahl, als ins *Dazwischen* zu verschwinden. Sie nahm Prideth mit sich.

F'nor war eben auf dem Weg zu den Geschwadern im Westen von Telgar, als Berd, die kleine Bronze-Echse Brekkes, auftauchte. Der braune Reiter war über ihr plötzliches Erscheinen so verblüfft, daß er ihre erregten Gedanken nicht sofort verstand.

Wirenth ist aufgestiegen! erklärte Canth.

Das genügte. F'nor rannte mit Canth zum Landevorsprung. Seinen Auftrag hatte er vergessen. Es vergingen kostbare Sekunden, bis er Grall und Berd verstaut hatte. Unterwegs versuchte er abzuschätzen, wie lange die Bronzeechse für ihren Weg benötigt hatte, wie lange Wirenth sich an der Futterstelle aufhalten würde und wir stark die Bronzedrachen vom Hochland waren.

Als sie über dem Hochland-Weyr kreisten, sah F'nor seine Befürchtungen bestätigt. An der Futterstelle lagen die gerissenen Kadaver der Böcke herum, aber von Wirenth entdeckte er keine Spur. Auch die Bronzedrachen hatten den Weyr verlassen.

Berd weiß, wo Wirenth ist. Er bringt mich hin, beruhigte ihn Canth.

Der Braune landete, und F'nor sprang in aller Hast ab. Berd klammerte sich an Canths Nacken fest.

Prideth steigt ebenfalls auf! Der Gedanke und der Angstschrei des Braunen kamen zur gleichen Zeit. Von den Höhen antworteten die anderen Drachen.

F'nor war wie erstarrt. »Verständige Ramoth«, rief er.

Aus den unteren Höhlen strömte das Weyrvolk, und Reiter zeigten sich auf den Landevorsprüngen.

»Kylara! T'bor! Wo ist Pilgra? Kylara! Varena!« F'nor schob die Umstehenden rücksichtslos zur Seite und rannte auf Brekkes Suite zu.

Prideth stieg auf! Wie konnte das geschehen? Jede Weyrherrin wußte, daß sie ihre Königin wegbringen mußte, wenn eine andere in der Hitze war. Wie konnte Kylara ...

Er raste mit langen Sätzen die Stufen hinauf, durchquerte den Korridor und erreichte außer Atem Wirenths Schlafhöhle. Bereits jetzt konnte er Brekkes schrille Schreie hören.

»Was tut sie hier? Wie kann sie es wagen! Das sind meine Drachen! Ich bringe sie um!« Brekke krümmte sich, stöhnte und hielt die Arme schützend vor den Kopf, als müßte sie einen Feind abwehren.

»Ich bringe sie um! Nein! Nein! Sie kann mir nicht entkommen. Geht weg!«

Die Ekstase der Bronzereiter war längst verschwunden. Ihre Mienen verrieten Angst, Zweifel, Unsicherheit.

»Prideth ist aufgestiegen, T'bor! Die Königinnen kämpfen!« schrie F'nor.

Ein Reiter begann leise zu fluchen. Die anderen starrten immer noch wie betäubt Brekke an, die sich jetzt stöhnend auf dem Boden wand.

»Rührt sie nicht an!« sagte F'nor und schob T'bor und einen anderen Mann zur Seite. Er trat in ihre Nähe, aber sie nahm ihn nicht wahr.

Brekke sprang hoch, haßerfüllt, die Zähne gefletscht. Ihr Körper spannte sich an. Und dann faßte sie ungläubig nach ihrer Schulter. Sie zuckte wie im Krampf, und ein Todesschrei entrang sich ihren Lippen. F'nor lief auf sie zu. Er konnte sie gerade noch auffangen, bevor sie zusammenbrach.

Die Steine des Weyrs schienen von der Totenklage der Drachen widerzuhallen.

»T'bor, stehen Sie nicht herum! Holen Sie Manora!« fauchte F'nor den Weyrführer an, während er Brekke zu ihrem Lager trug.

T'bor setzte sich schwerfällig auf eine Wäschetruhe. Seine Hände zitterten. »Sie sind beide tot, beide«, murmelte er.

»Wo ist Kylara? Wo ist sie?«

»Weiß ich nicht. Ich brach gleich heute morgen mit meinen Geschwadern auf.« Der Weyrführer war leichenblaß. »Der See war verschmutzt . . .«

F'nor hüllte Brekkes schlaffen Körper mit Fellen ein. Ihr Herz schlug, aber ganz schwach.

F'nor?

Es war Canth. Sein Ruf klang so leise, so schmerzerfüllt, daß der Mann einen Augenblick lang die Augen schloß.

Jemand legte ihm die Hand auf die Schulter. Es war T'bor. »Sie können im Augenblick nichts für sie tun, F'nor!«

»Sie wird sterben wollen«, flüsterte F'nor. »Laßt das nicht zu! Laßt nicht zu, daß Brekke stirbt!«

Canth landete auf dem Felsensims. Er schwankte vor Erschöpfung. F'nor umarmte den großen, keilförmigen Kopf seines Gefährten.

Es war zu spät. Prideth hatte sich erhoben. Zu nahe für Wirenth. Nicht einmal die Königinnen konnten die beiden trennen. Ich habe alles versucht, F'nor. Sie — sie stürzte so rasch. Und sie wandte sich gegen mich. Dann ging sie ins Dazwischen. *Ich konnte sie dort nicht finden.*

Sie standen reglos auf dem Felsvorsprung.

»Die beiden werden darüber hinwegkommen«, sagte Manora leise, als sie Lessas ängstlichen Blick auffing. »Sie sind sich jetzt näher als je zuvor.«

Ramoth landete, und die Frauen betraten den Weyr. Während Manora sofort zu Brekkes Lager eilte, blieb Lessa im Vorraum, wo die neun Bronzereiter des Hochlands immer noch wie erstarrt herumstanden. Mitleid überkam die Weyrherrin von Benden. Gleich zwei Königinnen zu verlieren — die Männer brauchten dringend einen kräftigen Schluck, der ihre Lebensgeister wieder weckte. Besaß denn in diesem verdammten Weyr kein Mensch den Verstand . . .

Sie unterbrach diese Gedankengänge. Bisher hatte sich Brekke um alles gekümmert.

Lessa wollte sich eben auf die Suche nach etwas Trinkbarem machen, als sie unsichere Schritte und ein unterdrücktes Schluchzen hinter sich hörte. Sie drehte sich um. Ein kleines Mädchen kam den Korridor entlang, mit einem Tablett, das sie kaum schleppen konnte. Zwei grüne Feuerechsen umflatterten sie mit aufgeregtem Gepiepse. Als die Kleine Lessa sah, wischte sie mit dem Ärmel hastig die Tränen ab und machte einen Knicks.

»Du bist ein vernünftiges Kind«, sagte Lessa anerkennend und nahm ihr das Tablett ab. Sie deutete auf die Tonflaschen. »Schnaps?«

Die Kleine nickte. »Alles, was ich finden konnte.«

»Hier!« Lessa füllte einen Becher und drückte ihn dem erstbesten Reiter in die Hand. Das Mädchen stand reglos neben ihr, das Gesichtchen vor Angst und Kummer verzerrt. Sie starrte den Vorhang an, der Brekkes Schlafgemach verschloß. Tränen liefen ihr über die Wangen, ohne daß sie es merkte.

»Du bist Mirrim?«

»Ja.« Das Kind wandte den Blick nicht vom Vorhang ab.

»Manora ist bei Brekke, Mirrim.«

»Aber — aber Brekke wird sterben. Sie wird sterben. Die anderen sagen, wenn ein Drache . . .«

»Die anderen sagen viel zuviel«, unterbrach Lessa sie. In diesem Augenblick trat Manora zu ihnen.

»Sie lebt. Schlaf ist jetzt der beste Trost für sie.« Die Heilerin zog den Vorhang zu und warf einen Blick auf die Männer. »Die hier sollten sich auch hinlegen. Sind ihre Drachen schon wieder zurückgekehrt?« Sie strich dem Mädchen sanft über die Wange. »Mirrim, nicht wahr? Ich hörte, daß du zwei grüne Feuerechsen besitzt.«

»Mirrim dachte als einzige daran, dieses Tablett hier zu bringen«, warf Lessa ein. Sie tauschte einen raschen Blick mit Manora.

»Brekke — Brekke würde erwarten . . .« Das Mädchen begann wieder zu schluchzen.

»Brekke ist eine vernünftige Person«, sagte Manora fest. Sie drückte Mirrim einen Becher in die Hand und schob die Kleine auf einen Reiter zu. »Hilf uns jetzt! Diese Männer brauchen uns.«

Mechanisch begann Mirrim die Becher zu verteilen.

»Weyrherrin«, murmelte Manora, »vielleicht sollten wir F'lar herholen. In Ista und Telgar bekämpfen sie zu dieser Stunde die Fäden, und . . .«

»Ich bin schon da«, sagte F'lar vom Eingang her. »Und ich könnte auch einen ordentlichen Schluck gebrauchen. Die Kälte des *Dazwischen* sitzt mir in den Knochen.«

»Als ob wir hier nicht genug Narren hätten«, rief Lessa, aber ihre Miene hellte sich auf.

»Wo ist T'bor?«

Manora deutete auf Brekkes Gemach.

»Hmm. Und Kylara?« Seine Stimme klang eisig.

Gegen Abend herrschte im Hochland-Weyr, wenigstens nach außen hin, wieder Ordnung und Ruhe. Die Bronzedrachen waren alle zurückgekehrt, hatten gefressen und befanden sich nun in ihren Höhlen. Die Reiter schliefen.

Auch Kylara war gefunden. Der grüne Reiter, der Meron als Bote diente, hatte sie gebracht.

»Schicken Sie einen Ersatz nach Nabol«, sagte der Mann hart. »Ich gehe nicht mehr hin.«

»Berichten Sie, S'goral!« F'lar nickte dem Reiter zu; er konnte seine Gefühle verstehen.

»*Sie* kam am frühen Vormittag in die Burg und erzählte etwas von ungenießbarem Trinkwasser. Sie wollte, daß Meron ihr ein paar Fässer zur Verfügung stellte. Ich erinnere mich genau, daß Prideth bereits verdächtig glänzte. Aber da sie sich mit meinem Grünen ganz friedlich auf dem Feuerhang niederließ, sagte ich nichts. *Sie* verschwand in den Räumen des Barons. Später sah ich, daß die beiden Echsen sich auf dem Schlafzimmersims sonnten. Nach einiger Zeit hörte ich plötzlich meinen Grünen schreien. Eine Drachenschar zog in großer Höhe vorüber. Mir war sofort klar, daß es sich um einen Paarungsflug handelte. Und dann begann Prideth schrill zu kreischen und stürzte sich auf

Merons kostbare Zuchtherde. Ich wartete noch ein wenig, in der Hoffnung, *sie* würde merken, was sich abspielte. Aber sie rührte sich nicht. Also machte ich mich auf die Suche. Merons Leibwächter wollten mich abweisen, doch ich kümmerte mich nicht darum und störte ihr Schäferstündchen.« Er schüttelte den Kopf. »Mein Grüner und ich konnten nichts tun. Wir alarmierten die Königinnen vom Fort-Weyr. Aber . . .« Er zuckte mit den Schultern.

»Sie haben vollkommen richtig gehandelt, S'goral«, beruhigte ihn F'lar.

»Und was geschieht nun — mit ihr?« Einen Moment lang verzerrte Haß die Züge des Reiters.

»Ist der Verlust eines Drachen nicht Strafe genug?« warf T'bor ein.

»Brekke hat ihren Drachen ebenfalls verloren«, fuhr S'goral auf. »Durch die Schuld der anderen . . .«

»Nichts sollte im ersten Zorn entschieden werden, S'goral.« F'lar erhob sich. »Und der Fall ist ohne Beispiel — zumindest in unserer Zeit.« Er warf D'ram und G'narish einen fragenden Blick zu.

»Nichts sollte im ersten Zorn entschieden werden«, wiederholte D'ram. »Aber in unseren Tagen gab es solche Vorkommnisse.« Seltsamerweise errötete er. »Ich halte es für ratsam, ein paar Bronzereiter hier zu stationieren, F'lar, zumindest solange, bis sich die Weyrbewohner von ihrem Schock erholt haben.«

13

Robinton fühlte sich erschöpft und ausgelaugt, und nicht einmal der Ritt auf dem Drachenrücken konnte ihn aufmuntern. Im Gegenteil, er wünschte fast, daß er an diesem Abend dem Fort-Weyr fernbleiben könnte. Die letzten sechs Tage, in denen jeder auf seine Weise die Hochland-Tragödie verarbeitet hatte, waren schwer gewesen. Noch hatten sich die Gemüter nicht beruhigt. Er wußte nicht, ob es richtig war, das Fernrohr schon so kurz nach dem furchtbaren Ereignis vorzuführen. Andererseits half es vielleicht, die tiefe Niedergeschlagenheit zu vertreiben, die sich nach dem Tod der beiden Königinnen breitgemacht hatte. F'lar wollte die geplante Expedition zum Roten Stern beschleunigen, um den Baronen zu beweisen, daß es den Drachenreitern ernst damit war, Pern für immer von den Fäden zu befreien.

Der Harfner schüttelte besorgt den Kopf. Es gab im Moment so viele andere Probleme. Die Wunde, die T'ron dem Weyrführer von Benden zugefügt hatte, wollte nicht heilen. Kein Mensch wußte, wie T'kul sich im Süden zurechtfand und ob er überhaupt die Absicht hatte, für immer dort zu bleiben. Dazu kamen die unregelmäßigen Fädeneinfälle, welche die Feldarbeit ungeheuer erschwerten.

Der Drache setzte zur Landung in der Nähe des Sternsteins an. Wansor, Fandarels Glasexperte, hatte das Fernrohr dort aufgebaut.

»Haben Sie schon einen Blick durch das Instrument geworfen?« fragte Robinton den Reiter, der ihn abgeholt hatte.

»Ich? Nein, Meisterharfner. Ich kann abwarten, bis der Andrang nicht mehr so groß ist. Der Rote Stern bleibt noch eine ganze Weile am Himmel.«

»Hat Wansor das Fernrohr fest auf Fort errichtet?«

»P'zar hielt es für das Beste. Schließlich wurde das Gerät hier entdeckt.« Es klang ein wenig, als würde sich der braune Reiter verteidigen. »Und Fandarel pflichtete ihm bei. Dieser Wansor meint, daß es aus gutem Grund hier aufbewahrt wurde. Irgendwie hat es mit der Höhe und dem Sehwinkel zu tun. Ich verstand nicht genau, was er meinte.«

Der Braune landete auf den Klippen. Fackeln säumten den schmalen Grat, der zu den Sternsteinen führte. Die Felsenumrisse hoben sich schwarz gegen den etwas helleren Nachthimmel ab.

Auf den ersten Blick war Robinton enttäuscht, als er das Stativ mit dem plumpen, langgestreckten Zylinder sah. So primitiv hatte er sich das Instrument nicht vorgestellt. Dann jedoch, als er sah, mit welch streitbarer Miene Fandarel das Gerät bewachte, mußte er lächeln. Dem Schmied kribbelte es sicher in den Fingern, das Ding zu zerlegen und in allen Einzelheiten zu studieren.

»Robinton, wie geht es Ihnen?« Lessa kam mit ausgestreckter Hand auf ihn zu.

»Ich weiß noch nicht.« Er bemühte sich um einen leichten Tonfall. Aber er konnte nicht umhin, nach Brekke zu fragen, und er spürte, wie Lessas Finger in seiner Hand zitterten.

»F'nor hat darauf bestanden, sie zu sich zu holen. Die beiden stehen sich sehr nahe. Er, Manora und Mirrim wechseln sich in der Pflege ab. Sie ist keinen Augenblick allein.«

»Und — Kylara?«

Lessa löste ihre Hand aus der seinen.

»Sie lebt.«

Robinton schwieg, und nach einer kleinen Pause fuhr Lessa fort: »Wir wollen Brekke nicht gern als Weyrherrin verlieren. Und da wir zumindest bei den Feuerechsen die Erfahrung gemacht haben, daß eine Person mehr als ein Tier für sich gewinnen kann, werden wir versuchen, sie bei der nächsten Gegenüberstellung auf Benden noch einmal als Kandidatin zu präsentieren.«

»Sie sagen das so kategorisch. Dieses Abweichen von der Tradition wird wohl nicht von allen gebilligt?«

Er konnte ihr Gesicht in der Dunkelheit nicht erkennen, aber er spürte, daß sie ihn ansah.

»Diesmal geht es nicht um den Widerstand der Alten. Sie sind felsenfest davon überzeugt, daß der Versuch mißlingen wird, und kümmern sich deshalb gar nicht darum.«

»Aber . . .?«

»F'nor und Manora wollen es nicht zulassen.«

»Und Brekke?«

Lessa seufzte. »Brekke sagt gar nichts. Sie öffnet nicht einmal die Augen, obwohl wir von den Drachen wissen, daß sie wach ist.«

»Sie braucht Zeit, um sich von dem Schock zu erholen . . .«

»Ich weiß, ich weiß«, fuhr Lessa auf. »Aber wir haben so wenig Zeit. Wie kann man ihr klarmachen, daß es besser wäre, zu *handeln,* anstatt passiv dazuliegen . . .«

»Lessa . . .«

»Diesen Ton kann ich nicht mehr hören, Robinton!« Im Schein der Fackeln sah er, daß ihre Augen zornig blitzten. »F'nor benimmt sich wie ein dummer Jungreiter, Manora grämt sich halb zu Tode über Brekke und ihn, und Mirrim heult ununterbrochen und regt dadurch die Echsen auf. Dazu noch F'lar . . .«

»Was ist mit F'lar?« Robinton trat einen Schritt näher.

»Er hat Fieber. Es war verrückt von ihm, mit der offenen Wunde ins *Dazwischen* zu gehen und den Hochland-Weyr aufzusuchen.«

»Und ich hatte gehofft, ihn hier anzutreffen.«

Lessa lachte, aber es klang ein wenig bitter. »Ich mischte ihm ein Schlafmittel in sein *Klah,* als er gerade nicht herschaute.« Plötzlich versteifte sie sich und starrte an ihm vorbei ins Dunkel. »Das ist der Gipfel der Unverschämtheit!« flüsterte sie. »Meron — was sucht der Kerl hier?«

Robinton stockte einen Moment der Atem, aber er flüsterte ihr zu: »Ruhig bleiben, Lessa!«

Der Baron von Nabol trat, anmaßend wie immer, in den Kreis der Versammelten. Die Bronzeechse auf seinem Arm begann erregt zu flattern und zu zischen. Sie spürte wohl die Haßwelle, die ihm entgegenschlug.

»Und dieses — dieses unscheinbare Rohr ist das vielgerühmte Instrument, das den Roten Stern zeigt?« fragte Meron spöttisch.

»Ich bitte Sie, rühren Sie es nicht an!« Wansor hob abwehrend die Hand, als der Burgherr an das Gerät trat.

»Was soll das heißen?« herrschte Meron ihn an.

Fandarel trat ruhig neben Wansor. »Das Instrument ist bereits auf den Roten Stern ausgerichtet. Wenn Sie etwas verschieben, machen Sie die Arbeit von Stunden zunichte.«

»Worauf warten wir dann noch, wenn alles vorbereitet ist?« Der Baron von Nabol sah sich im Kreise um. »Los, fangen Sie an!«

Wansor warf dem hünenhaften Schmiedemeister einen fragenden Blick zu. Fandarel entließ ihn mit einem unauffälligen Wink. Mit zwei Fingern umfaßte er das winzige Okular am Ende des Zylinders.

»Halten Sie das Auge, mit dem Sie am besten sehen, an diese Öffnung!«

Meron registrierte genau, daß Fandarel es unterließ, ihn mit seinem Titel anzusprechen, aber er sagte nichts. Mit einem spöttischen Lächeln beugte er sich über das Okular. Und dann zuckte er zurück. Seine Miene verriet einen Moment lang Verwirrung und Entsetzen. Dann beugte er sich erneut über das Instrument.

»Wenn Sie Schwierigkeiten haben . . .«, begann Wansor zögernd, als Meron keine Anstalten traf, den Platz freizugeben.

»Halten Sie den Mund!« herrschte Meron ihn an, ohne sich von der Stelle zu rühren.

»Meron, nun reicht es aber«, rief Groghe aus der Menge. »Wir wollen auch etwas sehen.«

Der Baron von Nabol schaute kurz auf, musterte Groghe von oben bis unten, und wandte sich wieder dem Fernrohr zu. »Interessant!« murmelte er.

»Gehen Sie endlich, Meron!« sagte Lessa mit schneidender Stimme. Sie konnten es nicht zulassen, daß der Mann sich Sonderrechte herausnahm. Die Stimmung war ohnehin gereizt.

Er betrachtete sie wie ein widerwärtiges Insekt. »Weshalb, Weyrherrin?« Robinton wäre dem Mann am liebsten an die Kehle gefahren.

In diesem Augenblick trat der Schmiedemeister an den Baron von Nabol heran, preßte ihm die Arme gegen den Körper, daß er das Instrument nicht mehr berühren konnte, und trug ihn wie eine Puppe hinüber zum Felsgrat, wo er ihn unsanft abstellte. Die kleine Echse flatterte erschreckt auf und kreischte.

»Bitte, Lady Lessa«, sagte Fandarel mit einer leichten Verneigung, als er an das Fernrohr zurückkehrte.

Lessa mußte sich auf die Zehenspitzen stellen, um das Okular zu erreichen. Einen Moment lang ärgerte sie sich, daß niemand daran gedacht hatte, einen Schemel oder zumindest einen großen Stein herbeizuschaffen. Doch diese Äußerlichkeiten waren vergessen, als sie den Roten Stern sah, scheinbar nur eine Armlänge von ihr entfernt. Er schwamm wie eine riesige vielfarbige Kindermurmel am dunklen Himmel. Die sonderbaren rosaweißen Schlieren — das mußten Wolkenfelder sein. Dazwischen konnte sie graue Massen erkennen, ein kräftiges, sattes Grau, das an manchen Stellen glitzerte. Die Pole des leicht ovalen Himmelskörpers waren weiß und frei von Wolken. Sie erinnerten Lessa an die Eisregion im hohen Norden von Pern. Dunkle Flekken durchsetzten das Grau. Landgebiete? Meere?

Verwirrt wandte sie sich von dem Fernrohr ab und warf einen Blick auf den winzigen roten Punkt am Horizont . . .

Baron Groghe spielte sich wieder als Vermittler auf. »Sangel, Sie sind an der Reihe!«

Lessa zog sich zu Robinton zurück. Die Nähe des Harfners beruhigte sie immer.

»Ich sehe nichts!« beschwerte sich Sangel.

»Einen Augenblick, Sir!« Wansor trat vor und verstellte einen winzigen Drehknopf. »Sagen Sie mir Bescheid, sobald das Bild klar wird!«

»Was für ein Bild?« Sangel war sichtlich nervös. »Da ist doch nur ein heller — oh!« Er zuckte zurück, als hätte er in ein Fädengespinst gegriffen. Aber dann beugte er sich eifrig über das Okular.

Lessa bereitete es fast ein wenig Schadenfreude, als sie die Angst der Barone sah. Mit kühnen Worten waren sie schnell bei der Hand, besonders wenn es nicht um ihre eigene Haut, sondern um die der Drachenreiter ging . . .

Als nächster kam Oterel an die Reihe.

»Einen Moment«, murmelte Wansor, »ich muß die Schärfe noch verändern.«

»Tun Sie das«, spöttelte der Baron von Tillek. »Ich bin nicht halbblind wie Sangel.« Auch er konnte sich kaum von dem Instrument lösen. »Welches sind nun die Landgebiete — die grauen oder die dunkleren Massen?«

»Das wissen wir noch nicht«, erklärte Fandarel ruhig.

Zum erstenmal meldete sich P'zar, der Weyrführer von Fort. »Wenn man mit den Drachen hoch über Pern schwebt, verändert sich die Landschaft auch. Aber sie hat keinerlei Ähnlichkeit mit dem da!« Und er deutete zum Okular hin.

»Weil die Entfernungen viel, viel größer sind«, entgegnete Wansor. Er winkte den nächsten Mann an das Fernrohr.

Lessa stieß Robinton an und deutete unauffällig zu Meron hinüber, der seinen Platz abseits der Gruppe verlassen hatte und langsam näherschlenderte. Die Verachtung, welche die anderen ihm entgegenbrachten, schien ihn nicht zu stören.

»Warum verschwindet er nicht«, flüsterte sie dem Harfner zu. »Seine Nähe macht mich nervös.«

Robinton zuckte mit den Schultern. »Er kann nicht viel Schaden anrichten.« Aber Lessa merkte, daß der Harfner den Baron von Nabol scharf im Auge behielt.

Und dann war er selbst an der Reihe. Lessa beobachtete ihn, sah, daß auch er beim Anblick des Erzfeindes leicht zusammenzuckte. Robinton blieb nicht lange an dem Instrument. Als er sich aufrichtete, warf er einen nachdenklichen Blick zum Horizont hinüber.

»Nun, Harfner?« fragte Meron arrogant. »Sie sind doch sonst nie um ein passendes Wort verlegen?«

Robinton starrte den Baron durchdringend an. Dann deutete er auf den roten Punkt am Nachthimmel und sagte:

»Ich halte es für klüger, wenn wir diesen Abstand wahren.«

»Hah!« triumphierte Meron. »Das dachte ich mir fast.«

»Ich wußte gar nicht, daß Sie denken«, stellte Robinton ruhig fest.

»Was meinen Sie mit dieser Bemerkung, Meron?« fragte Lessa. Ihre Stimme klang schneidend.

»Ist das nicht offensichtlich?« Wieder streifte der Herr von Nabol sie mit einem geringschätzigen Blick. »Der Harfner tut, was Benden anordnet. Und da Benden sich nicht bereit zeigt, das Übel an der Wurzel zu packen . . .«

»Woher wissen Sie das?« fragte Lessa kalt.

»Und worauf, Baron Meron, gründen Sie Ihre Behauptung, daß der Harfner von Pern tut, was Benden anordnet? Entweder Sie beweisen Ihre Worte, oder Sie nehmen sie auf der Stelle zurück!« Robintons Hand lag auf dem Gürtelmesser.

Die Bronzeechse auf Merons Arm begann zu fauchen und zu zischen. Meron streichelte sie, bis sie wieder ruhig war.

»Wir warten auf Ihre Antwort, Meron!« sagte Oterel.

»Aber seid ihr denn alle blind?« entgegnete der Baron mit gespielter Überraschung. »Der Mann besitzt eine glühende Leidenschaft — für die Weyrherrin von Benden.«

Einen Moment lang stand Lessa wie betäubt da. Es stimmte, daß sie Robinton achtete und bewunderte, daß sie gern in seiner Gesellschaft war und sich vor ihm nie zu verstellen brauchte. Aber was Meron da andeutete, war absurd! Er versuchte, den Glauben an die Drachenreiter durch bösartige Gerüchte zu untergraben. Erst Kylara . . .

Robintons schallendes Gelächter riß sie aus ihren Gedanken.

»Bendens Weyrherrin besitzt längst nicht so viel Anziehungskraft für mich wie Bendens Wein.«

Erleichterung spiegelte sich auf den Gesichtern ringsum. Lessa erkannte, daß die Barone durchaus geneigt gewesen waren, Merons Anschuldigung Glauben zu schenken. Es machte sie elend. Aber zugleich bewunderte sie die Reaktion des Harfners. Jeder kannte seine Vorliebe für Wein, besonders für den Wein von Benden, so daß seine Antwort glaubwürdiger klang als Merons Verleumdung.

»Darüber hinaus«, fuhr Robinton fort, »hat der Meisterharfner von Pern für den Roten Stern wirklich keine Worte — auch keinen Vers. Denn dieses Ding am Himmel jagt ihm eine heillose Angst ein, die er am liebsten in Unmengen jenes Benden-Weines ertränken möchte.« Robintons Stimme war vollkommen ernst. »Ich kenne die Geschichte und die Legenden unseres geliebten Pern besser als die meisten anderen. Ich habe zu viele Balladen über den unheilvollen Roten Stern gesungen, als daß ich näher mit ihm in Berührung kommen möchte. Selbst das hier —«, er deutete auf das Fernrohr, »— bringt ihn mir zu nahe. Aber die Männer, die Tag für Tag die Fäden bekämpfen müssen, betrachten ihn vielleicht mit geringerer Furcht als ein armseliger Harfner. Und, Meron von Nabol, Sie können Ihre nicht unbeträchtliche Habe darauf setzen, daß die Drachenreiter lieber heute als morgen die Verpflichtung abgeben würden, Ihre teure Haut vor Fäden zu schützen, selbst wenn sie jeden Quadratzentimeter jenes Sterns durchkämmen müßten!«

Meron war einen Schritt zurückgetreten. Robinton sah sich im Kreis um. »Ihr habt erlebt, wie der ständige Kampf gegen die Fäden einen Menschen zermürben kann. Ihr habt gesehen, was aus einst so tüchtigen Männern wie T'kul und T'ron wurde. Ihr wißt, was geschieht, wenn ein Drache stirbt. Oder muß ich euch auch daran erinnern? Glaubt ihr im Ernst, daß die Drachenreiter freiwillig diese Lebensbedingungen aufrechterhalten? Was haben sie davon? Nicht besonders viel! Sind die Wunden, die sie sich holen, nicht mehr wert als ein paar Säcke Korn oder ein neues Messer? Kann man den Tod eines Drachen wirklich durch einige dürre Herdentiere oder einen Ballen Tuch bezahlen?

Unsere Vorfahren schufen Instrumente, mit deren Hilfe sie den Roten Stern näher heranholten. Wenn es wirklich nur darum ginge, die Koordinaten zu finden und den Sprung zu wagen — hätten wir dann heute noch Fäden? Ich glaube es nicht. Ich glaube vielmehr, daß die Drachenreiter der Vergangenheit den gleichen Plan faßten wie wir und — scheiterten. Scheiterten, weil jene grauen Massen vielleicht kein Land sind, sondern unzählige Fäden, weil jene hellen Schichten nicht aus Wasserdampf bestehen wie Perns Wolken, sondern aus einer fremden, tödlichen Substanz! Wir wissen so wenig über den Roten Stern, und deshalb mahne ich zur Vorsicht! Aber mir ist auch klar, daß irgendwann die Zeit der Vorsicht vorbei ist und daß wir uns dann auf die Tollkühnheit einzelner verlassen müssen. Denn ich glaube, auch wenn es mein Herz schwermacht, daß die Drachenreiter von Pern den Roten Stern aufsuchen werden.«

»Das ist F'lars Absicht«, erklärte Lessa laut.

»Ja.« Fandarel nickte langsam. »Er hat mir und Wansor den Auftrag erteilt, den Roten Stern zu beobachten und Messungen durchzuführen.«

»Und wie lange wird es dauern, bis er eine Expedition ausrüstet?« fragte Meron, als hätte er die Worte des Harfners nicht gehört. Lessa hätte ihm am liebsten das Gesicht zerkratzt.

Wansor trat einen Schritt vor. »Es wäre Wahnsinn, etwas zu unternehmen, solange wir den Stern nicht von allen Seiten beobachtet haben. Darüber hinaus müssen wir Karten anlegen, die Stärke und Verschiebung der Wolkenfelder eintragen, die . . .«

»Ich verstehe«, unterbrach ihn Meron mit einem höhnischen Grinsen. »Ein Lebenswerk also.«

»Da kennen Sie F'lar von Benden schlecht«, warf Robinton ein. »Er betrachtet das Abweichen der Fädeneinfälle von seinen sorgfältig ausgearbeiteten Zeitplänen als eine persönliche Beleidigung, die nicht ungestraft bleiben darf.«

Oterel lachte, während Sangel erstaunt den Kopf schüttelte. »Aber das ist doch Unsinn! F'lars Schema stimmte über Planetendrehungen auf die Sekunde genau! Er kann sich wirklich keine Vorwürfe machen.«

Meron stampfte mit dem Fuß auf. »Ihr seid alle Narren! Merkt ihr nicht, daß der Harfner euch mit seinem Gerede um den Finger wickelt? Wir werden nie das Ende der Fädeneinfälle erleben. Wir werden unser Leben lang Abgaben an die Weyr entrichten. Keiner von euch, kein einziger, hat den Mut, die Entscheidung herbeizuführen! Wir brauchen die Drachenreiter nicht. Ich wiederhole es: Wir brauchen sie nicht! Wir haben jetzt Feuerechsen, die Fäden fressen . . .«

»Dann kann ich T'bor vom Hochland mitteilen, daß er seine Patrouillen zurückholen soll?« fragte Lessa ruhig. »Er ist sicher erleichtert darüber.«

Der Burgherr von Nabol warf ihr einen haßerfüllten Blick zu. Die Bronzeechse richtete sich auf und zischte. Von den Klippen her kam der helle Schrei Ramoths. Die Feuerechse verschwand mit einem verängstigten Fauchen. Meron drehte sich ruckartig um und stapfte zum Felsenpfad hinüber. Der grüne Reiter, der ihn hergebracht hatte, kam ihm bereits entgegen. Lessa war sicher, daß Ramoth das Tier verständigt hatte.

Nessel von Crom wandte sich ängstlich an Lessa. »Werden Sie wirklich veranlassen, daß T'bor seine Patrouillen zurückholt,

Weyrherrin?« fragte er. »Mein Gebiet grenzt direkt an die Ländereien von Nabol . . .«

»Baron Nessel«, entgegnete Lessa mit einem Lächeln, »Sie haben sicher bemerkt, daß der Herr von Nabol nicht darauf bestand. Obwohl wir gute Lust hatten, ihn zu bestrafen. Schließlich war er nicht unbeteiligt am Tod der beiden Königinnen. Aber auf seiner Burg leben Hunderte von unschuldigen Menschen, die nicht unter seinem — nun, unvernünftigen Verhalten leiden sollen.«

Groghe räusperte sich. »Äh, darf man erfahren, was nun mit dieser — dieser Kylara geschieht?«

»Nichts«, entgegnete Lessa entschieden, in der Hoffnung, daß der Baron das Thema fallenlassen würde.

»Nichts?« wiederholte Groghe erbost. »Sie bringt zwei Drachenköniginnen um, und ihr tut nichts?«

»Haben die Barone die Absicht, Meron zu bestrafen?« fragte sie ernst. Es entstand ein langes Schweigen. »Ich muß jetzt zurück zum Benden-Weyr. Es ist bald Morgen, und wir halten Fandarel und Wansor nur bei ihrer Arbeit auf. Je eher sie ihre Beobachtungen abschließen, desto schneller können wir zum Roten Stern fliegen.«

Lessa war erschöpft, als sie Ramoth zu sich rief. Und sie machte sich Sorgen um F'lar. Gewiß, Mnementh war bei ihm . . .

»Lessa«, hörte sie die leise Stimme des Harfners neben sich, »sind Sie für diese Expedition?«

Sie sah zu ihm auf. »Ich habe Angst davor. Angst, weil es mir beinahe sicher erscheint, daß bereits jemand dort war. Irgendwann . . .«

Am nächsten Morgen hatte F'lar immer noch Fieber. Er war schlecht gelaunt und zeigte sich unzufrieden mit ihrem Bericht.

»Was hast du denn erwartet?« fragte sie ein wenig gereizt, nachdem sie ihm zum viertenmal geduldig beschrieben hatte, wie der Rote Stern durch das Fernrohr aussah.

»Liegt das nicht auf der Hand? Irgendeinen markanten Punkt, ein charakteristisches Merkmal, nach dem sich die Drachen richten können, wenn sie ins *Dazwischen* gehen.« Er schob sich mit einer ärgerlichen Handbewegung die dunklen Locken aus der Stirn. »Wir *müssen* das Versprechen halten, das wir den Baronen gegeben haben.«

»Warum? Um zu beweisen, daß Meron im Unrecht ist?«

»Nein. Um herauszufinden, ob sich die Fäden für immer beseitigen lassen oder nicht.«

»Bestimmt hat das vor uns schon jemand versucht«, widersprach sie müde. »Und wir haben die Fäden immer noch.«

»Das besagt gar nichts«, erklärte er so heftig, daß er zu husten begann. Mit schmerzverzerrter Miene preßte er die Hand gegen die Wunde.

Sofort war Lessa bei ihm und hielt ihm einen Becher Wein an die Lippen.

»Ich muß mit F'nor sprechen«, sagte er schwach, nachdem er sich von seinem Anfall erholt hatte.

Lessa zuckte mit den Schultern. »Wenn es mir gelingt, ihn von Brekke wegzuholen ...«

F'lar preßte die Lippen zu einem dünnen Strich zusammen.

»Du denkst, daß nur du gegen die Tradition verstoßen kannst?« fragte sie.

»Das ist es doch nicht ...«

»Du machst dir Gedanken über dein neuestes Projekt? Nun, ich bat N'ton, einen Klumpen Fäden zu besorgen ...«

»N'ton?« F'lar sah sie überrascht an.

»Ja. Ein tüchtiger Junge, der immer da hilft, wo man ihn gerade braucht, ohne viel Aufhebens davon zu machen.«

»Und ...?«

Lessa schüttelte sich unwillkürlich, als sie an das Experiment dachte. »Wie du vermutet hattest, kamen die Würmer nach oben, sobald sich die Fäden in das Erdreich fraßen. Nach kurzer Zeit waren auch die letzten Sporen verschwunden.«

F'lars Augen leuchteten triumphierend. »Warum hast du mir das nicht früher gesagt?«

Lessa hob die Hände und sah ihn an. »Weil ich auch noch an andere Dinge zu denken habe, ob du es glaubst oder nicht!«

»Wie reagierte N'ton? Begreift er, was ich vorhabe?«

Lessa betrachtete ihren Weyrgefährten nachdenklich. »Ja. Deshalb wählte ich ihn auch als Ersatz für F'nor.«

Ihre Antwort schien F'lar zu erleichtern, denn er ließ sich mit einem tiefen Seufzer in die Kissen sinken und schloß die Augen. »Wir brauchen Männer wie ihn. Männer, die nicht aufgeben. Männer, die selbständig denken. Nur sie können uns weiterhelfen. Wie spät ist es jetzt in Fort-Weyr?«

Lessa rechnete rasch nach. »Noch etwa vier Stunden bis zur Morgendämmerung.«

»Oh. Ich möchte, daß N'ton so schnell wie möglich herkommt!«

»Moment, F'lar, er untersteht immerhin P'zar von Fort-Weyr!«

F'lar umklammerte ihre Hand. »Begreifst du denn nicht?« sagte er heiser. »Er muß Bescheid wissen. Er muß alles erfahren. Meine Pläne. Wenn mir wirklich etwas zustößt . . .«

Lessa starrte ihn verständnislos an. Was sollte das Selbstmitleid? Oder ging es ihm schlechter, als sie ahnte?

»F'lar, nun nimm dich zusammen!« sagte sie unsicher. Seine Finger fühlten sich so heiß an.

Lioth kommt und ein Grüner von Telgar, verkündete Mnementh.

F'lar warf Lessa einen verwirrten Blick zu.

»Sieh mich nicht so an! Ich habe N'ton nicht holen lassen. Ich reiße andere Leute nicht gern aus dem Schlaf.«

Der Grüne kommt mit einer Botschaft. Sein Reiter ist sehr erregt. Mnementh verriet leise Neugier.

Ramoth, die sich nach Lessas Erwachen zur Brutstätte begeben hatte, begrüßte den Bronzedrachen mit einem mächtigen Schrei.

N'ton kam den Felskorridor entlang. In seiner Begleitung befand sich Wansor, der kleine, untersetzte Geselle Fandarels. Ihn hatte Lessa zuallerletzt hier erwartet. Der Mann zitterte vor Aufregung, und seine Augen blitzten.

»Weyrherrin, das ist unglaublich. Eine Sensation!« stotterte Wansor und hielt ihr ein Blatt unter die Nase, auf dem sich eine Reihe von Kreisen befand. Dann entdeckte er F'lar. »Ich — ich wußte nicht, daß Sie krank sind, Sir . . .«

»Unsinn, Mann«, wehrte F'lar verärgert ab. »Was bringt Sie hierher? Was haben Sie entdeckt? Koordinaten für die Drachen?«

Wansor schien nicht recht zu wissen, was er tun sollte. So nahm Lessa ihn am Arm und führte ihn zu F'lars Bett.

»Was bedeutet dieses Blatt? Ah, da ist Pern, und das ist der Rote Stern — aber was wollen Sie mit den übrigen Gestirnen ausdrücken?«

»Ich bin noch nicht sicher, Lady Lessa, aber ich entdeckte sie heute nacht, oder besser gesagt, gegen Morgen, als ich den Himmel absuchte. In unserer Nachbarschaft befindet sich nicht nur der Rote Stern! Da ist einmal diese Sphäre — sie zeigte sich gegen Morgen, nicht wahr, N'ton?« Der junge Bronzereiter nickte ernst, aber in seinen blauen Augen blitzte der Schalk. Wansor wirkte in seinem Eifer fast ein wenig komisch. »Und ganz schwach, aber immer noch deutlich als Kugel zu erkennen, sieht man hier im Nordosten, dicht über dem Horizont, einen weiteren Himmelskörper. Schließlich, direkt im Süden — es war N'tons Idee, das Fernrohr in alle Richtungen zu schwenken —, fanden wir dieses besonders große Gestirn. Eine Reihe kleinerer Objekte umkreisen es. Man kann die Bewegung deutlich erkennen. Unglaublich!« Lessa unterdrückte mühsam ein Kichern.

F'lar nahm das Blatt in die Hand und betrachtete es genauer, während Lessa Fandarels Glas-Experten einen Hocker zuschob. Der Weyrführer zog die Kreise mit dem Finger nach.

»Verstehen Sie mich recht, F'lar«, fuhr Wansor etwas ruhiger fort, »es gibt natürlich viel mehr Sterne am Himmel von Pern, aber sie sind nur helle Lichtpunkte, keine Sphären. Man muß annehmen, daß die drei sich im Anziehungsbereich unserer Sonne befinden und sie umkreisen, wie Pern es tut. Denn ich kann mir nicht vorstellen, daß es ihnen gelingt, dieser gewaltigen Kraft zu entfliehen . . .«

Als F'lar endlich von der Zeichnung aufsah, verriet seine Miene fast so etwas wie Verzweiflung.

»Wenn diese Welten so nahe sind, können wir dann mit Bestimmtheit sagen, daß die Fäden vom Roten Stern kommen?«

»Ach, du meine Güte!« stöhnte Wansor leise und rang die Hände.

»Unsinn!« sagte Lessa so entschieden, daß die drei Männer sie erstaunt ansahen. »Machen wir die Dinge nicht komplizierter, als sie ohnehin sind. Unsere Vorfahren besaßen weit mehr Wissen als wir, und sie lassen keinen Zweifel daran, daß der Rote Stern der Ursprung allen Übels ist. Zudem fallen die Fäden nur dann, wenn sich der Rote Stern unserer Welt nähert.«

»Ihr kennt das Wandgemälde im Beratungsraum des Fort-Weyrs«, meinte N'ton nachdenklich. »Es enthält ein Diagramm mit Kugeln und Kreisbahnen. Insgesamt sind es, glaube ich, sechs. Und eine dieser Kugeln, die zweite von außen, ist von Trabanten umgeben.«

»Und weshalb sagen Sie das so ehrfürchtig?« fragte Lessa trokken.

»Weil wir die Bedeutung der Skizze erst jetzt erkennen.«

Lessa zuckte mit den Schultern und reichte Becher mit *Klah* herum. »Die eigene Erfahrung zählt weit mehr als übernommenes Wissen.«

F'lar stützte sich auf einen Ellbogen. »Ich nehme an, ihr beide habt die ganze Nacht am Fernrohr verbracht?« Als die Männer nickten, fuhrt er fort: »Was ist mit dem Roten Stern! Habt ihr einen Bezugspunkt für die Drachen entdeckt?«

N'ton zögerte ein wenig. »Hm, da war ein merkwürdig geformter Vorsprung, der mich an die Landspitze von Nerat erinnerte. Nur wies er nach Osten anstatt nach Westen. Ich kann allerdings nicht sagen, ob wir ihn heute nacht wieder sehen werden.«

»Was bedeutet das nun wieder?«

Wansor mischte sich ein. »Der Rote Stern dreht sich um seine eigene Achse, Weyrführer, genau wie Pern.«

»Ich finde, er ist noch viel zu weit entfernt, als daß man Einzelheiten ausmachen könnte«, erklärte Lessa.

F'lar warf ihr einen verärgerten Blick zu. »Wenn ich ihn nur selbst sehen könnte . . .«

»Hmm.« Wansor schien nachzudenken. »Es wäre vielleicht möglich, die Linsen des Vergrößerungsgerätes für ein zweites Fernrohr zu verwenden. Wenn wir es genau durch das Felsenöhr des Sternsteins legen, haben wir gleich den richtigen Winkel. Aber nein, der Rote Stern zeigt sich nur zur Wintersonnenwende an dieser Stelle . . .«

»Sie sind sicher völlig erschöpft«, warf Lessa ein, bevor F'lar die nächste Frage stellen konnte.

»Oh, es geht«, stammelte Wansor, aber er unterdrückte nur mühsam ein Gähnen.

»Kommen Sie!« entgegnete Lessa fest. »Ich lasse Ihnen ein Gästezimmer herrichten.«

Der Glasschleifer protestierte schwach, aber er folgte Lessa willig nach draußen.

»Er hat die vorletzte Nacht auch schon durchgearbeitet«, meinte N'ton kopfschüttelnd.

F'lar hörte nicht, was er sagte. »Es muß einen Weg zum Roten Stern geben«, murmelte er.

»Ich bin überzeugt davon, daß Sie ihn finden werden, Sir, sobald Sie wieder gesund sind.«

F'lar schnitt eine Grimasse. Der junge Mann verstand es, einem Wahrheiten an den Kopf zu werfen, ohne dabei unhöflich zu werden. »Gut, lassen wir das Thema einstweilen ruhen. Vielleicht kommen wir in einer anderen Richtung vorwärts. Lessa erzählte mir, daß Sie die Würmer aus dem Südkontinent besorgten. Sahen Sie, wie sie die Fäden vernichteten?«

N'ton nickte langsam. Seine Augen leuchteten.

»Es wäre wichtig, zu erfahren, ob es die Würmer nur in den Sümpfen oder auch in anderen Gebieten des Südkontinents gibt.«

»Soll ich der Sache nachgehen, Sir?« fragte N'ton eifrig. »Ich kenne den Süden ziemlich genau. Und mit T'kul nehme ich es auf. Die Aktionen des Mannes sind lächerlich durchsichtig.«

F'lar nickte. »Also schön. Wenn ich gesund wäre, würde ich es selbst tun, aber so ... Ich verlasse mich auf Sie.«

»Das ehrt mich, Sir.« Er wandte sich zum Gehen.

»Einen Augenblick noch!« rief F'lar ihn zurück. »Wird man Sie auf Fort nicht vermissen?«

»Nicht während der nächsten Stunden, Sir. Im Weyr herrscht noch tiefe Nacht.«

F'lar entließ den jungen Bronzereiter mit einem Gemisch aus Eifersucht und Dankbarkeit. N'ton gab ihm mehr als alle anderen das Gefühl, ein Invalide zu sein. Andererseits konnte er froh sein, daß die Arbeit nicht liegenblieb, jetzt, da F'nor als sein Stellvertreter vollkommen ausfiel. Seufzend ließ sich F'lar in die Kissen sinken.

14

Jaxom empfand keine rechte Freude, als nach Ruatha die Kunde kam, daß noch an diesem Tage auf Benden die Gegenüberstellung stattfinden sollte. Seit der Tragödie mit den beiden Drachenköniginnen waren zehn Tage vergangen, aber Lytol lief immer noch so düster umher, daß Jaxom in seiner Gegenwart nicht den Mund aufzutun wagte. Und der Junge hatte das Gefühl, daß noch schlimmere Ereignisse auf sie zukamen. Trug er die Schuld daran, weil er damals den Frevel begangen hatte, mit Felessan in die Brutstätte einzudringen? Alle Logik sprach dagegen. Das Unglück hatte sich weder auf Ruatha noch auf Benden ereignet. Er war nie mit Kylara oder Brekke zusammengetroffen. F'nor kannte er, und der Mann tat ihm leid, wenn die Gerüchte, die man über ihn hörte, stimmten — daß er Brekke zu sich genommen und seine Pflichten als Geschwader-Zweiter aufgegeben hatte, um sie zu pflegen. Sie war sehr krank. Komisch, alle bemitleideten Brekke, aber keiner erwähnte Kylara. Dabei hatte sie doch auch eine Königin verloren. Jaxom überlegte hin und her, aber er *wußte,* daß er nicht fragen konnte.

»Baron Jaxom«, rief eine der Mägde atemlos vom Eingang her, »Verwalter Lytol läßt ausrichten, daß Sie Ihr Feiertagsgewand anlegen sollen! Die Gegenüberstellung auf Benden beginnt. Oh, Sir, glauben Sie, daß Talina es schaffen wird?«

»Bestimmt«, versicherte Jaxom. Seine Stimme klang heiser vor Aufregung. »Schließlich hat sie Ruatha-Blut in den Adern.«

Er zog sich in aller Hast um, suchte verzweifelt nach seinen Handschuhen, bis er sie unter dem Bett fand, und rannte hinunter in den Großen Hof, wo der blaue Drache bereits wartete.

Unwillkürlich mußte er daran denken, daß Baron Groghe seinem ältesten Sohn eines der Feuerechsen-Eier geschenkt hatte, die ihm zugeteilt worden waren. Lytol dagegen hatte die beiden, die ihm zustanden, einfach zurückgewiesen. Eine Ungerechtigkeit! Schließlich war Jaxom Baron von Ruatha, und alle Barone hatten eine Feuerechse.

»Alles Gute für Talina!« rief ihm D'wer, der Reiter des blauen Drachen, zu.

»Danke.« Jaxom merkte selbst, daß sein Tonfall alles andere als freundlich war.

»Kopf hoch, Junge«, ermunterte ihn D'wer. »Es könnte schlimmer sein.«

»Wirklich?«

D'wer lachte, und obwohl Jaxom sich gekränkt fühlte, konnte er einen Drachenreiter nicht gut zur Rede stellen.

»Guten Morgen, Trebith«, begrüßte er den blauen Drachen, der ihn aufmerksam betrachtete.

Lytol erteilte die letzten Anweisungen und trat dann zu ihnen. Er musterte prüfend seinen Schützling und nickte dem Drachenreiter kurz zu. Sobald sie den Blauen bestiegen, begann sein Wangenmuskel wieder zu zucken.

Der Drache flog auf und war im Nu ein Stück über Ruatha. Jaxom hielt den Atem an, als sie ins *Dazwischen* tauchten. Er konnte sich immer noch nicht an die eisige Kälte gewöhnen, die einem durch Mark und Bein drang. Aber dann hatten sie es geschafft und kreisten über dem Benden-Weyr. D'wer landete in der Nähe der Brutstätte.

»Jaxom! Da bist du ja!«

Felessan rannte auf ihn zu. Seine Kleider waren so neu, daß sie noch nach Farbe und Stärke rochen.

»Vielen Dank, daß du ihn mitgebracht hast, D'wer! Guten Tag, Lytol. Der Weyrführer und die Weyrherrin lassen Sie grüßen und Ihnen ausrichten, daß sie nach der Gegenüberstellung gern ein paar Worte mit Ihnen sprechen würden.«

Der Junge sprudelte das so schnell hervor, daß der blaue Reiter lachen mußte. Lytol verbeugte sich so feierlich, daß sich Jaxom für seinen pedantischen Vormund fast schämte.

Felessan jedoch hatte gar kein Auge für solche Feinheiten. Er zerrte den Freund mit sich, weg von den Erwachsenen. Man hatte rings um die Brutstätte Tribünen errichtet, und die beiden Jungen drängten sich in die vorderste Reihe. Jaxom warf seinem Vormund noch einen verstohlenen Blick zu, aber Lytol war ganz damit beschäftigt, Bekannte zu begrüßen.

»Ich dachte gar nicht, daß so viele Leute kommen würden«, flüsterte Felessan erregt, »nach alldem, was geschehen ist.« Seine Blicke huschten hierhin und dorthin. »Sieh dir die an!« Er deutete auf drei Jungen, die das Wappen von Nerat trugen. »Weshalb rümpfen sie die Nase so? Findest du, daß Drachen stinken?«

»Aber nein, natürlich nicht! Ich mag ihren Geruch sogar sehr gern. Sind das die Kandidaten?« Auch Jaxom war entrüstet über das Benehmen der drei.

»Wo denkst du hin! Alle Kandidaten tragen Weiß.« Felessan schüttelte den Kopf über Jaxoms Unwissenheit. »Sie kommen erst später. He! Hast du das Ei schaukeln gesehen?«

Auch den Drachen war die Bewegung nicht entgangen. Sie lauerten auf den Felsvorsprüngen rings um die Brutstätte. Nun begannen sie leise zu summen. Ein paar Nachzügler drängten sich auf ihre Plätze.

Und dann erfüllte ein mächtiges Rauschen den Weyrkessel. Die Bronzedrachen brachten die Kandidaten herbei.

Gleichzeitig begannen die Eier auf dem heißen Sand wie wild zu schaukeln. Alle — bis auf eines. Das winzige Ei, das Jaxom damals berührt hatte, lag immer noch abseits. Es regte sich nicht.

»Meinst du ...«, begann Jaxom beklommen, ohne den Freund anzusehen.

»Ich habe dir ja gesagt, daß du es nicht anrühren sollst«, stellte Felessan fest.

»Aber vom Berühren allein kann es doch keinen Schaden davontragen?« Die Stimme des jungen Barons klang unsicher.

»Hm, eigentlich nicht. Die Kandidaten haben die anderen Eier auch angerührt.«

»Warum bewegt sich dann nur dieses hier nicht?«

Jaxom konnte sich kaum verständlich machen, denn das Summen der Drachen erfüllte die ganze Brutstätte.

»Weiß ich nicht.« Felessan zuckte gleichgültig mit den Schultern. »Vielleicht lebt das Drachenjunge im Innern gar nicht mehr. Das sagen die Großen jedenfalls.«

»Aber ich habe nichts getan«, beharrte Jaxom.

»Sieh doch, da kommen die Kandidaten!« rief Felessan aufgeregt. Er beugte sich vor und flüsterte Jaxom etwas ins Ohr. Er mußte es dreimal wiederholen, bevor der junge Baron verstand.

»Brekke wird noch einmal gegenübergestellt?« Jaxom sagte es lauter als beabsichtigt. Er warf Lytol einen furchtsamen Blick zu.

»Psst!« zischte der Freund. »Du weißt aber auch gar nichts. Sie haben entdeckt, daß man mehr als eine Feuerechse für sich gewinnen kann. Und weil die Echsen doch mit den Drachen verwandt sind, wollen sie den Versuch wagen. Sie meinen, daß es Brekke vielleicht gesund macht.« Felessan senkte die Stimme noch mehr. »Weißt du, sie und F'nor lieben sich. Und ich habe gehört, daß F'nors Canth ihre neue Königin fliegen wird!«

Jaxom starrte den Freund entsetzt an. »Du bist verrückt! Braune können keine Königinnen fliegen!«

»Wenn es F'nor aber versuchen will!«

»Aber — aber . . .«

»Du kannst es mir ruhig glauben«, versicherte Felessan. »Ich habe gelauscht, als F'lar und F'nor darüber sprachen. Und Lessa sagte, daß Brekke zu schade sei, dahinzuvegetieren.«

»Und du glaubst, daß sie es schafft?«

Felessan zuckte mit den Schultern. »Das werden wir bald sehen. Da kommen sie!«

Jaxom reckte den Hals, als die Bronzedrachen die Kandidaten absetzten. »Da ist Talina!« rief er und sprang auf. »Lytol, da ist Talina!« Er packte seinen Vormund am Arm. Lytol achtete nicht darauf. Er hatte nur Augen für das Mädchen, das jetzt die Brutstätte betrat. Zwei Gestalten, ein Mann und eine Frau, blieben dicht am Eingang stehen, als könnten sie ihr dadurch Unterstützung geben.

»Brekke!« flüsterte Felessan.

Sie schien den heißen Sand unter ihren Sohlen kaum zu bemerken. Langsam, geistesabwesend, ging sie auf die fünf Mädchen zu, die in der Nähe des goldenen Eies warteten. Sie stellte sich neben Talina, die ein Stück zur Seite gerückt war.

Das Summen der Drachen hörte abrupt auf. In der Stille hörte man ein Knistern und Knacken.

Die jungen Drachen schoben sich feucht und ungeschickt aus den Schalen. Die keilförmigen Köpfe wirkten viel zu groß für die dünnen, biegsamen Nacken. Starr vor Aufregung standen die Kandidaten im Halbkreis. Jaxom sah, wie Lytol die Augen schloß.

»Da!« rief Felessan. »Das Königinnenei! Es schaukelt.«

Die Zuschauer beugten sich angespannt vor. Alles hielt den Atem an.

Ein Riß klaffte mit einemmal in der goldenen Schale, verbreiterte sich. Ein kräftiger kleiner Schnabel hackte sich den Weg ins Freie. Talina und zwei andere traten vor, doch dann blieben sie unschlüssig stehen. Sie wollten Brekke eine Chance geben.

Brekke merkte nicht, was um sie vorging. Jaxom hatte den Eindruck, daß es ihr gleichgültig war. Sie wirkte kraftlos, gebrochen. Erst als ein Drache auf dem Felsensims leise zu summen begann, schien sie ihre Umgebung wahrzunehmen.

Die kleine Königin wandte Brekke den Kopf zu, starrte sie mit riesigen glitzernden Augen an. Die Schale zerbrach. Das Tierchen stolperte auf Brekke zu.

In diesem Augenblick schwirrte eine Bronzeechse über die Brutstätte. Die kleine Königin barg ihren Kopf schutzsuchend in Talinas Röcken.

»Sie wollte die Königin nicht«, murmelte Felessan entgeistert. »Sie hat es nicht einmal versucht.«

»Die Feuerechse ließ es nicht zu«, verteidigte Jaxom die ehemalige Weyrherrin.

»Es wäre ein entsetzliches Unrecht gewesen«, sagte Lytol mit erloschener Stimme.

Einige der Kandidaten führten ihre Drachen bereits von der Brutstätte. Für Jaxom spielte sich alles viel zu schnell ab. Er wandte sich wieder dem Geschehen auf dem dampfenden Sand zu. In ein paar Minuten war sicher alles vorbei.

»Hast du gesehen, Jacom?« Felessan stieß ihn aufgeregt an. »Hast du gesehen? Birto erwischte einen Bronzedrachen und Pellomar nur einen Grünen. Geschieht ihm recht, dem Angeber! Bravo, Birto!« Felessan winkte seinem Kameraden.

»Das kleine Ei rührt sich immer noch nicht.« Jaxom warf Lytol einen bekümmerten Blick zu. »Könnte man die Schale nicht ein Stück öffnen und dem kleinen Drachen heraushelfen — so wie eine Hebamme bei der Geburt eines Menschen hilft?«

Lytols Miene verfinsterte sich. »Was weiß ein Junge deines Alters von einer Geburt?« fuhr er Jaxom an.

Der junge Baron hob trotzig das Kinn. »Ich wäre bei meiner Geburt beinahe gestorben. Lessa hat es mir erzählt, und sie war dabei. Kann ein kleiner Drache sterben?«

»Ja«, gab Lytol schweren Herzens zu, denn er log den Jungen nie an. »Manchmal ist es sogar besser so, sonst würde er mißgestaltet zur Welt kommen.«

Jaxom sah an sich herunter. Er war vollkommen normal gebaut. Und dann sprang er hoch. »Sieh mal! Es bewegt sich.«

»Du hast recht«, bestätigte Felessan. »Aber die Schale springt nicht.«

»Weshalb gehen die anderen?« fragte Jaxom plötzlich. Niemand befand sich in der Nähe des schaukelnden kleinen Eies. Drachenreiter halfen den Jungen, die eben ausgeschlüpften Tiere wegzubringen. Die Brutstätte leerte sich.

»Da ist F'lar! Man muß es ihm sagen, Lytol. Bitte!«

»Er weiß Bescheid«, entgegnete Lytol, den F'lar hatte mehrere braune Reiter zu sich gerufen, und sie beobachteten das kleine Ei.

»Geh hin, Lytol! Sie müssen etwas tun.«

»Unsinn! Sie werden selbst zu einer Entscheidung kommen.« Er wandte sich ab und verließ die Tribüne, wohl in dem Glauben, daß die Jungen ihm folgen würden.

»Komm!« drängte Felessan. »Es gibt bald Abendessen. Ich möchte es nicht versäumen.« Er lief hinter Lytol drein.

Jaxom starrte immer noch das Ei an, das jetzt heftig schaukelte. »Das ist nicht fair! Sie lassen dich hier einfach liegen. Um diese Brekke kümmern sie sich, aber um dich nicht. Los, zeig es ihnen! Ein Riß, und du hast es geschafft!«

Mit einemmal schwang er sich über das Geländer und lief auf die heiße Sandfläche hinaus. »Ich helfe dir!« rief er. Mit beiden Fäusten trommelte er auf die harte Schale ein.

Ein Spalt zeigte sich und wurde breiter. Im Innern konnte er jetzt ein klägliches Schreien hören. Er brach ein paar Stücke von der Schale ab. Sie war weit dicker als bei den übrigen Eiern.

»Jaxom, was tust du da?« schrie jemand, aber es war bereits zu spät.

Die zähe innere Membran zeigte sich, und sie hatte eigentlich verhindert, daß der kleine Drache ins Freie gelangte. Jaxom zerschlitzte sie mit seinem Gürtelmesser. Ein winziger weißer Körper fiel ihm entgegen, nicht viel größer als er selbst. Instinktiv half Jaxom dem kleinen Geschöpf auf die Beine. Bevor F'lar oder sonst jemand eingreifen konnte, richtete der weiße Drache seine glänzenden Augen auf den Baron von Ruatha.

Jaxom wandte sich freudestrahlend den erstarrten Drachenreitern zu: »Er sagt, daß er Ruth heißt!«

15

Es ist wie ein Auftauchen aus den tiefsten Gewölben des Weyrs, dachte Brekke schaudernd. Und Berd hatte ihr den Weg gewiesen . . .

Berd hatte sie von der Brutstätte weg zu F'nor und Manora geführt. Es überraschte sie, wie müde und verhärmt die beiden aussahen. Sie wollte etwas sagen, aber F'nor hob sie wortlos hoch und trug sie in seine Räume, wo er sie vorsichtig auf ihr Lager bettete und mit Fellen zudeckte.

Sie sah lächelnd zu ihm auf. F'nors Blicke streiften sie ungläubig. Doch dann riß er sie mit einem Aufschrei in die Arme und preßte sie so hart an sich, daß sie kaum noch atmen konnte.

»Wir dachten, wir hätten dich auch verloren, Brekke«, flüsterte er immer wieder.

»Ich war eine Gefangene meiner Gedanken«, sagte sie mit einer Stimme, die ihr selbst fremd vorkam. »Oh, F'nor — ich haßte sogar Canth!«

Tränen liefen ihr über die Wangen, und ihr Körper wurde von einem heftigen Schluchzen geschüttelt. F'nor versuchte sie zu besänftigen, aber sie hörte nicht zu weinen auf.

Manora legte ihm die Hand auf die Schulter. »Laß sie ruhig, F'nor! Es ist eine Erleichterung für sie.«

Die Feuerechsen begannen aufgeregt im Zimmer umherzuflattern, und Canth brummte bekümmert. Brekkes Hände verkrampften sich auf seinen Schultern. Sie weinte und weinte.

»Sie kann nicht aufhören, Manora — sie kann einfach nicht.«

Die Heilerin trat neben ihn und versetzte Brekke ein paar harte Schläge ins Gesicht, bevor F'nor eingreifen konnte.

»Bist du wahnsinnig?« fuhr der braune Reiter sie an, aber sie brachte ihn mit einer knappen Handbewegung zum Schweigen.

»Und nun in den Badeteich mit ihr«, befahl sie. »Das Wasser ist gerade warm genug, um ihre Muskeln zu entspannen.«

Sie half dem Mädchen beim Ausziehen. Zähneklappernd saß Brekke im warmen Wasser, aber ganz allmählich ließ ihre Verkrampfung nach, und ihr Schluchzen wurde leiser. Manora packte sie in vorgewärmte Handtücher und rieb sie kräftig ab. Dann trug F'nor sie wieder auf ihr Lager.

»Nun müssen wir nur noch dafür sorgen, daß sie kräftig ißt«, stellte Manora fest. »Das gilt übrigens auch für dich, Junge.« Sie warf ihm einen strengen Blick zu.

Brekke nahm lächelnd seine Hand. »Ich glaube, du bist in all den Tagen keine Sekunde von mir gewichen.«

»Canth und ich wußten, daß du uns brauchtest«, erwiderte er.

»Ich habe gespürt, daß ihr da wart, selbst in den schlimmsten Stunden, als ich nichts als den Tod herbeisehnte.« Zwei scharfe Falten gruben sich in ihre Stirn. »Aber wie konntet ihr mich dazu zwingen, noch einmal die Brutstätte zu betreten, einer anderen Königin gegenüberzustehen?«

Canth knurrte gekränkt.

»Wir taten alles, um es zu verhindern. Die Idee stammte von F'lar und Lessa. Sie hatten Angst, dich zu verlieren, und dachten, es könnte vielleicht gelingen.«

Wieder spürte sie die schmerzhafte Leere in ihrem Innern, wie einen Abgrund, der sie zu verschlingen drohte. Sie schloß die Augen.

Nein, rief Canth.

Die beiden Feuerechsen schmiegten sich an ihren Hals, überschütteten sie mit Gedanken der Zärtlichkeit und Zuneigung.

Ich bin doch hier, beruhigte Canth sie, und die Echsen wiederholten seine Worte.

In diesem Augenblick trat Mirrim mit einem schwerbeladenen Tablett ein.

»Manora muß sich um die Küche kümmern, Brekke«, sagte die Kleine in einem bestimmten Ton. »Du weißt, wie genau sie alles nimmt. Hier, die Suppe ist für dich. Du sollst keinen Tropfen übrig lassen. Und dann habe ich dir einen Schlaftrunk mitgebracht. Wenn du ausgeruht bist, fühlst du dich sicher wieder besser.«

Brekke starrte das junge Mädchen erstaunt an. Mirrim schob F'nor zur Seite, schüttelte die Kissen der Kranken auf und strich die Decken glatt. Dann wandte sie sich an den braunen Reiter.

»Kümmern Sie sich um Canth, F'nor«, herrschte sie ihn an, »anstatt über mich zu lachen. Der arme Kerl ist verwahrlost wie ein Wachwher. Und hier hat mir Manora ein Stück Brustfleisch für Sie mitgegeben.«

Brekke und F'nor aßen gehorsam. Dann begab sich der braune Reiter zu seinem Tier. Es stimmte, was Mirrim gesagt hatte. Canths Schuppen glänzten nicht mehr, und er wirkte mager und erschöpft. Schuldbewußt brachte F'nor ihn zur Futterstelle.

Mirrim ging inzwischen in Brekkes Gemach umher und stellte die Korblampen so, daß ihr Schein die Kranke nicht blendete. »F'nor sagt, daß du nicht gerne allein bist. Also werde ich warten, bis er wiederkommt.«

Aber ich bin nicht allein, wollte Brekke erwidern. Statt dessen schloß sie die Augen und schlief ein.

Lessa hätte zufrieden mit dem Verlauf des Banketts sein können. Das Lachen der Gäste hallte durch den ganzen Weyr. Die Jungreiter verhätschelten die kleinen Drachen. Brekke war zwar noch schwach, aber immerhin bei klarem Verstand. F'nor hatte sie sogar eine Weile allein gelassen, um die Anwesenden zu begrüßen. F'lar erholte sich von seiner Wunde und kam allmählich zu der Erkenntnis, daß es besser war, einige seiner Pflichten an N'ton abzugeben. Und Lytol — das schlimmste Problem, seit Jaxom den kleinen weißen Drachen für sich gewonnen hatte — befand sich in höheren Gefilden. Mit Robintons tatkräftiger Unterstützung hatte er sich betrunken, und die beiden Männer sangen jetzt eine Ballade nach der anderen.

Dennoch gelang es Lessa nicht, eine gewisse Unruhe zu unterdrücken. Sie stocherte nervös in ihrem Essen herum und hielt immer wieder Ausschau nach F'lar und N'ton. Die beiden steckten, wie so oft in den letzten Tagen, bei ihren Pflanzenversuchen. Ob es auffiel, wenn sie ebenfalls ging? Sie beschloß, noch eine Weile abzuwarten. Die meisten Gäste befanden sich ohnehin im Aufbruch.

Die Weyrherrin warf einen Blick hinüber zum See, wo die stolzen Jungreiter ihren Tieren Wasser gaben. Jaxom und sein weißer Drache war bei ihnen. War es richtig gewesen, was der junge Baron da getan hatte? Man wußte nicht, ob der Drache durchkommen würde, und dann war der Schmerz für das Kind um so größer.

Ruth wird gedeihen, erklärte Ramoth zuversichtlich.

Mnementh pflichtete der Königin bei. Wußten die Drachen etwas, das ihr verborgen blieb? Lessa hatte in diesen Tagen des öfteren den Eindruck.

»Warum sollte es mich stören? Warum?« fuhr Lytol plötzlich streitsüchtig auf.

Der Harfner grinste ihn stupide an. »Sage ich doch die ganze Zeit! Warum?«

»Warum soll der Junge den kleinen weißen Kerl nicht behalten? Beim ersten Ei, die anderen kümmerten sich nicht um ihn. Dabei ist er etwas Besonderes, das sage ich euch — etwas ganz Besonderes!«

Raid von Benden war aufgestanden und schlenderte an Lytols Tisch. »Aber was wird nun aus Ruatha, Lytol?« fragte er. »Der Junge muß mit seinem Tier in den Weyr ziehen.«

Der Burgverwalter schüttelte den Kopf. »Ruth ist kein richtiger Drache«, erklärte er fest. Man merkte ihm in diesem Augenblick nicht an, daß er betrunken war. »Es hat noch nie einen weißen Drachen gegeben. Nie!« Er hob seinen Becher und fand ihn leer. Geschickt schenkte er sich nach. Der Harfner schob ihm mit unsicheren Fingern den eigenen Becher entgegen.

»Hat noch nie einen weißen Drachen gegeben — prost!« murmelte er.

»Vielleicht kommt er nicht durch«, fügte Lytol hinzu und nahm einen langen Zug.

»Vielleicht nicht!«

»Deshalb —«, Lytol richtete sich hoch auf, »— bleibt der Junge auf seiner Burg! Auf Ruatha!«

»Un-be-dingt!« Robinton schwenkte seinen Becher vor Raids Nase.

Lytol ließ sich schwerfällig auf seinen Stuhl fallen. »Wenn der Drache stirbt, kann ich Jaxom helfen. Ich weiß, was es heißt, sein Tier zu verlieren. Ich weiß es genau. Der Unterschied ist nur, daß Ruths Tage von vornherein gezählt sind.«

»Gezählt!« pflichtete der Harfner ihm bei und legte plötzlich den Kopf auf die Tischplatte. Er begann leise zu schnarchen.

»He, du sollst nicht schlafen!« Lytol beugte sich über ihn. »Erst trinken wir die Flasche leer!« Als Robinton sich nicht rührte, zuckte der Burgverwalter von Ruatha mit den Schultern und nahm einen langen Zug. Er starrte Raid durchdringend an, dann sackte sein Oberkörper nach vorn, und er fing zu schnarchen an.

Raid von Benden kehrte zu seinem Platz zurück.

»Der Junge muß mit seinem Drachen im Weyr bleiben«, sagte er zu Sifer und Larad.

»Vergessen Sie nicht, daß er der zukünftige Herr von Ruatha ist«, erwiderte Larad. »Ein Streit um die Nachfolge würde uns jetzt gerade noch fehlen. Nein, Jaxom muß auf der Burg bleiben. Es sieht wirklich nicht so aus, als hätte der weiße Drache große Überlebenschancen.«

»Ich weiß nicht, ich weiß nicht.« Raid blieb hartnäckig. »Es verstößt gegen jede Tradition.«

»Wir haben ja erlebt, wohin die Tradition führen kann«, meinte Larad bitter.

»Sollte man nicht auch den Jungen nach seiner Meinung fragen?« warf Baron Asgenar ein. Seine Miene wirkte sehr ernst. »Ich sah sein Gesicht, als er die Brutstätte verließ. Ihm schien eben zu Bewußtsein zu kommen, was er getan hatte. Er war ebenso weiß wie sein Drache.« Asgenar deutete zu Lytol hinüber. »Ja, Jaxom ist sich über die Folgen seines Tuns im klaren.«

»Seit wann läßt man Kinder entscheiden?« protestierte Raid, als sich Asgenar seiner jungen Frau zuwandte und sie bat, Jaxom zu holen.

Lessa, die das Gespräch mitangehört hatte, sah, wie Famira ein paar Worte mit dem jungen Baron wechselte. Jaxom nickte und folgte ihr, den Arm schützend um den Nacken von Ruth gelegt.

»Warum trägt er das Biest nicht?« fragte Raid verärgert.

»Dadurch käme er zwar leichter und schneller voran, aber es wäre unklug«, warf Lessa ein. »Selbst ein so winziges Tier besitzt schon seinen Stolz.«

Raid murmelte etwas Unverständliches vor sich hin. Im gleichen Augenblick hörte Lessa Flügelrauschen über dem Weyr.

Lioth bringt den Saatmeister, erklärte Ramoth.

Der Bronzedrache landete vor dem neuentdeckten Weyreingang. Lessa konnte sich nicht vorstellen, wozu Andemon hier gebraucht wurde. Sie wollte sich schon erheben, um nachzusehen, als Raids Stimme sie erreichte:

»Ist dir auch klar, Junge, was für Probleme du heraufbeschworen hast?«

Jaxom stand mit trotzig vorgeschobenem Kinn da. Seine Augen glänzten.

»Ja, Baron Raid, ich kenne die Folgen meines Handelns.« Das kam ohne eine Spur von Reue. Jaxom ließ in seiner Haltung deutlich erkennen, daß er sich gleichberechtigt im Kreis der Barone fühlte.

Der alte Raid sah aus, als ob ...

Lessa erhob sich, trat auf ihn zu.

»Nicht ...«

Die Warnung kam so leise, daß Lessa anfangs dachte, sie habe sich getäuscht. Dann jedoch sah sie die Blicke des Harfners auf sich gerichtet. Der Mann war vollkommen nüchtern.

Mit einem Ruck war Baron Raid aufgestanden. Er hatte im Laufe der Jahre Fett angesetzt, und seine Schultern fielen schlaff nach vorn. Neben dem hochaufgerichteten schlanken Jungen wirkte er wie eine Karikatur. »Du kennst die Folgen, sagst du? Weißt du auch, daß du nun im Benden-Weyr bleiben mußt wie alle anderen Jungreiter? Weißt du, daß Ruatha seinen Herrn verloren hat?«

»Mit Verlaub, Sir, die hier anwesenden Barone können das nicht entscheiden. Dazu wäre eine Zweidrittel-Mehrheit aller Burgherren von Pern nötig«, entgegnete Jaxom ruhig. »Ich bin jedoch gern bereit, meinen Fall dem Konklave vorzutragen. Es steht fest, daß Ruth kein normaler Drache ist. Man sagte mir von Anfang an, daß er nur geringe Überlebenschancen besitzt. Der Weyr dagegen kann nur gesunde Drachen aufziehen, da er sie zum Kampf gegen die Fäden benötigt. Vielleicht sollte man Ruth nicht als einen zu kleinen Drachen, sondern als eine zu große Feuerechse betrachten.« Jaxom lächelte Ruth zu, als wollte er sich für seine Worte entschuldigen, und tätschelte liebevoll seinen Kopf. »Meine erste Pflicht gilt der Burg, in der ich aufgezogen wurde. Hier auf Benden wären Ruth und ich nur eine Last. Aber wir können Ruatha helfen, wie es die übrigen Feuerechsen tun.«

»Gut gesprochen, Baron von Ruatha, gut gesprochen!« rief Asgenar von Lemos.

Larad von Telgar nickte ernst.

»Hmmh. Der Junge hat eine glatte Zunge«, knurrte Raid. »Dennoch — ich muß dir den Vorwurf machen, daß du zuerst gehandelt und dann gedacht hast!«

»Das mag stimmen, Baron Raid«, gab Jaxom zu. »Aber ich mußte rasch handeln — um das Leben eines Drachen zu retten. Mein Lehrmeister —«, er deutete auf den schlafenden Lytol, »— hat mir von frühester Kindheit an eingeschärft, die Drachen über alles zu ehren.« Damit verbeugte er sich vor den Baronen und ging.

Lessa atmete erleichtert auf. Der Junge hatte sich prachtvoll geschlagen. Nicht einmal der starre, alte Raid konnte sich seinen Argumenten verschließen. Er brummte zwar immer noch mißmutig vor sich hin, aber die Weyrherrin erkannte, daß er von Jaxoms Auftreten beeindruckt war.

Mit einem Seufzer wandte sie sich zum Gehen — und stieß beinahe mit F'nor zusammen. Die Sorgen der letzten Woche zeichneten sich noch in seinem Gesicht ab, aber er wirkte ruhig und gelöst.

»Wie geht es Brekke?« fragte Lessa.

»Sie schläft. Ich bin so froh, daß sie den Schock überwunden hat.«

»Ich auch.« Erleichterung schwang in Lessas Stimme mit. Sie hatte sich ernste Vorwürfe gemacht, weil der Gedanke, Brekke noch einmal zur Gegenüberstellung zu bringen, von ihr stammte. »Kommst du mit zu F'lar? N'ton hat Andemon, den Saatmeister, geholt, und ich möchte wissen, warum.« Sie raffte ihre Röcke zusammen und eilte über den Sandboden.

»Nehmen Sie mich auch mit?« fragte der Harfner.

»Sie? Können Sie überhaupt noch so weit gehen?«

Robinton lachte. »Lytol trinkt mich nicht unter den Tisch, Lady Lessa. Das schafft nur der Schmied.«

Als sie die Kammer betraten, in der F'lar die Pflanzenkästen aufgestellt hatte, beugte sich der Saatmeister gerade über die Blätter des jungen Fellisbaums. Der Weyrführer beobachtete ihn angespannt, während N'ton ein wenig abseits stand.

Beim Anblick seines Halbbruders hellte sich F'lars Miene auf. Er ging F'nor rasch entgegen und drückte ihm die Hand. »Manora sagte mir, daß Brekke sich wieder gefangen hat. Ein Glück für uns alle! Schade nur, daß die Gegenüberstellung nicht geklappt hat . . .«

»Sie hätte niemandem genützt«, unterbrach ihn F'nor so schroff, daß der Bronzereiter das Thema wechselte.

»N'ton gelang es, ein paar Sporenklumpen herzubringen. Wir verteilten sie auf drei der großen Kästen«, sagte er und deutete auf die Pflanzen. »Die Würmer verschlangen sie bis zum letzten Faden. Und die Blätter des Fellisbaums, die wir ein wenig verätzten, heilen bereits wieder. Ich hoffe, Meister Andemon kann uns den Vorgang erklären.«

Der Saatmeister richtete sich auf und wischte seine Finger an der fleckigen alten Schürze sauber. Offensichtlich hatte N'ton ihn mitten von seiner Arbeit weggeholt.

»Nein, Weyrführer«, sagte er langsam. »Ich habe keine Erklärung.« Er nahm eine Handvoll Erde auf, betrachtete die Würmer, die sich darin schlängelten, und schleuderte sie mit einer Mischung aus Furcht und Ekel von sich.

»Was ist denn?« F'lar sah ihn verwirrt an.

»Begreifen Sie denn nicht?« Irgendwie klang die Stimme des Saatmeisters hilflos. »Diese Würmer sind Parasiten. Seit Jahrhunderten versuchen wir nun, den südlichen Teil unseres Kontinents davon zu befreien. Sie sind ebenso hartnäckig wie die Sandwürmer von Igen und nur halb so nützlich. Sobald sie in ein Feld eindringen, beginnen die Pflanzen zu welken und abzusterben.«

»Sehen Sie hier irgendwo auch nur einen kranken Halm?« F'lar deutete auf die Kästen mit ihrem üppigen Wachstum.

Andemon stocherte in der Erde herum. »Es ist unmöglich«, murmelte er.

»F'lar«, warf Lessa ein, »erinnerst du dich nicht, daß die Pflanzen ziemlich schlaff wirkten, kurz nachdem wir die Würmer ausgesetzt hatten?«

»Ihnen fehlte Wasser, das war alles. Sie erholten sich rasch.«

Andemon trat mißtrauisch auf einen der Kästen ein. »Weshalb sind diese Gewächse kleiner als die anderen? Wurden sie später eingesetzt?«

»Nein. Das ist der einzige Kasten, der von Anfang an keine

Würmer enthielt. Ich finde auch, daß die Pflanzen schlechter gedeihen als die übrigen.«

Andemon starrte zu Boden. »Diese Würmer sind Ungeziefer. Wir rotten sie seit undenklichen Zeiten aus, wo wir sie antreffen.«

F'lar lächelte schwach. »Es sieht so aus, als hätten die Farmer gegen das Wohl von Pern gearbeitet.«

Der Saatmeister protestierte empört. Robinton mußte seine ganze Diplomatie aufwenden, um den Mann zu besänftigen.

»Und Sie wollen behaupten, daß diese Larven und Würmer absichtlich auf Pern verteilt wurden?« fragte Andemon den Harfner. Robinton schien im Moment der einzige, dem er vertraute. »Sie wurden von unseren Vorfahren gezüchtet — den gleichen Leuten, die auch die Drachen züchteten?«

»Wir nehmen es an«, sagte Robinton. »Oh, ich verstehe Ihre Zweifel sehr gut. Ich selbst brauchte mehrere Nächte, bis ich es fassen konnte. Aber bedenken Sie eines: In den Aufzeichnungen ist nie die Rede davon, daß die *Drachenreiter* uns von der Plage des Roten Sterns befreien werden. Immer wieder taucht jedoch die Hoffnung auf, daß eines Tages die Silberfäden keine Gefahr mehr darstellen werden . . .«

Andemon sah auf seine lehmigen Stiefelspitzen.

»Die alten Schriften unserer Gilde weisen ausdrücklich darauf hin, daß wir auf die Würmer achten sollen.« Er zuckte hilflos mit den Schultern. »Das haben wir getan. Wir hielten es für unsere Pflicht. Wo wir sie fanden, rotteten wir sie aus, mit Säure und Feuer. Sie schadeten den Pflanzen, ließen sie welken . . .«

Der Mann schlug plötzlich beide Hände vors Gesicht. Seine Schultern begannen zu zucken. Lessa warf F'lar einen fragenden Blick zu, aber dann erkannte sie, daß der Saatmeister lachte, hysterisch lachte. »Achtet auf die Würmer, sagen die Schriften. *Achtet* auf sie! Und wir dachten, das sei gleichbedeutend mit vernichten! Beim Ei, was haben wir da angerichtet?«

Der Harfner drückte Andemon eine Weinflasche in die Hand.

»Danke, Robinton, das hilft«, sagte der Mann, nachdem er einen tiefen Zug genommen hatte.

»Unsere Vorfahren vergaßen also zu erwähnen, weshalb wir auf die Würmer achten sollten«, meinte F'lar. »Wahrscheinlich war es für sie so selbstverständlich, daß sie gar nicht auf den Gedanken kamen, jemand könnte das mißverstehen. Dann breiteten sich die Burgen und Höfe aus. Aufzeichnungen wurden verloren oder vernichtet, Männer starben, bevor sie das Geheimnis weitergeben konnten.« Er warf einen Blick auf die Steinkästen. »Vielleicht entwickelten sie die Würmer hier in Benden. Vielleicht will dieses Diagramm an der Wand darauf hinweisen. Wir können es nicht sagen. Es ist so viel Wissen verlorengegangen.«

Andemon beugte sich über die Pflanzen und begann sie erneut gründlich zu untersuchen. Er bezwang seinen Ekel und betrachtete auch die Würmer aus der Nähe. Er war sehr nachdenklich, als er wieder aufschaute.

»Es gibt keinen sehnlicheren Wunsch für uns, als endlich von der Last der Fäden befreit zu werden«, meinte er. »Aber irgendwie will es mir nicht einleuchten, daß diese — diese . . .«

». . . abstoßenden kleinen Geschöpfe unsere Retter sind?« fragte Robinton.

Der Saatmeister nickte. »Es erniedrigt, daß man einem Wurm dankbar sein muß. Lieber würde man zu den Drachen aufsehen.« Er grinste ein wenig verlegen.

»Sie sind kein Baron, das merkt man«, entgegnete Lessa trokken und erntete einen Lacherfolg.

»Und doch . . .« Er ließ etwas Erde durch seine Finger rieseln. »Wir sind ein Teil dieses Bodens und werden von ihm ernährt. Warum sollte er uns nicht auch schützen?«

Er wischte die Hände an seiner Schürze ab und wandte sich entschlossen F'lar zu. »Ich würde gern selbst ein paar Experimente durchführen. Daß die Tiere im Erdreich des Nordens gedeihen, haben Sie ja bereits bewiesen. Aber ich muß jetzt vor allem herausfinden, wie lange es dauert, bis sie sich auf einer gewissen Fläche, sagen wir, einem normalen Acker, ausgebreitet haben.«

»Das heißt, daß wir bis zum nächsten Frühjahr warten müssen«, meinte Lessa.

»Weshalb?« entgegnete F'nor. »Wir importieren sie aus dem Süden.«

»Und wo setzen wir sie aus?« wollte der Harfner wissen. »Die Bauern werden erst einmal den gleichen Ekel davor empfinden wie unser Saatmeister. Schließlich hat man ihnen seit Generationen eingebleut, die Tiere auszurotten.«

»Oh, das ist kein Problem.« F'lar winkte ab. »Sie kennen die dichten Wälder um Lemos. Diese riesigen Gebiete sind vor den

Fäden am schwersten zu schützen. Asgenar und Bendarek jedoch wollen um jeden Preis verhindern, daß die kostbaren Holzbestände verlorengehen. Beide zeigen sich aufgeschlossen für Neuerungen. Ideale Bedingungen für Sie, Andemon!«

Der Saatmeister hob abwehrend die Hand. »Erst muß ich genaue Studien treiben und . . .«

Man sah ihm an, daß er am liebsten an Ort und Stelle mit der Arbeit begonnen hätte.

Lessa lachte. »Kommen Sie, zuerst trinken wir einen Becher Wein auf das Gelingen dieses Vorhabens!«

Andemon zögerte, aber Robinton nahm ihn einfach am Arm und schleppte ihn aus der Kammer.

Unterwegs blieb der Saatmeister ein paar Schritte zurück und wandte sich ein wenig verlegen an Lessa. »Brekke, die junge Frau, die ihren Drachen verloren hat — darf man fragen, wie es ihr geht?«

Lessa zögerte nur eine Sekunde. »Diese Frage kann Ihnen F'nor am besten beantworten. Die beiden sind Weyrgefährten.«

Der braune Reiter nickte. »Sie war sehr krank. Der Verlust eines Drachen bedeutet für seinen Partner immer einen schweren Schock. Aber sie hat ihn nun überwunden. Sie wird keinen Selbstmord mehr begehen.«

Der Saatmeister atmete erleichtert auf. »Sie müssen wissen, Brekke gehörte zu meiner Gilde. Ihr Los hat uns alle erschüttert.« Seine Stimme wurde hart. »Und was geschah mit — der anderen?«

»Kylara lebt«, entgegnete Lessa ruhig.

»Sie lebt?« Der Saatmeister blieb stehen und starrte sie mit zornblitzenden Augen an. »Sie lebt? Die Kehle sollte man ihr durchschneiden . . .«

»Sie lebt, Andemon, aber ihr Verstand gleicht dem eines neugeborenen Kindes. Sie vegetiert im Gefängnis ihrer Schuld dahin. Das Drachenvolk tötet nicht.«

Der Saatmeister sah Lessa einen Moment lang prüfend an, dann nickte er zustimmend. Sie setzten ihren Weg schweigend fort.

F'nor begleitete die anderen nicht in den Festsaal. Die Ereignisse des Tages hatten ihn aufgewühlt, und er fühlte sich erschöpft und niedergeschlagen.

Brekke schlief, als er seine Räume betrat. Er spürte die liebevollen Gedanken der beiden Feuerechsen, die nicht von ihrer Seite wichen.

F'nor lehnte sich an Canths Nacken und dachte nach. Wenn diese Würmer tatsächlich die Rettung von Pern bedeuteten, dann kehrten sich die Rollen um — dann wurden die Drachenreiter zu Parasiten. Warum hatte F'lar mit keinem Wort erwähnt, welche Aufgabe in Zukunft die Weyr übernehmen sollten? Oder verschloß er die Augen vor den Tatsachen?

Mit einem Seufzer erhob sich der braune Reiter. Vielleicht war es noch zu früh, sich über diese Dinge Gedanken zu machen. Es dauerte sicher Planetendrehungen, bis die Würmer auf dem gesamten Nordkontinent verteilt waren. Dennoch, er hätte gern gewußt, was F'lar plante.

16

Während der nächsten Tage kam F'nor nicht dazu, das Thema anzuschneiden. Brekke erholte sich allmählich von ihrem Schock, und sie bestand darauf, daß er seine Pflichten als Geschwader-Zweiter wieder übernahm. Sie selbst half Manora in den unteren Höhlen. Die beiden Feuerechsen, Berd und F'nors Grall, ließen sie selten allein.

F'lar hatte richtig vermutet, daß Asgenar und Bendarek jede Lösung akzeptieren würden, die dazu beitragen konnte, ihre Wälder zu erhalten. Aber der anfängliche Widerstand, auf den er selbst bei diesen beiden stieß, ließ ihn ahnen, welche gewaltige Aufgabe er sich vorgenommen hatte. Man begann das Experiment schließlich bei den Weichholzpflanzungen, die am empfindlichsten gegen den Einfall von Fäden waren.

Leider ließ Famira, Asgenars junge Frau, während eines Besuchs auf Telgar eine unvorsichtige Bemerkung über das Projekt fallen. Larad sprach sofort von einem »häßlichen Betrug und Treuebruch« der Drachenreiter. Auch als ihn sein Schwager Asgenar nach Lemos holte und die prachtvoll gedeihenden Baume zeigte, blieb der Baron von Telgar skeptisch. Sein Zorn legte sich erst einigermaßen, als N'ton ihm vorführte, wie radikal die winzigen Tiere mit einem Fädenklumpen aufräumten.

Telgars breite Täler waren von dem nahezu ununterbrochenen Sporenregen am schlimmsten betroffen, und die Bodenmannschaften befanden sich ständig auf der Suche nach eingenisteten Fäden.

»Zeit — gerade das fehlt uns!« hatte Larad ausgerufen, als er hörte, daß es sich bei dem Projekt mit den Würmern um ein langfristiges Experiment handelte. »Wir verlieren jeden Tag neue Felder und Weidegebiete. Meine Männer sind am Ende ihrer Kräfte. Wenn es so weitergeht, befürchte ich das Schlimmste.«

»Ja, es ist bedrückend, Hilfe so greifbar nahe zu sehen — und zu wissen, daß sie vom Lebenszyklus eines daumengroßen Insekts abhängt«, sagte Robinton, der F'lar jetzt oft begleitete. Er streichelte die kleine Bronzeechse, die er wenige Tage zuvor für sich gewonnen hatte.

Larad zog die Stirn kraus. »Da wir gerade von greifbar nahe sprechen — wurde schon etwas wegen des Roten Sterns unternommen?«

»Ja«, entgegnete F'lar geduldig. »Wansor und seine Helfer beobachten ihn Nacht für Nacht. Webermeister Zurg und der Harfner haben ihre besten Zeichner und Schreiber zur Verfügung gestellt, und sie fertigen unzählige Skizzen von seiner Oberfläche an ...«

»Und?« fragte Larad unerbittlich.

»Bis jetzt gibt es noch keine Bezugspunkte, die deutlich genug sind, um die Drachen bei einem Sprung ins *Dazwischen* zu leiten.«

Der Baron von Telgar seufzte resigniert.

N'ton, der junge Bronzereiter, meldete sich zu Wort. Er war ebenso häufig am Fernrohr anzutreffen wie Wansor selbst. »Eine Hoffnung gibt es. Es sieht so aus, als würde der unregelmäßige Sporeneinfall in ein paar Monaten abklingen.«

»Abklingen? Woran erkennen Sie das?«

»Sie müssen wissen, daß unsere Sonne mehr Planeten besitzt als Pern. Insgesamt sind es drei, und sie liegen im Moment alle in unmittelbarer Nähe des Roten Sterns — eine seltene Konstellation. Wansor ist überzeugt davon, daß sie seine Bewegung beeinflussen, ihn verlangsamen. Und er hofft, daß sich der alte Rhythmus wieder einpendelt, sobald sich die Gestirne voneinander entfernen.«

»In ein paar Monaten? Ist das ganz sicher?«

»Nein«, entgegnete F'lar, »deshalb haben wir Wansors Theorie auch noch nicht an die Öffentlichkeit gebracht.« Er hob beschwichtigend die Hand, als Larad protestieren wollte. »Sicher ist

Ihnen schon aufgefallen, daß sich die hellsten Gestirne, unsere Schwesterplaneten, im Laufe des Jahres von West nach Ost bewegen. Betrachten Sie heute nacht einmal den Himmel! Sie werden dicht über dem Roten Stern zwei gleißende Punkte erkennen, einen grünlichen und einen blauen. Vergleichen Sie diese Anordnung mit dem Diagramm im Beratungsraum des Fort-Weyrs! Wir glauben fest, daß es sich um eine schematische Darstellung unseres Sonnensystems handelt.«

Robinton skizzierte die Konstellation auf einem Blatt und reichte es Larad. Der betrachtete die Linien und Kreise kritisch. »Das muß ich mir an Ort und Stelle ansehen«, sagte er.

»Ich rate dir unbedingt dazu«, entgegnete Asgenar mit leuchtenden Augen. »Es ist ein herrlicher Anblick, von dem ich mich kaum losreißen kann.« Er lachte. »Und es ergeht nicht nur mir so. Jedesmal, wenn ich mich nach Fort begebe, versucht mir Meron von Nabol den Platz am Fernrohr streitig zu machen.«

»Nabol?«

Asgenar war ein wenig verwirrt über die Reaktion, die seine beiläufige Bemerkung hervorrief.

»Ja. Er schleicht ständig auf Fort herum. Offensichtlich ist er fester als jeder Drachenreiter entschlossen, Koordinaten aufzuspüren.« Niemand teilte seine Belustigung.

F'lar warf N'ton einen fragenden Blick zu.

»Ja, das stimmt. Es dauert oft lange, bis er den Platz am Fernrohr freigibt . . .« Und N'ton zuckte mit den Schultern.

»Warum? Nennt er einen Grund?«

Wieder zuckte N'ton mit den Schultern. »Er erklärt, er suche nach Bezugspunkten. Aber das tun wir auch. Die Struktur ist einfach nicht klar genug. Formlose graue Massen und dazwischen dunklere Flecken. Sie verändern sich nicht, aber wir haben keine Ahnung, was sie darstellen. Land? Oder Wasser?« N'ton hatte das Gefühl, daß alle im Raum ihm anklagend entgegenstarrten. »Dazu kommt, daß die Oberfläche oft genug von Wolken verdeckt wird. Entmutigend.«

»Offenbar nicht für Meron«, meinte F'lar leichthin.

»Benden, mir gefällt Ihre Einstellung nicht«, sagte Larad finster. »Ihnen scheint nicht viel daran zu liegen, Koordinaten zu entdecken.«

F'lar wirbelte herum. »Ich dachte, dieses Problem hätten wir zur Genüge besprochen. Wir müssen *wissen,* was wir am Ziel vorfinden, bevor wir die Drachen hinschicken. Unsere Vorfahren, die immerhin das Fernrohr bauten und die Planetenbahnen unseres Sonnensystems aufzeichneten, deuten in keiner der Schriften darauf hin, daß jemand von ihnen zum Roten Stern ging. Wenn sie den Sprung vermieden, dann müssen sie einen Grund dafür gehabt haben, einen triftigen Grund. Was verlangen Sie eigentlich von mir, Larad?« F'lar ging erregt auf und ab. »Daß ich Freiwillige aufrufe? He, Leute, wer wagt den Sprung zum Roten Stern? Nein, Koordinaten kann ich euch keine geben. Eure Drachen müssen sich das Ziel eben genau ansehen. Und wenn ihr nicht zurückkommt, werden wir unsere Totenklage zum Roten Stern richten. Aber, Leute, haltet euch eines vor Augen: Euer Sterben bringt uns die Gewißheit, daß es keinen Weg zum Roten Stern gibt.«

Einen Moment lang herrschte vollkommene Stille.

»Aber es muß etwas geschehen!« fuhr Larad schließlich auf. »Ihre Versprechen und — und Ihre Würmer überzeugen mich nicht!«

Damit stürmte er aus dem Raum.

Asgenar wollte ihm folgen, aber F'lar hielt den jungen Baron zurück.

»In seiner augenblicklichen Stimmung werden Sie ihn kaum zur Einsicht bringen, Asgenar«, meinte er.

»Er macht sich Sorgen wegen der Sommerernte«, erklärte Asgenar. »Viele der Grenzfarmer sind auf sein Gebiet übergewechselt, weil sie unzufrieden mit Nerat, Crom und Nabol waren. Wenn die Ernte vernichtet wird, hat er im Winter mehr hungrige Menschen zu versorgen, als er bewältigen kann.«

»Aber was sollen wir noch alles tun?« Verzweiflung schwang in F'lars Stimme mit. Das Fieber hatte ihn mehr geschwächt, als er sich eingestehen wollte. Er ermüdete so leicht. Und die ständigen Fehlschläge raubten ihm die letzte Energie.

»*Ich* weiß, daß es unmöglich ist, einen Drachen ohne Koordinaten loszuschicken«, meinte Asgenar. »Ich habe versucht, meine kleine Echse zu Botenflügen abzurichten. Wenn sie das Ziel nicht genau erkennen kann, wird sie jedesmal ganz erregt. Warten Sie nur, bis Larad damit beginnt, sein Tierchen zu dressieren. Dann wird er Sie besser verstehen. Was ihn wohl am meisten beunruhigt, ist die Tatsache, daß man einen Angriff auf den Roten Stern nicht *planen* kann.«

»Ihr größter Fehler, mein lieber F'lar«, meinte Robinton gedehnt, »war es, daß Sie vor sieben Planetendrehungen zu rasch einen Ausweg fanden. Nun erwartet Pern erneut ein Wunder von Ihnen.«

»Zeit ist alles, was wir brauchen«, beharrte F'lar.

»Und Zeit ist das einzige, was wir nicht haben«, entgegnete Asgenar müde.

»Dann nutzen wir jede Sekunde, die uns zur Verfügung steht!« F'lars entschlossener Tonfall verriet, daß er seine Schwäche überwunden hatte. »Wir beginnen mit Telgars Feldern. F'nor, erkundige dich bei T'bor, wie viele Reiter er entbehren kann. Ich möchte sie zum Sammeln der Larven einsetzen, da sie den Südkontinent am besten kennen.« Der Weyrführer ging nervös auf und ab. »Dann brauche ich noch jemanden, der Nabol im Auge behält.«

»Insekten und Meron von Nabol — eine gute Zusammenstellung«, meinte der Harfner spöttisch. Dann zuckte er mit den Schultern. »Wer weiß, vielleicht ist es sogar von Nutzen für uns, wenn er den Roten Stern beobachtet. Solange er damit beschäftigt ist, wissen wir, daß wir noch Zeit haben. Den Augen eines Rachsüchtigen entgeht sicher wenig.«

»Kein schlechter Gedanke, Robinton.« F'lar nickte. »N'ton, Sie nehmen sich den Mann vor! Achten Sie auf jedes Wort und jede Reaktion. Wir dürfen nicht noch einmal den Fehler begehen, Meron zu unterschätzen.«

Als F'nor Brekke von der Begegnung mit Larad erzählte, war sie sichtlich beunruhigt.

»Larad täuscht sich«, erklärte sie mit Entschiedenheit. »Die Würmer bedeuten die Lösung des Problems — die einzige Lösung. Eine Expedition zum Roten Stern bringt nichts, auch wenn die Bewohner von Pern das nicht einsehen wollen.« Sie machte eine kleine Pause. »Es erleichtert mich irgendwie, daß F'lar Meron von Nabol überwachen läßt. Der Mann ist krankhaft veranlagt.«

Plötzlich keuchte sie und krallte ihre Finger um F'nors Handgelenk.

»Was ist los?« Er legte schützend die Arme um sie.

Brekke sah ihn mit angsterfüllten Augen an. »Daß ich nicht früher darauf gekommen bin! Meron besitzt eine Bronzeechse, etwa so alt wie Grall und Berd. Weiß jemand, ob er sie abgerichtet hat?«

»Wir haben allen Baronen gezeigt, wie man . . .« F'nor unterbrach sich, als er erkannte, worauf Brekke hinauswollte. »Nein, nein, Brekke. Das schafft er nicht! Es fällt den kleinen Geschöpfen außerordentlich schwer, sich zu orientieren. Asgenar erzählte mir, daß sich sein Rial nur zu kurzen Botenflügen innerhalb der Burg gebrauchen ließe.«

»Aber Meron hat sein Tier schon länger. Es könnte weiter entwickelt sein . . .«

F'nor blieb skeptisch. »Der Mann wird es nie lernen, richtig mit den Echsen umzugehen. Er verhält sich ihnen gegenüber viel zu herrisch.«

»Weshalb zeigt er sich dann so fasziniert vom Roten Stern? Was könnte er sonst im Sinn haben, als eine Bronzeechse hinzuschicken?«

»Aber er weiß doch, daß die Drachenreiter es nicht wagen, ihren Tieren den Sprung zu befehlen. Und eine winzige Echse . . .«

»Er *traut* den Drachenreitern nicht. Weshalb sollte er ihren Erklärungen Glauben schenken? F'nor, du mußt F'lar Bescheid sagen!«

Der braune Reiter versprach es ihr, schon um sie zu beruhigen. Sie wirkte immer noch zerbrechlich dünn, und er wußte, daß es wichtig war, jede Aufregung von ihr fernzuhalten.

Am nächsten Tag hatte er genug damit zu tun, sein Geschwader unbemerkt in den Südkontinent zu bringen, und so dachte er erst am Abend an sein Versprechen. Um seine Vergeßlichkeit wiedergutzumachen, ließ er Canth Brekkes Theorie an Lioth weitergeben. Falls N'ton das Gefühl hatte, daß etwas Wahres an der Sache war, konnten sie F'lar immer noch verständigen.

Er traf den Bronzereiter von Fort am Tag darauf, als er in einem von Larads Tälern Larven aussetzte. Mit einem Anflug von Neid sah F'nor, daß die gesamte Anbaufläche mit einer neuen Gemüsesorte bepflanzt war, die als Delikatesse galt und nur auf Telgar und dem Hochland gedieh.

»Brekke hat vielleicht gar nicht so unrecht«, gab N'ton zu. »Die Wachtposten erzählen, daß Meron oft lange Zeit durch das Fernrohr schaut und dann plötzlich seiner Echse in die Augen starrt, bis das Tierchen scheu wird und aufzuflattern versucht. Gestern floh das arme Ding sogar ins *Dazwischen.* Meron hatte eine fürchterliche Laune, als er Fort verließ, und er verfluchte das ganze Drachenvolk.«

»Konnten Sie erkennen, was er betrachtet?«

N'ton zuckte mit den Schultern. »Schwer zu sagen. Gestern gab es wieder viele Wolken. Für kurze Zeit deutlich sichtbar war nur dieser Ausläufer, der an Nerat erinnert.«

F'nor wußte genau, was er meinte — eine graue Masse, die sich entgegen der Rotationsrichtung zungenförmig verjüngte.

»Manchmal«, fuhr der Bronzereiter mit einem leisen Lachen fort, »bilden die Wolken bessere Bezugspunkte als das, was darunter liegt. Vor kurzem entdeckte ich eine, die genau die Umrisse eines Mädchenkopfes mit langem, wallendem Haar hatte. Faszinierend.«

F'nor nickte. Er hatte sich selbst mehr als einmal vom Spiel der Wolken ablenken lassen, wenn er den Roten Stern beobachtete.

N'tons Bericht über das Verhalten der Feuerechse beruhigte ihn ein wenig. Die kleinen Geschöpfe schienen keinen so engen Kontakt zu den Menschen zu besitzen wie die Drachen. Wenn sie sich langweilten oder einen Befehl erhielten, der ihnen mißfiel, verschwanden sie im *Dazwischen,* um erst wieder aufzutauchen, wenn sie hungrig waren. Dennoch, F'nor hielt es für besser, Meron weiterhin genau zu beobachten. Der Baron war, wie Brekke sagte, krankhaft veranlagt, und vielleicht brachte er es irgendwie fertig, sich die Echse gefügig zu machen.

Als F'nor an diesem Abend den Korridor zu seinen Räumen betrat, hörte er erregte Stimmen.

Lessa macht sich Sorgen, berichtete Canth seinem Reiter.

»Wenn man sieben Planetendrehungen mit einem Menschen zusammenlebt, weiß man, was in seinem Kopf vorgeht«, sagte Lessa eben, als F'nor den Vorhang zurückschob. Sie drehte sich mit schuldbewußter Miene um. Auch Brekke wirkte irgendwie verlegen.

»Was geht in wessen Kopf vor, Lessa?« fragte er, während er seinen Wherlederumhang abstreifte. Er warf seine Reithandschuhe auf den Tisch und nahm den Becher Wein, den Brekke ihm reichte.

Lessa sah ihn nicht an.

»Sie befürchtet, daß F'lar zum Roten Stern aufbrechen wird«, erklärte Brekke. Sie ließ kein Auge von ihm.

F'nor nahm langsam einen Schluck Wein. »F'lar ist kein Schwachkopf, meine Lieben. Ein Drache muß das Ziel kennen, das er ansteuert. Und noch können wir unseren Tieren keine genaue Auskunft geben. Mnementh ist auch kein Schwachkopf.« Aber als F'nor Brekke den leeren Becher reichte, sah er plötzlich die Wolkenformen vor sich, von denen N'ton gesprochen hatte.

»Er darf nicht gehen«, sagte Lessa hart. »Er allein hält Pern zusammen. Er ist der einzige, der das Vertrauen von Baronen, Gildemeistern und Drachenreitern besitzt. Selbst die Alten achten ihn. Ihn und keinen anderen!« Sie legte F'nor erregt die Hand auf den Arm. »Ich hörte, was der Harfner sagte! Daß Pern ein Wunder von F'lar erwartet!« Ihre Stimme klang bitter.

»Der Sprung zum Roten Stern bringt uns nicht die Rettung, Lessa!«

»Das nehmen wir an, weil unsere Vorfahren das Unternehmen nicht wagten. Aber wir wissen es nicht hundertprozentig. Und solange wir den Baronen keinen Beweis dafür erbringen, werden sie andere Lösungen nicht akzeptieren.«

»Larad?« fragte F'nor vorsichtig.

»Larad ist schlimm genug«, entgegnete sie. »Aber ich ziehe ihn Raid und Sifer noch lange vor. Die beiden haben irgendwelche Gerüchte aufgeschnappt und verlangen jetzt, daß F'lar handelt. Auf der Stelle!«

»Führt ihnen die Würmer vor!«

Lessa schüttelte verzweifelt den Kopf. »Wenn wir damit nicht einmal Larad von Telgar überzeugen konnten . . .« Sie sprach den Satz nicht zu Ende. »Es muß etwas geschehen, F'nor. Ich weiß genau, was F'lar vorhat. Er wird versuchen, irgendwie zum Roten Stern zu gelangen, und sei es nur, um den Baronen zu beweisen, daß sie im Unrecht sind. Oh, ich könnte Robinton erwürgen. F'lar denkt immer wieder über seine Bemerkung nach. Aber diesmal geht nicht er — nicht er . . .« Sie schien über ihre eigenen Worte erschrocken und warf Brekke einen ängstlichen Blick zu.

Brekke sah ihr ruhig in die Augen. »Ich verstehe Sie, Lessa«, sagte sie langsam. »Ja, ich verstehe Sie gut.«

F'nor spürte mit einemmal ein Prickeln im Nacken.

»Ach was«, wehrte Lessa ab, »ich glaube, ich bin überreizt. Ich sehe Gespenster. Diese Unsicherheit macht mich nervös. Vergeßt, was ich gesagt habe!« Sie erhob sich und verließ fluchtartig den Raum.

F'nor starrte ihr kopfschüttelnd nach. Als er sich endlich Brekke zuwandte, sah er, daß sie Tränen in den Augen hatte. Er zog sie an sich.

»Paß auf, ich ruhe mich jetzt eine Weile aus, und dann sehe ich auf dem Fort-Weyr selbst nach dem Rechten. Wenn es dich nicht stört, nehme ich Grall mit. Sie ist die älteste Feuerechse, die wir besitzen, und ich habe sie gut abgerichtet. Wenn jemand den Sprung schafft, dann sie. Nun, was hältst du davon?«

Sie klammerte sich an ihn und küßte ihn so leidenschaftlich, daß er für kurze Zeit alle Probleme vergaß.

Der Felsenpfad zu den Sternsteinen des Fort-Weyrs wurde von Fackeln erhellt, und F'nor erkannte die Silhouetten der Wachreiter.

Lioth ist hier und der Grüne, der Nabol zugeteilt wurde, berichtete Canth, als er zur Landung ansetzte.

N'ton trat aus dem Schatten und begrüßte den braunen Reiter mit sichtlicher Erleichterung. Unauffällig deutete er zum Fernrohr hinüber.

»Er hat sich wieder mit seiner Echse eingefunden. Ich wollte Sie schon verständigen.«

Im gleichen Moment klang ein ängstliches Kreischen auf. Grall, die auf F'nors Schulter saß, spreizte nervös die Flügel und fauchte.

F'nor streichelte sie, aber sie ließ sich nicht beruhigen.

»Wer ist da?« fragte Meron von Nabol herrisch. Er war gegen den dunklen Sternstein kaum auszumachen.

»F'nor, der Geschwader-Zweite von Benden«, erwiderte der braune Reiter kühl.

»Sie haben hier in Fort nichts zu suchen«, fuhr ihn Meron an. »Verschwinden Sie!«

»Baron Meron«, entgegnete N'ton und stellte sich vor F'nor, »der Drachenreiter von Benden genießt auf Fort die gleiche Gastfreundschaft wie Sie.«

»Sie scheinen zu vergessen, daß Sie einen Burgherrn vor sich haben!«

»Kann er etwas entdeckt haben?« flüsterte F'nor dem Bronzereiter zu.

N'ton zuckte mit den Schultern und trat auf den Baron zu. Die kleine Echse begann zu schreien. Grall spreizte erneut die Flügel.

Ihre Gedanken verrieten Abscheu und Zorn, vermischt mit Furcht.

»Baron Nabol, Sie benutzen das Fernrohr nun seit Einbruch der Dunkelheit!«

»Und ich werde es weiterhin benutzen, solange es mir Spaß macht! Gehen Sie, und lassen Sie mich in Ruhe!«

Damit drehte sich Meron um und trat erneut an das Fernrohr. Er schien es für selbstverständlich zu halten, daß die beiden Drachenreiter seinem Befehl nachkamen. F'nors Augen hatten sich jetzt an die Dunkelheit gewöhnt. Er konnte erkennen, daß der Mann die kleine Echse festhielt, obwohl sie sich sträubte und zu entkommen suchte. Ihre Klagen wurden immer schriller.

Die Kleine ist außer sich vor Furcht, erklärte Canth seinem Reiter. *Der Mann behandelt sie grausam.*

F'nor hatte noch nie zuvor ein so hartes Urteil von seinem Braunen gehört.

Mit einemmal stieß Canth einen Schrei aus, der von den Klippen widerhallte. Die Reiter zuckten zusammen, und Grall flatterte auf. Meron ließ vor Schreck die Feuerechse los, und sie verschwand im *Dazwischen.*

Zornerfüllt stürmte Meron auf die Reiter zu, aber plötzlich fand er den Weg von Canths mächtigem Schädel versperrt.

»Der Reiter, den man Ihnen zugewiesen hat, Baron Meron, bringt Sie jetzt zurück nach Nabol«, erklärte N'ton. »Auf Fort wird man Sie in Zukunft nicht mehr empfangen.«

»Dazu haben Sie kein Recht! Sie können mir den Zutritt zu diesem Fernrohr nicht verwehren! Sie sind nicht der Weyrführer. Ich werde ein Konklave einberufen und euch Drachenreiter zum Handeln zwingen. Mich könnt ihr nicht betrügen. Ein Nabol fällt auf eure Ausreden nicht herein! Feiglinge! Ein Pack von Feiglingen seid ihr allesamt! Ich wußte es immer. Jeder kann zum Roten Stern gelangen. Jeder! Ich werde euch zwingen, Farbe zu bekennen!«

Der grüne Reiter half Meron wortlos beim Aufsteigen. Kaum kreiste der Drache über den Sternsteinen, als F'nor sich auch schon über das Fernrohr beugte und einen Blick auf den Roten Stern warf.

Was konnte Meron gesehen haben? Oder schrie er ihnen unbegründete Anschuldigungen entgegen, um sie aus dem Gleichgewicht zu bringen?

Immer wenn er den Roten Stern mit seinen finsteren, rötlichgrauen Wolkenmassen betrachtete, durchzuckte ihn einen Moment lang Furcht. Doch an diesem Abend wollte ihn das Grauen, das ihn erfaßt hatte, nicht mehr loslassen. Das Fernrohr enthüllte den grauen Schweif, der an die Halbinsel von Nerat erinnerte. Und dicht darüber sah er Wolken — Wolken, die sich zu einer Faust zusammenballten und nach dem Ausläufer zu greifen schienen. Noch während er sie beobachtete, lösten sie sich auf und bildeten ein Drachenauge.

»Was könnte er gesehen haben?« N'ton klopfte F'nor auf die Schulter, um seine Aufmerksamkeit zu erlangen.

»Wolken«, sagte F'nor und trat einen Schritt zurück. »Wie eine Faust. Dann verwandelten sie sich in ein Drachenauge. Wolken — das ist alles.«

N'ton seufzte erleichtert. »Damit kommt er nicht weiter.«

F'nor streckte die Hand nach Grall aus. Sie hüpfte gehorsam von seiner Schulter. Er begann sie zu streicheln, ihren Kopf, dann ihre Flügel. Er hielt sie in Augenhöhe, und ohne sein sanftes Streicheln zu unterbrechen, strahlte er das Bild aus, das er gesehen hatte — die rötlichgrauen Wolken mit dem weißen Saum, die sich wie eine Faust über der Nerat-Halbinsel schlossen. Dann übermittelte er den Gedanken, daß Grall den langen Sprung ins *Dazwischen* wagte, mitten in die Wolkenfaust.

Blankes Entsetzen, wirbelnde Eindrücke von Hitze, heftigen Stürmen, Atemnot — das alles strömte auf F'nor ein und ließ ihn zurücktaumeln. Grall riß sich mit einem wilden Kreischen von ihm los und verschwand.

N'ton stützte den braunen Reiter. »Was ist mit ihr geschehen?«

F'nor holte tief Atem. Es dauerte eine Weile, bis er sein inneres Gleichgewicht wiedergefunden hatte. »Ich machte ihr den Vorschlag — zum Roten Stern zu fliegen.«

»Na, das bringt uns einen Schritt weiter. Meron wird also mit seinen Versuchen kaum Erfolg haben.«

»Aber weshalb reagierte sie derart heftig? Canth?«

Weil sie Angst hatte, entgegnete Canth trocken. Aber auch er schien ein wenig überrascht. *Du hast sehr klare Koordinaten übermittelt.*

»Ich habe klare Koordinaten übermittelt?«

Ja.

»Aber dich scheinen sie nicht so erschreckt zu haben wie Grall?«

Die Kleine ist jung und einfältig. Canth machte eine Pause und schien etwas zu überlegen. *Du hast unangenehme Erinnerungen in ihr geweckt.* Das klang fast verwirrt.

»Erinnerungen? Aber sie ist doch erst vor wenigen Wochen ausgeschlüpft!«

»Was sagt Canth?« erkundigte sich N'ton, der dem raschen Gedankenaustausch nicht folgen konnte.

»Einen Augenblick, N'ton!« F'nor legte dem Bronzereiter die Hand auf die Schulter. Ihm war plötzlich ein Gedanke gekommen. »Canth«, begann er vorsichtig, »du sagst, daß ich klare Koordinaten übermittelt habe? Klar genug für *dich?* Du könntest mich zu dieser Wolkenfaust bringen?«

Ja, ich erkenne, welchen Punkt du meinst, erwiderte Canth so zuversichtlich, daß F'nor der Atem stockte. Aber er hatte jetzt keine Zeit für lange Überlegungen. Er mußte handeln.

Er streifte seinen Umhang und die Reithandschuhe über.

»Sie brechen schon auf?« fragte N'ton.

»Der Spaß hier ist ohnehin vorbei«, entgegnete F'nor leichthin. »Und ich möchte nachsehen, ob Grall in den Weyr zurückgefunden hat. Andernfalls muß ich sie auf dem Südkontinent suchen.«

»Seien Sie vorsichtig«, riet ihm N'ton. »Zumindest haben wir heute ein Problem gelöst: Meron kann seine Feuerechse nicht zwingen, zum Roten Stern zu fliegen.«

F'nor hatte sich auf Canths Rücken geschwungen. Er schnallte die Halteriemen so eng, daß sie ihm das Blut abzuschüren drohten. Mit einer lässigen Geste verabschiedete er sich von N'ton und dem Wachreiter. Der braune Drache kreiste hoch über dem Fort-Weyr. Erst als F'nor sicher war, daß N'ton ihn nicht mehr sehen konnte, legte er auch die Handriemen an. Er mußte sich gegen einen Sturz im *Dazwischen* absichern.

F'nor zeichnete erneut das Bild der Wolkenfaust, deren Nebelfinger sich um die graue Spitze schlossen. »Nimm Verbindung mit Ramoth auf! Sie wird das, was wir sehen, an alle weitergeben, Drachen, Reiter und Feuerechsen. Wir müssen übrigens auch ein Stück in die Vergangenheit gehen, zu dem Zeitpunkt auf dem Roten Stern, als ich die Faust entdeckte. Sag Brekke Bescheid!« Und dann erkannte er plötzlich, daß Brekke es bereits wissen mußte, daß sie ihn unauffällig selbst dazu gedrängt hatte, in dem

Versuch, Lessa die Verantwortung abzunehmen. Er konnte Lessa wegen ihrer List nicht böse sein. Sie hatte sieben Planetendrehungen zuvor den Mut zu einem ähnlichen Risiko aufgebracht, als sie die Drachenreiter aus der Vergangenheit zu Hilfe holte.

Atme tief durch! riet ihm Canth, und F'nor spürte, wie der Braune seine Lungen ebenfalls mit Luft füllte.

Und dann hüllte ihn die Kälte des *Dazwischen* ein. Er fühlte nichts, weder den weichen Nacken Canths an seiner Wange, noch die Riemen, die ihm tief ins Fleisch schnitten. Nur die Kälte ...

Unvermittelt tauchten sie in eine Feuerglut, die sie zu erstikken drohte. Sie fielen durch die Wolkenfinger auf die graue Zunge zu, die mit einemmal so nahe erschien wie Nerat während eines Patrouillenflugs.

Canth wollte die Flügel ausbreiten und bäumte sich vor Schmerz auf, als sie abrupt nach hinten gerissen wurden. Heiße Windböen hüllten sie ein, wirbelten sie umher. Sie fielen Hunderte von Drachenlängen und wurden dann mit brutaler Gewalt wieder nach oben geschleudert. Einen Moment lang schob sich der dunkle Ausläufer durch die Wolken — ein nasses, glitschiges Grau in blubbernder, träger Bewegung. Dann verschwand er wieder. Orangerote Blitze spalteten die Wolkenbänke. Glühende Nadeln drangen auf F'nor ein, zerfleischten ihn, zerfetzten Canths empfindliche Lider.

Dann wehte der Sturm sie in einen heißen Trichter, und sie trudelten in die Tiefe, hilflos, zerschlagen.

F'nor hatte nur einen Gedanken, bevor er ins Nichts glitt: Der Weyr! Der Weyr muß gewarnt werden!

Grall kehrte, außer sich vor Furcht, zu Brekke zurück und suchte zitternd Schutz in ihren Armen. Die Bilder, die sie ausstrahlte, waren jedoch so wirr, daß Brekke den Grund ihres Entsetzens nicht zu erkennen vermochte.

Sie streichelte das kleine Ding, versuchte es zu besänftigen — vergebens. Zu allem Übel ließ sich Berd von Gralls Angst anstekken und begann jämmerlich zu kreischen. Brekke betrachtete hilflos die beiden Tiere.

Mit einemmal stand Mirrim auf der Schwelle. Die beiden Grünen und die Bronzeechse umflatterten sie nervös, offensichtlich angesteckt von dem merkwürdigen Verhalten der kleinen Königin. »Was haben sie? Fühlst du dich nicht wohl, Brekke?« Mirrim legte ihr die Hand auf die Stirn.

Brekke wehrte ab. »Es ist alles in Ordnung«, versicherte sie. »Etwas scheint sie erregt zu haben. Aber nun geh wieder schlafen!«

»Etwas hat sie erregt?« Mirrim preßte die Lippen zusammen, wie immer, wenn sie das Gefühl hatte, daß man ihr etwas verheimlichte. »Wo ist Canth? Weshalb hat F'nor dich allein gelassen?«

»Mirrim!« wies Brekke sie scharf zurecht. Das Mädchen sah sie trotzig an. Einen Moment lang schloß Brekke die Augen. Sie mußte jetzt die Ruhe bewahren. »Bring mir bitte etwas *Klah* – aber stark . . .«

Brekke erhob sich und streifte ihre Reitkleider über. Die fünf Echsen stießen nun langgezogene Klagelaute aus und jagten im Zimmer umher, als versuchten sie, einer unsichtbaren Gefahr zu entrinnen.

»Ich brauche *Klah«,* wiederholte sie, als Mirrim sich nicht von der Stelle rührte.

Das Mädchen ging, begleitet von ihren Tieren. Zu spät erkannte Brekke, daß die Echsen das ganze Gesinde in den unteren Höhlen rebellisch machen würden. Sie rief nach Mirrim, aber die Kleine hörte sie nicht mehr.

Canth würde den Sprung nicht wagen, wenn er F'nor dadurch in Gefahr brachte. Canth war vernünftig. Immer wieder redete Brekke sich das ein.

Doch dann klang Ramoths schrilles Trompeten auf, und im gleichen Moment übermittelte Canth Brekke die Botschaft von F'nor.

Unterwegs zum Roten Stern! Eine Wolkenformation als Bezugspunkt! Sie fühlte sich mit einemmal so elend, daß sie sich hinsetzen mußte. Mit zitternden Händen schenkte sie sich einen Becher Wein ein und trank ihn leer. Das half ein wenig.

Die übrigen Drachen nahmen nun Ramoths Schrei auf.

Brekke zwang sich, auf den Landevorsprung hinauszutreten. Ein Höllenlärm herrschte im Weyrkessel. Ramoth und Mnementh kreisten über den Sternsteinen, und ihre Augen glühten orangerot im Zwielicht. Das Weyrvolk lief aufgescheucht hin und her.

Plötzlich rannten F'lar und Lessa auf sie zu. »Was ist mit Canth und F'nor?« rief der Weyrführer atemlos. »Die Drachen sind außer sich!«

Brekke warf Lessa einen Blick zu. Die Weyrherrin wandte sich schuldbewußt ab.

»Sie befinden sich auf dem Weg zum Roten Stern.«

F'lar versteifte sich. Er starrte Brekke mit einem Gemisch aus Furcht und Ekel an, so daß sie zurücktaumelte.

Im gleichen Moment verstummte das gellende Trompeten. Alle spürten die Warnung, welche die Echsen zu übermitteln versucht hatten.

Peitschende, gnadenlose Stürme; ein tödlicher Druck; saugende, schmatzende Schlickmassen; Hitzewogen. Angst, Entsetzen. Ein undeutliches Sehnen . . .

Ein Schrei.

»Laßt mich nicht allein!«

Ramoth schnellte wie ein Pfeil in die Höhe, gefolgt von Mnementh. Die anderen Drachen schlossen sich an. Sogar die Feuerechsen stiegen mit ihren großen Brüdern auf.

Brekke sah nichts. Der gewaltsame Schrei hatte die Blutgefäße in ihren Augäpfeln platzen lassen. Aber sie wußte, daß weit oben ein winziger Punkt war, der schneller und immer schneller in die Tiefe stürzte. Unaufhaltsam. Ein Sturz, so todbringend wie jener, den Canth über dem Hochland aufzuhalten versucht hatte.

Die Drachen jagten dem Punkt entgegen, in einer dichten Phalanx. Ihre Körper bildeten ein Dreieck, eine Treppe. Sie bremsten den Fall ab, geleiteten den leblosen Braunen und seinen Reiter in die Tiefe, bis er sanft im Kessel des Weyrs landete.

Brekke war als erste neben dem blutüberströmten Tier. F'nor hing schlaff in den Halteriemen. Seine Haut fühlte sich kalt an.

»Er atmet nicht mehr«, rief jemand. »Seine Lippen sind ganz blau.«

Brekkes Finger tasteten nach der Halsschlagader. »Er lebt!« rief sie. »Er lebt!« Da war es, das schwache Pochen! Sie hatte sich nicht getäuscht.

Brekke lockerte F'nors Kiefer, preßte ihren Mund auf seine Lippen und begann kräftig auszuatmen.

»So ist es gut, Brekke!« rief jemand. »Das hilft vielleicht. Langsam und gleichmäßig! Durch die Nase einatmen!«

Jemand umfaßte ihre Taille. Sie wurde zusammen mit F'nor

hochgehoben und auf Decken gelegt. Jemand sprach drängend und ermutigend auf Canth ein.

»Canth! Bleib!«

Der Schmerz des Drachen durchdrang Brekke. Sie atmete ein und aus. Ein und aus. Für F'nor. Für sich selbst. Für Canth. Ein und aus.

»Brekke! Brekke!«

Harte Hände zerrten sie hoch. Sie umklammerte F'nors Wherlederumhang.

»Brekke! Er atmet wieder allein. Brekke!«

Sie versuchte sich zu wehren, aber sie war zu schwach.

Brekke. Pein durchdrang den Ruf, der aus weiter Ferne zu kommen schien. *Brekke?*

Die Sporen lösten sich aus dem blubbernden Schlamm des Roten Sterns, wirbelten durch die heiße Atmosphäre und fielen durch die Leere des Raumes auf Pern zu.

Drachen stiegen auf und vernichteten sie mit ihrem Flammenatem. Die wenigen Fäden, die ihnen entgingen, wurden von den Bodenmannschaften aufgespürt und zerstört. Die Feuerechsen halfen ihnen dabei.

Anders an einem der Osthänge, wo sich dichte Laubwälder ausbreiteten. Dort beobachteten Männer mit einer Mischung aus Faszination und Grauen, wie die silbernen Gespinste niedergingen und sich in den Boden bohrten. Eine Stunde später gruben sie mit den Spitzen ihrer Flammenwerfer das Erdreich auf.

»Keine Fäden, F'lar!« sagte Asgenar mit einem breiten Grinsen. »Keine Fäden, Corman!«

Der Weyrführer von Benden nickte ruhig.

»Und das ist der vierte Fädeneinfall, den Ihre Wälder ohne jeden Schaden überstanden haben, Asgenar?«

Der Baron von Lemos bejahte. »Das gleiche gilt für Keroon und die Täler von Telgar.« Er wandte sich an den weißhaarigen Alten, der immer noch zu zweifeln schien. »Welche Beweise brauchen Sie noch, Baron Groghe? Selbst Vincet von Nerat hat nachgegeben.«

Groghe von Holt winkte ab. Er hatte keine sehr hohe Meinung von Vincet.

»Ich – ich bringe es einfach nicht fertig, einer Handvoll Würmern dankbar zu sein . . .«

»Übermäßig dankbar waren Sie auch den Drachenreitern nicht«, erinnerte ihn Asgenar boshaft.

»Ich traue diesen Würmern nicht!« Groghe schob das Kinn vor. Die goldene Feuerechse auf seiner Schulter rieb den Kopf an seine Wange. »Mein Leben lang habe ich mich auf die Drachenreiter verlassen. Ich bin zu alt, um mich jetzt noch zu ändern.« Er wandte sich an F'lar. »Aber Sie haben jetzt Pern in der Hand. Machen Sie, was Sie wollen!«

Damit wandte er sich ab und ging.

Corman von Keroon schneuzte kräftig durch die Finger. »Alter Narr! Er wird sich umstellen, verlassen Sie sich darauf! Es dauert nur eine Weile, bis er sich an den Gedanken gewöhnt hat, daß wir nicht zum Roten Stern selbst können, um die Sporen zu vernichten. Groghe ist ein Kämpfer. Sitzt nicht gern herum, ohne etwas zu unternehmen.« Er machte eine Pause. »Wie geht es übrigens F'nor — und Canth?«

Die Tage, in denen F'lar einer Antwort auf diese Frage ausgewichen war, gehörten zum Glück der Vergangenheit an. »Er ist wieder auf den Beinen«, meinte er lächelnd. »Auch Canths Flügel heilen, obwohl die neue Membran nur langsam wächst.«

»Dann wird das Tier wieder fliegen?«

»Und Fäden bekämpfen — solange es nötig ist.«

Corman sah F'lar prüfend an. »Sicher dauert es noch Generationen, bis die Würmer über ganz Pern verteilt sind. Aber eines Tages, ist es dann soweit. Was werden die Drachenreiter dann anfangen, F'lar?«

F'lar erwiderte ruhig den Blick des Barons. »Es gibt viele neue Aufgaben für uns, Corman. Sobald der Rote Stern sich wieder abwendet und wir Zeit zum Entspannen haben, wollen wir den Südkontinent erforschen. Und die fremden Planeten locken. Nicht alle können so unwirtlich sein wie der Rote Stern.«

»Die Drachenreiter gehören nach Pern!« Zur Bekräftigung schneuzte sich Corman noch einmal.

»Gewiß, und die Weyr werden nie leerstehen, das versichere ich Ihnen, Baron. Pern ist und bleibt die Heimat der Drachen.«